好きです、死んでください

中村あき

Devote love or murder to you

Aki Nakamura

双葉社

目次

contents

〈登場人物〉

小《こ》口《ぐち》栞《しおり》（19）……………小説家
松浦《まつうら》花火《はなび》（20）…………女優
桂《かつら》　圭太郎《けいたろう》（21）…………俳優
我妻《あがつま》陽《よう》（20）……………バンドマン
青垣外《あおがいと》サリー（18）……モデル
恋塚《こいづか》うるる（23）…………グラビアアイドル
木野《きの》天秤《てんびん》（52）…………プロデューサー兼ディレクター
手鏡《てかがみ》　渚子《なぎさこ》（22）…………アシスタントディレクター
灰村《はいむら》櫂介《かいすけ》（36）…………カメラマン

装画　萩森じあ
装幀　bookwall

好きです、死んでください

恋愛と殺人においてのみ、人は今も誠実である——フリードリヒ・デュレンマット

第一章

1

青い海。白い砂浜。すこぶる陳腐な言い回しだ。けれど、目の前にあるのはそうとしか表現しようのない光景だった。

風車が悪魔のように見えたら悪魔の描写をなすべきだ。しかしそれが風車にしか見えなければ、そのまま風車と書けばいい。芸術的な描写にとらわれて、見え透いた工夫をする作家は一生かかっても何もつかめない——誰の言葉だっけ。太宰治《だざいおさむ》先生か。うん、偉人の名言はいい。凡人をわかった気にさせてくれる。

文豪の威を借りながら、改めて眺める窓の外。一面に広がるリゾートな景色を思う存分堪能した後、僕はおもむろにため息をついた。

「……はあ、帰りたい」

恋愛リアリティーショー『クローズド・カップル』、撮影三日目の朝だった。

今、南の島に建つコテージには、僕を含め六人の男女が共同生活をしていた。そういう体《てい》の撮影なのだ。出演者の恋愛模様はそこかしこに設置されたカメラに収められ、リアルな質感そのままに、やがてお茶の間に届けられることとなる。

それを思うと……島の開放的な雰囲気とは裏腹に、僕の気持ちは閉鎖的に沈んだ。予定された滞在期間は十日間。先はまだまだ長い。終わりが見えないという意味では、体感の残り時間は無限に等しく、それはつまり永遠と同義だった。

僕は再びせり上がってくるため息を無理やり飲み込んで、視線を室内に転じた。

あてがわれた一人部屋は、僕が暮らす都内のワンルームより優に広い。設備は整って快適だったけれど、自分が本来いるべきでない場所にいるのだという落ち着かない気持ちは日に日に高まるばかりだった。

なんにせよ、いつまでもここでうだうだしているわけにはいかないのだ。僕はいよいよ部屋を出る決意をする。

カメラの集中砲火に備えて、身だしなみはすでに整えてあった。こうした撮影の場にスタイリストがいないのは異例のことで、正直かなり心細い。ただ、世間の需要を思えば、僕が王子様のようにきらっきらにめかし込む必要はないわけで、むしろ寝ぐせでいくらか髪の毛が跳ねていた方が雰囲気が出るというものである。そんな風に自分を納得させた。

木製の扉を押し開け、外から鍵で施錠。板張りの廊下を行く。

ここは三階建てのコテージの二階だった。二階には出演者の部屋が六つと、物置に使われている部屋があるくらいで、今さら見るべきものはない。僕は素直に階下に向かった。生活の設備はほとんど一階にまとまっている。吹き抜けになっている階段を下りれば、そこが撮影のメイン舞台となるリビングダイニングだ。

ダイニングテーブルには先客がいた。

「や、おはよー」

向こうの方が先に反応して、ひらひらと手を振ってくれる。同じリズムでロングの黒髪がさらさらと揺れた。

緊張のゲージが高まる。けれど、僕はなんとか最大限明るい声で挨拶を返した。

「おはようございます、花火《はなび》さん」

松浦《まつうら》花火。絶賛売り出し中の女優さんだ。この番組のキービジュアルでも中央に配されていた彼女は、今回の出演者の中では一番人気といえるだろう。芸能界にうとい僕ですらその名をよく知っていた。今やメディアで見かけない日はないからだ。

一人で朝食を取っていたらしく、目の前のテーブルにはパンくずがわずかに残った空のお皿が置いてあった。今は食後のコーヒータイムのようだ。カップを傾ける仕草一つとっても華があり、つい見とれてしまいそうになる。

と、不意に彼女がつややかな柳眉をひそめた。コーヒーが苦かったのかな、と一瞬思ったけれど、どうやらそうではなく。

「……やっぱり栞《しおり》君、ちょっと壁を感じるな」

「え？　そ、そう？」

「そうだよ」

吸い込まれそうな黒目がちの瞳と正対して、僕は二の句が継げなくなる。

「もしかして、私、何か嫌われるようなことしちゃった？」

上目遣いの追い打ち。

僕は前に出した両手を全力で振って否定した。

「滅相もない！　……ただ、やっぱりカメラの前に立つことにまだ慣れないというか。そもそもコミュニケーションも得意な方じゃないし。ほら、部屋にこもって年中小説ばかり書いてる人種だから」

「緊張してるんだ？　だったら」彼女は立ち上がり、こちらに向かって軽やかに歩み来る。「ほぐし方、教えてあげる」

「ほぐし方？」

蠱惑《こわく》的にほほ笑む花火さん。気づけば、すぐ目の前に彼女の整いすぎた顔があった。そのまま、右手のひらをとん、と僕の胸に載せ、鈴を転がすような声音でささやく。

「基本だけど、一番効果的なのが深呼吸。まずは吸うことより、肺の中の空気を吐ききることを意識して。ゆっくり、じっくり、ね」

思わぬ展開にどぎまぎしながらも、言われた通りにしてみる。時間をかけ、少しずつ息を吐き出していく。すると、全身に入りすぎていた力も一緒に抜けていくのがわかった。

「吸う時も少しずつ、ゆっくり。お腹の底にたまっていくのを意識するの。あとはその繰り返し——どうかな」

「……落ち着いてきたかも」

「よかった。そんなに自分を卑下しないで。小説家なんて誰でもなれるものじゃないもん。めちゃくちゃすごいことだと思う」彼女は言って、体をさらに僕の方に預けた。交錯しそうになった顔を器用に傾け、僕の耳元に寄せる。「それに……私、栞君みたいな知的で物静かな人、けっこうタイプだし」

「え、なっ」

僕が慌てて体を離そうとすると、胸元に置かれた手が、今度はぎゅっと服をつかんだ。

「そのまま」花火さんの声のトーンが一段下がった。「定点カメラの位置、覚えてるよね」

……定点カメラ？　ああ、そうか。ようやく僕は理解する。

これは彼女が仕かけた演出だ。

「目線は自然に。ここはきっと使われるから」

確かに見せ場の一つになるだろう。撮影が始まってからこの二日間、正直僕は目立った振る舞いがほとんどできていなかった。出番は少なく、キャラや立ち位置もあやふや、最も番組映えしないメンバーだったはずだ。

しかし一番人気がアプローチをかけるとなれば評価は反転する。ただ印象の薄かった奴が、番組の今後を左右するダークホースに格上げとなるのだ。

思わず嘆息した。さすが、経験が違う。女優としてのカメラ慣れもそうだけれど、このアドリブ力。他のリアリティーショーの出演歴もあったはずだから、そこで培われたのだろう。展開に起伏を生み出し、かつ自分が「おいしいポジション」を得る立ち回り。

しかも、だ。

「おはよう――っと、これは。お邪魔だったかな」

完璧な間で、階上からもう一人の出演者が現れた。まさにリアリティーショーの神様に愛されているようなタイミング。これが「持っている」というやつか。

花火さんはぱっと僕の服から手を離すと、

「おはよう、圭太郎《けいたろう》」とにこやかに挨拶した。「何もないよ、お話ししてただけ」

なんというか、含みの持たせ方がまた絶妙だった。僕は横でただ愛想笑いを浮かべていればよかった。

「ふうん」

そんな僕を一瞥《いちべつ》する、端正なマスク。新たに登場した彼は桂《かつら》圭太郎、特撮出身の俳優だ。最近では映画や二・五次元の舞台など、活躍の場を広げているらしい。すらりとした長身に、色気のあるセンターパートがすこぶる似合っている。ここまでのイケメンと対峙すると、嫉妬や羨望よりもあきらめが先に来る。少しきざっぽい振る舞いも板についていた。

彼は僕にさして興味もないようで、さっさと花火さんに向き直っていた。

「じゃあこれから一緒に朝食でもどうだい？　クロックムッシュくらいなら作るけど」

「え、それ、一人で勝手にトースト焼いて食べた私への当てつけ？　女子力陳列罪じゃん」

「いや、どんな罪だよ」

「刑罰は、エステで二時間以下の懲役」

「余計女子力高まるわ！」

ひとしきり笑い合う二人。何そのノリ、怖……。って、引いてる場合じゃない。すごいのは、相手を選ばない花火さんの対応力だ。

彼女は「はー、おかしい」と目元をぬぐってから、

「じゃ、明日の朝食、予約しとくね」と立ち上がり、自分の食器をてきぱき片すと、二階へと去っていく。油断していたら、僕の脇を抜けていく際、小声で「それじゃ」とささやかれて背筋が伸びた。自分からの仕かけも、他者からの受けも完璧。リアリティーショーにおける振る舞いかくあるべし、という試合巧者っぷりをまざまざと見せつけられた。

さて。

ゲームメーカーを失い、男二人が残されたダイニング。

なんとなく桂君の出方をうかがっていると、彼はキッチンの方に歩いていき、冷蔵庫から牛乳を取り出した。なるほど、クロックムッシュとは牛乳を使って作るのか、と思っていたら、続けて戸棚から取り出したのはお徳用のシリアルだった。だいぶダウングレードしたな。

「小口《こぐち》栞」

背を向けられたまま声をかけられ、反応が遅れた。

「は、はい」

「君は？　朝食べた？」

「まだ、だけど」

そう答えると、彼は食器を二人分用意してくれる。普段朝は食べないのだけれど、せっかくなので向かいの席に着き、彼にならってシリアルと牛乳を皿に流し込んだ。

しばらく無言でシリアルを咀嚼《そしゃく》していると、

「君もあれかい、花火狙い？」

桂君が尋ねてくる。

「いや、狙いとか、そういうのでは……」

「ま、いずれにせよ、遠慮はしないよ」

桂君と花火さんは役者同士、度々他の現場でも顔を合わせているらしく、この撮影の当初から下の名前で呼び合っている。彼が花火さんに対してストレートに矢印を向けているのは明らかだ。しかしそれが恋心に根差すものなのか、いわゆる番組的な立ち回りなのかはよくわからない。僕自身はそもそもリアリティーショーで本気の恋愛なんてあり得ないというスタンスだけれど、どう考えるかは出演者によってまちまちなのかもしれない。そう、まちまち――。

「きゃあああ！」

その時、思索を破るように、甲高い悲鳴が二階から響いた。僕は取り落としそうになったスプーンをつかみ直し、思わず桂君と顔を見合わせる。間髪を容れず、誰かが騒がしく階段を下りてきた。

「あ、圭たんっ！」

叫びながら飛び込んできたのは恋塚《こいづか》うるるだ。彼女ももちろん番組の出演者の一人。グラビアアイドルとして活躍する傍ら、同じ事務所の子たちとアイドルグループ『ｃｕｂｉｓｍ』を結成し、音楽方面でも活動中だと聞いている。失礼ながら、本人の名前も、グループの名前も、今回ご一緒するまで寡聞《かぶん》にして知らなかったのだけれど、やはり対面すると一種のオーラを感じる。オーラ……いや、彼女の場合はあえて結界とでも言おうか。キャラや立ち回りを超えた、アイドル固有結界を身にまとうすごみがある。圭たん呼びもその一つ。

「ああ……おはよう」

桂君が少したじろいだ様子で挨拶を返すと、彼女はいきなりその手にすがりついてまくし立てた。

「圭たん、助けて！　いやいや、もう信じらんない！　うるる怖くてどうしたらいいかわかんなくて……」

「一旦落ち着こう。何があったんだ」

「おっきな蛾《が》！　起きたら、うるるの部屋にいて……うるる、虫さんだめなの」

「わかった、わかった、今行くから」

桂君がのろのろと立ち上がり、二人は連れ立って二階に上がっていく。

「…………」

取り残された僕は、ふやけたシリアルを口に運ぶ作業に戻った。

うるるさん、格好こそピンクのふわふわした寝間着だったけれど、メイクもラビットスタイルのツインテールもばっちり仕上げてたな。そして僕の方にはついぞ一瞬たりとも視線を向けなかった。狙いはあくまで一点に絞り込んでいるというわけか。

これが恋愛リアリティーショー。それぞれの戦い方。

「……やっぱり場違いだよな、どうも」

食事の後は、散歩に出ようと決めていた。僕は食器を片すと、そそくさとダイニングを離れた。

2

新感覚恋愛リアリティーショー『クローズド・カップル』。

それが今、僕の出演しているインターネット番組の名だった。

ミステリの用語に「クローズド・サークル」というものがある。なんらかの事情で外界との往来が断たれた舞台設定、あるいはそこで起こる事件を描くジャンルの総称だ。いわゆる嵐の孤島、吹雪の山荘をイメージするとわかりやすい。

そう、『クローズド・カップル』はこれを地でいく企画だった。出演者、ディレクター、カメラマンは総出で孤島に渡り、泊まり込みで撮影を行う。そこで起こる筋書きのない恋愛模様を、最低限の編集で構成し順次配信するというのだ。

それだけではない。

この番組につけられたコピーは、「孤島で起こる、恋愛と××」。つまり『クローズド・カップル』には、恋愛以外にももう一つ、重要な見どころが用意されていた。「××」の文字はいかにもおどろおどろしいフォントに加工されていて、何やら不穏な出来事をこれでもかというほど匂わせている。島で何が起こるのか。協力して解決する系の課題？ それともだまし合いのゲーム？ その詳細は今のところ、視聴者にはもちろん、出演者たちにも完全に伏せられている……。

恋愛リアリティーショーが飽和状態になる中で、あるネットテレビ局が打ち出した前代未聞の挑戦企画――という触れ込みだったけれど、改めて思い返すと、すごいなこれ。出演者にすら何も知らせないなんて、挑戦とかそういうレベルじゃなくない？ 個人的にははっきり狂気の沙汰だと思う。

でもどうやらこうしたわかりやすいインパクトが、この手の番組には求められるらしい。なんたって仕かけ人は、あの大物プロデューサー、木《き》野《の》天秤《てんびん》だ。彼のヒットづくりのノウハウが今回も的確にはまった。巧みなプロモーションも手伝って、ネットやＳＮＳでは放送前から話題沸騰。テレビや雑誌でも頻繁に取り上げられ、普段恋愛リアリティーショーに興味のない層にも話題は伝播していった。

そんな注目番組の出演者として、僕、小口栞にお呼びがかかったのは、まさに神様のいたずらとしか言いようがなかった。

今や群《ぐん》雄《ゆう》割《かっ》拠《きょ》の恋愛リアリティーショーに、ずぶの素人が出ることはほとんどない。こういう番組に出演するのは、知名度の差こそあれ、普段からメディアや興行といった表舞台に立ち、華やかに活動している人たちばかりだ。具体的には俳優やモデル、タレントなど。たまに畑違いの人が出ることがあっても、大抵人前に出ることに慣れていて、キャラクターとして振る舞う資質が備わっている人たちに限られる。だって、そうでないと番組にならないから。

そこへ持ってきて、僕の肩書きは何かといえば、しがない小説家だ。

デビューを果たしたのは高校在学中で、その瞬間はちょっとばかしちやほやされたけれど、肝心の本は大して売れなかった。ここまでなんとか三冊の出版に漕ぎつけたけれど、一向に芽が出る気配がない。今はもっぱら大学の講義とバイトに追われ、その隙間時間に執筆をこなす日々にすっかり疲弊していた。

そんな折、編集部から連絡が入った。〆切りの催促かと思いきや、いつも感情を表に出さない氷の女王のような担当編集の声がかすかに震えている。

「落ち着いて聞いてください」

そこで僕は、木野プロデューサーが直々に出演交渉を持ちかけてきたことを知らされたのだった。

最初は担がれているのかと思った。けれど、指定された日時に編集部に赴くと、そこには確かに木野プロデューサーがいた。

「小説家って言ってもね、今の時代、ただ単に小説だけ書いていてもだめだと思うわけ。出版は斜陽産業だから。重要なのはセルフプロデュースなんだよね」

今回の番組ではディレクターも兼務するという木野さんは、『クローズド・カップル』の大まかな内容を説明した後、そんな風に切り出した。僕は編集さんと横並びになって彼と向かい合い、「はあ」とか「ええ」とか、曖昧な相づちを打つ機械になっていた。企画書も渡されたけれど、眺めていても一向に内容が頭に入ってこない。

木野さんは、今回の出演者はハイティーンから二十代前半までと年齢だけを定め、あとはあらゆるジャンルからザッピングして決めたと語った。彼はスマホである動画を流して見せてくる。それはデビュー当時に嫌々撮らされた、僕が新刊を紹介しているショートムービーだった。視線が定まらないまま、訥々《とつとつ》と話す陰キャがそこにいて、頬が熱くなる。しかし木野さんはここから何かを感じ取ったらしい。僕を出演枠に入れるため、シークレットキャラ的な追加投入も検討した挙句、結局出演者リストを一から構成し直したという。

「書いてるジャンルはミステリなんだよね。ごめん、まだちょっと読めてはいないんだけど、推理作家って響きがまたいいじゃない。つくづく最初の売り出し方がもったいなかったよね。君にはコンテンツ力があるのに。僕はそう直感してる」

　隣でぴくりと編集さんの眉が動く。

　気にせず木野さんはまくし立てた。

「高校生でデビューを果たした、現役の大学生作家。これはバリューだよ。ビジュアルも悪くない。パーツが整ってて、でもがっつり濃いイケメンって感じじゃないのが今風なんだよね。線の細さも雰囲気出てる。眼鏡だけコンタクトに変えてさ。あと、長い前髪はこだわり？　いやいいよ、そのままで。僕の知ってるサロンでパーマあてれば、だいぶ垢抜けると思う。で、ファッションの方向性だけど――」

　あれよあれよという間に話が進み、僕は今、こうしてここにいるというわけだった。

　いや、この期に及んでもちょっと信じられない。まだ半分夢の中にいる気分だった。こんなきらきらした番組のオファーを、この僕が受けただなんて。

断ろうと思えば断れたんだろうか。うーん、でもやっぱり無理だったろうな。木野さんの話運びは海千山千で、出来の良い手品みたいに巧妙だった。編集部も最終的には著者の名が売れ、本の宣伝になるとなれば、プッシュしない手はない。個人的にはギャランティーのだめ押しも大きかった。相場はよくわからないけれど、学費の足しになるならなんでもありがたかった。

——というのが、ここまでのいきさつ。

ただ。

今になって胸を占めるのは、多分の後悔だった。これ、やっぱり割に合わないよ。

実際に出演してみて驚いたのだけれど、リアリティーショーには本当に台本がなかった。決められているのは、立ち居振る舞いに関するいくつかのルールと、全員参加のイベントのスケジュールくらい。ただしショーである以上、演出はある。出演者それぞれが自分のナチュラルな個性をベースにしつつ、大なり小なり番組の趣旨や視聴者の期待をくみ取って撮影に臨むというのが基本の進行だった。

これが想像以上にきつかった。ただでさえ空気の読み合いは苦手なのに、その上で即興のストーリーをなるべく嘘にならないように展開しなくてはいけないのだ。指定された行動やせりふを演じさせられた方がまだましだった。ここではまず自分自身で立ち位置を築き、その上で関係性を発展させ、あわよくば見せ場を作らないといけない。

現実に虚構が、虚構に現実が混じり合い、境界がないどころか、濃淡も一律ではない。そのあわいこそがリアリティーショー——それは理解しているけれど、そもそもカメラの前で自然に振る舞えない素人には要求されるレベルが高すぎるのだ。ましてや色恋沙汰なんて、ただでさえこっ恥ずかしいことを衆目の面前で赤裸々に行うなんて……。

抜擢の理由からして、僕には器用な立ち回りが期待されているわけではないのだろうけれど、それでもこの二日間はひどかった。どうにもカメラが気になって、動きは固くなるわ、言葉は出てこないわ、他愛ない世間話を交わすのもやっとという有り様。これがまだ一週間も続くのだ──。

つらつらとこれまでの経緯を思い返すうち、気づけば玄関にたどり着いていた。

僕は銀のドアノブに手を伸ばす。と、思いのほかこれがひんやりとしていて、煮つまった頭が少し冷めるようだった。

それをきっかけにして、つと思考を切り替えてみた。無理にかっこつけたり、そつなくこなそうとしているからよくないんじゃないか。出演しただけで元は取った──そう考えてみたら？　どんなに失態を演じようと、お金は入ってくるし、知名度は上がる。うん、それで充分じゃないか！　大きな流れは、花火さんを中心にうまい人たちが作ってくれている。それに乗っかってさえいれば、最低限の仕事はこなせるだろう。あとは野となれ山となれ、だ。大丈夫、きっとうまくいくさ。

玄関のドアを開けると、爽やかな朝の風が舞い込む。それは、僕の些細な決意を肯定するかのように柔らかく、清冽だった。

戸口から改めて眼下を見やる。

『クローズド・カップル』の舞台となる、ここ漆島《うるしじま》は、正真正銘の無人島だった。八丈島《はちじょうじま》から南西に三十キロ。地図上の名は売島《うるしま》というらしく、漆島はそれをもじって木野さんが番組用に命名したという。

二時間もあれば歩いて回りきれる程度の、ごくごく小さな島だ。ビーチは目に麗しく、さすがにカメラ映えしそうだけれど、あとは見渡す限りまばらな林が広がるばかり。島の中央付近にコテージが建つ以外、めぼしいものは何もない場所だった。

散歩に出るにしても進路を取りあぐねていると、てくてくとこちらに向かってやって来る女の子の姿が見えた。

朝日を照り返すブロンドと、澄んだ青い瞳。この島でそんな特徴を持つのは一人しかいない。青垣《あおがい》外《と》サリー。北欧ハーフのファッションモデルだ。思わず尻込みしそうになる肩書きだけれど、実はまだ現役の高校生。今回の参加者では最年少だった。そう知ってから見ると、激烈に整った顔立ちの中にもやはり年相応の幼さがうかがえる。気分に左右されるたちなのか、表情が常にうっすら不機嫌そうなのも、そうした印象に拍車をかけていた。

「やあ、サリー」

とりあえず、そう呼びかけてみる。

向こうはこちらに気づくと、首だけでやる気のない会釈をした。

「ども、先生」

顔つきほどには険のないトーン。けれど、いかにも女子高生といった、こまっしゃくれた態度だった。慇懃《いんぎん》無礼《ぶれい》な呼び方には未だに慣れない。

「散歩帰り？」

「ま、そんなとこ」

「一人で？」

「……悪い？」

「い、いや、別に他意はないよ」やぶ蛇だった。慌てて話題を切り替える。「どの辺りを回ったの？　僕もこれから散策しようと思って。おすすめのルートとか、スポットとかある？」

彼女は二秒だけ考える振りをした。

「んー、全部かな」

「どこも全部よかったってこと？」

「どこも全部つまんなかったよ」

呆気に取られている間に、それじゃ、とサリーは僕の傍らを横切り、玄関をくぐっていった。

……マイペースなのか、なんなのか。

彼女からは今のところ、恋愛に励もうという雰囲気はほとほと感じられない。撮れ高を気にしたり、何か爪痕を残そうという気概もなさそうだ。改めてこの番組に対する、各々のスタンスの違いを感じる僕だった。

さて、気を取り直して。これからどこへ向かおうか。

やっぱり素直に考えたらビーチかな。朝の光を浴びながら砂浜を散歩なんて、こんなロケーションじゃないとできないことだ。

そう決めた僕はいざ、砂浜へ続く小道に沿って歩きだす。撮影に備えて多少整備がなされたのだろう。踏み固められた地面をゆるゆると下っていく。

砂浜には何やら作業している人影があった。あれは――。

「あ！　栞さーん、おはようございまーす」

両手を大きく振り振り、挨拶をくれたのはアシスタント《A》ディレクター《D》の手《て》鏡《かがみ》渚《なぎさ》子《こ》さんだった。

『クローズド・カップル』のメインキャストは総勢六人いるが、彼女はそれとは別、つまり裏方の人員だ。中でも僕らと歳が近い。まだ二十代前半だったはず。服装はTシャツにゆるめのオーバーオールを合わせたラフで活動的な格好。化粧っ気の薄い顔にはアラレちゃん眼鏡を載せている。

「おはようございます、渚子さん」

僕は挨拶を返しつつ、なぎさこ、という不思議な響きを慎重に発声した。「小口栞」はもちろんペンネームだけれど、彼女の名前は芸名の出演者たち以上にインパクトがある。手鏡に、渚子だ。一度見聞きしたら忘れられない。初対面の時、ついそれを本人の前で口走ったら、彼女は気分を害した様子もなく、わざわざ運転免許証を取り出して見せながら、こう言った。

――正真正銘の本名ですよ。小説の登場人物みたいでしょ？

含みのある言い回しには意味があった。後から知ったのだけれど、渚子さんは僕の作品をデビュー時から追ってくれている読者だったのだ！　島に渡ったメンバーの中で唯一の貴重な――奇特な？――御仁《ごじん》だった。元々幼い頃からミステリを読むのが好きだったという。そんないきさつもあって、彼女は人見知りの僕にも割と好意的に接してくれていた。僕も出演者の面々よりむしろ彼女に波長の近さを感じているくらいだ。

そんな渚子さんが、先ほどからなぜか僕の顔を凝視している気がする。

「どうかした？」

「……毎日遅くまでお疲れ様です」

「え？」

思わず僕が聞き返すと、彼女は人さし指を目の下に添えて、

「くまが目立つ気がしたので。きっと昨晩も新作を書き進めていたんですよね？」

うぐ。純粋なまなざしが胸に突き刺さる。

仕事道具のノートパソコンはもちろん持参していた。けれど、島に来てからまともに立ち上げてすらいない。撮影で気力を使い切り、この二日間はベッドに倒れたと思ったら気づけば朝を迎えていた。くまが濃いのは生まれつきだ。

僕が頭をかきながら、のろのろと弁解しようとした時、彼女が続けて声を上げた。

「あ！　もしかして、セブン・シーズ・ハウスの枕が合いませんでした？　それでよく眠れてないとか……。あれ、完全に私の好みで発注しちゃったからな……そうだったらごめんなさい！」

僕は一瞬呆けた後、発想の飛躍に思わず吹き出しそうになった。セブン・シーズ・ハウス――コテージの寝具には今のところなんの不満もない。

「枕もベッドもすこぶる快適だよ。執筆よりも睡眠がはかどっちゃうくらいには」

僕がそう言うと、今度は彼女がきょとんとして、その後笑ってくれた。

「ふふ、そうでしたか。それなら、まあ、よかったです」

「くまは元々出やすいんだけど、目立つかな。やっぱりメイクか何かで隠した方がいい？」

「あ、いえ。それはそれでいかにもな感じなので、私はいいと思います！」

褒められていると取っていいんだろうか。首をひねる僕には気づかずに、彼女はまた急に思いついたように話しだす。

「そういえば、時に栞さん。セブン・シーズ――これ、七つの海って意味ですけど、具体的に七つの海域がどこを指しているか、ご存じですか」

脈絡もなくクイズが始まった。こんな風に彼女はなかなか自由人で、もっと言えば天然っぽいところがある。実際撮影中にも、明らかにカメラに見切れる立ち位置にいたり、声が乗ってしまうようなタイミングで話しかけてきたりすることがあった。けれど、こういうキャラだと受け入れられているためか、あるいは編集でどうとでもなるのか、そうした諸々を木野さんは割とスルーしていた。

……えーと、なんだっけ。七つの海か。暇つぶしにはちょうどいい。つき合ってあげよう。

「七つ全部は自信ないけど、わかるところから。まずは太平洋に大西洋だよね。それからインド洋、地中海、これで四つだ。あとはそうだな……カリブ海？　あ、黒海とか、紅海なんてのもあったな。どこかは忘れたけど。でもとりあえず七つは出たぞ。どう？　いくつかは合ってる？」

「うんうん、なるほど」渚子さんは腕を組み、うなずいてから。「それでは正解の発表です。インド洋、これは合ってます。でも栞さん、うっかりです。大きなところを忘れてますよ。北極海と南極海」

「あ、そうか。そしたら、あとの四つは？」

「残りは――北太平洋と南太平洋、そして北大西洋と南大西洋です」

「そこ、分けるんかい！」

予想外だった。そんなのありか。

「困難は分割せよ、です」

それもちょっと違うと思うけれど。

なんだか妙におかしくなって、またぞろ吹き出しそうになるのを、空咳をしてごまかす。

それから僕は話題を変えるために尋ねた。

「そういえば、渚子さんは朝から砂浜で何を？」

「よくぞ聞いてくれました」彼女は胸を反らすようにして、傍らに三脚で立てられたカメラを示した。「今日は全員参加のイベントとして海水浴とバーベキューが計画されています。舞台はもちろんこのビーチ！　ですから皆さんの姿を様々な角度から撮影できるよう、固定カメラをセットしていたんです。灰村《はいむら》さんと一緒に」

　彼女の視線の先を追うと、そちらの方ではカメラマンの灰村櫂介《かいすけ》さんが腰を屈《かが》めてカメラをセッティングしていた。半袖ハーフパンツでタオルを首に巻く壮年の彼が、裏方サイドの二。この番組では基本、コテージ内に設置された複数の定点カメラが出演者の姿をとらえ、その映像を本土のテレビ局で編集して放送するという形式を取っていた。が、定点カメラの映像をつなぐだけではどうしても臨場感に欠ける。各人の動きにも対応しきれないということで、灰村さんが有人カメラとして状況に応じたアングルを押さえる役割を担っていた。その上で、屋外での長時間撮影に当たっては、こうして特別に固定カメラを準備し対応していた。

　改めて辺りを見渡すと、砂浜の方々に黒々としたカメラが設置されている。その数、十台はありそうだ。

「朝からこれを一つ一つ……頭が下がります」

「いえいえ。キャストさんが作り出す生のドラマを撮り逃すわけにはいきませんからね」

　殊勝に言う渚子さんだけれど、僕は知っている。今回の撮影で彼女にかかっている負担は相当なものだ。何せ島に渡った撮影スタッフは、プロデューサー兼ディレクターの木野さんを除けば前述の二人、ただそれだけ。出演者六人と、木野さん、渚子さん、灰村さんで総勢九人。それが『クローズド・カップル』の撮影現場の全陣容だった。

　もちろん、これは当初計画されていた数ではない。あるトラブルが起き、制作サイドの人員は大幅に欠けていた。僕はそこまで思い出し、改めて尋ねてみる。

「そういえば、B班は今どんな状況？　無事来られそうなの？」

　すると、渚子さんは頭を抱えながらうめいた。

「それが……今日も欠航の判断がなされました。完全にデッドロックです……」

　Ｂ班――それが本来島にいるはずの第二陣の制作スタッフだった。

　僕らＡ班は初日、羽田空港から朝一の全日空便で八丈島へ渡り、その後チャーター船を利用して漆島に到着した。空の旅は約五十分、船での移動も二時間ちょいという順調な行程だった。しかし追って合流するはずだったＢ班が災難に見舞われた。チャーター船がエンジントラブルを起こして足止めを食らい、そのうちに黒潮の影響で高波が発生、航行禁止が言い渡されたのだ。一夜が明け、二夜が明けても、状況はまったく改善していないという。

「この季節、こういうことはあまりないそうなんですが……ただ悪い周期に入ってしまうと、八丈島から離島に向かう船は一週間近く欠航することもあります。ヘリという航行手段もあるにはあるんですが、ここ漆島の場合、ヘリポートがないので法律上着陸ができません。船を出すか否かの判断は当日朝になされます。Ｂ班の到着は最速でも明日……明後日以降になる可能性も見ておいた方がいいとのことです」

　思ったより状況は深刻なようだ。

「それまで現場担当がたった二人か……かなり大変そうだね。しかもカメラマンは手がふさがってることが多いから、ＡＤの渚子さんがなんでも屋にならないといけない」

　僕の所感を黙って聞いているようだった渚子さんが、そこで急に僕の両手を取り、自分の両手で包み込むようにして持ち上げた。見ると、こちらを見上げる瞳は涙で潤んでいる。そのまま感極まったように、

「……そう！　そうなんですよ！　この苦労、わかってくれますか！」

彼女も鬱憤がたまっていたらしい。勢いのままにワンマンプロデューサーの不平不満をぶちまけていく。

「元々ＡＤってなんでも屋なところがありますが、さすがに今回はそもそもの企画段階から異例ずくめ、その上トラブルも重なって正直てんてこ舞いです！　なのに木野さんは、『トラブル上等！　これはむしろ最高の演出だよ』なんて盛り上がっちゃって……。確かにロケの期日の関係であまり悠長にはしていられないんです。役者はそろっているので、撮れる画は撮っておかなきゃいけない。ですが……『Ｂ班抜きでもなんとか形になってるから、このまま撮りきっちゃおうか？　なんなら僕もカメラ持つし』とか簡単に言うのどうかと思いません⁉　結局サブカメラは私がやってるんですよ！　むきー」

声に出して「むきー」って言う人、初めて見たよ。

渚子さんの愚痴は止まらない。

「はあ……木野さん、癖の強い人と聞いてましたが、そんなもんじゃないですね。そもそもこの番組、Ｂ班含めても現場スタッフは十人強だから、元々かなり人員を削ってるんです。そのしわ寄せのせいか、次から次へと仕事が降ってきて、さすがに手が回りません！」

僕は気圧《けお》されつつも、彼女の過熱したテンションを落ち着けようと、少しおどけたトーンで言葉を返す。

「あー、やっぱり舞台設定に凝りすぎたのかな？　無人島を探してきて、そこに立派なコテージを建てた。それで満足してたら、人手にかける予算がすっかり残ってなかったのかも」

「予算の全容は私にはわかりませんが……まあ、敏腕で鳴らす木野さんのことですからね、考えなしに人を削ってるわけではないんでしょう。現場の頭数が増えれば、それだけ責任や役割が分散します。カメラの外にわんさか人がいれば、出演者の集中力や没入感にも影響が出る。そういうことを見越して、少数精鋭に振り切ったというのはなんとなく察します。今回、キャスト陣のマネージャーすら同行を一切お断りしてますしね。夾雑物はなるべく排除し、機動力を上げ、出演者が生み出す自然な空気感を余すことなくカメラに収める——リアリティーショーの極意に沿った采配と考えれば、まあ、わからないこともない……ですが！」

「理屈として納得できたからといって、当事者として腑に落ちるかといえば……また別だよね」

　渚子さんはこくりとうなずいた。

「でも一気に吐き出したら少し気が晴れたかも」それから彼女は改めて腰を折る。「お見苦しいところを……失礼しました。本当はわかってるんです。この二日間、木野さんの指示はこれ以上ないほど的確でした。カメラが足りないと見るやすぐに定点カメラの数を増やしたり、盛り込むイベントの種類、演出をその場で調整したり……撮影日を二日もふいにしたかもしれないことを思えば上出来にすぎます。そして、こんな状況で撮影を決行できたのは、出演者の皆さんの協力のおかげでもあります。ちょっとこき使われたからって、ＡＤが弱音吐いてちゃ始まりませんよね。……気を取り直して！　計画通りでないところが多々ありますが、それでも出演者さんたちには極力不便が出ないようにしますので、どうかご安心を。本土との行き来は封じられてますが、今も通信は問題なくつながってますし。ちなみにセブン・シーズ・ハウスは館の裏手にある発電機から電気を供給していて、水道は地下水からのくみ上げ、プロパンガスも持ち込んで長期滞在に耐える仕様です。食料も充分。何かお困りごとがあったらなんなりと申しつけてください。引き続きイレギュラーな撮影体制にはなりますが、よろしくお願いします」

　かしこまって言われると、こちらが恐縮してしまう。

「あ、ありがとう。なんだか至れり尽くせりで逆に申し訳ないな。せめて残りのカメラの設置とか手伝おうか？」

純然たる親切心で申し出たのだけれど、渚子さんはそれをきっぱりと突っぱねた。

「さすがに舐めてもらっちゃ困ります！　いろいろ言いましたけど、私も仕事人としてのプライドがありますから。裏方の業務は裏方に任せて、栞さんは早く女の子の一人二人口説いてください！」

……無茶苦茶言うなあ。

曖昧に請け合って、僕は腕時計に視線を逃がす。時刻は午前九時を回ったところだった。

その時。

「おーい、手鏡。終わったならこっち手伝えー」

灰村さんからＡＤにお呼びがかかる。

「あ、はい、ただいま！」

渚子さんはわたわたと声を飛ばしてから、近くのカメラの角度を再度慎重に整えた。その仕上がりに一人うなずくと、

「それじゃ、私行きますね。砂浜での全体撮影は午後三時からを予定してます。よろしくです」

そう言い置くと、白い砂を蹴り上げ颯爽《さっそう》と走り去っていった。

それから当初の予定通り、僕は砂浜を少し歩いた。ただふと気を抜くと、打ち合わせしている渚子さんと灰村さんが視界に入ったりして、どうにも落ち着かない。この二日間、混乱した現場を八面六臂《はちめんろっぴ》の活躍で支えた二人の顔にはやはり隠せない疲労がにじんでいる。周囲をのんきに遊

歩し続けるのも心苦しくなり、潮風は名残惜しかったけれど、十五分ほどでさっさと切り上げることにした。

どうせ十時からは館内活動推奨時間だ。これは絶対強制ではないけれど、コテージ内で活動するのが望ましいとされている時間帯のことだ。出演者がそれぞれ日がな一日島をふらふらしていたら撮影にならないので、その調整のために設けてあった。

でも思いのほか、朝の自由時間もけっこういろんな人と出会ったな。というか、ほぼコンプリートじゃないか？　朝が弱い木野さんを除けば、顔を見ていないのはあと出演者の一人だけ——。

と、噂をすれば影だ。

小道を上り終えると、ちょうど林の方からやって来た人物と鉢合わせした。

「お。よっす、栞か」

「おはよう、我妻《あがつま》君」

我妻陽《よう》。束感のあるアッシュグレーのウルフカットに、オーバーサイズのシャツを合わせ、極めつけのスキニーパンツ。名に負う通り陽性の雰囲気をまとう、彼の職業はバンドマンだ。『セカンド・アルバム』というロックバンドでフロントマンを務めているらしい。失礼ながらこれまた存じ上げない。でも、バンド名がユニークで面白いと思った。以前、たまたま二人で話す機会があって、バンド名の由来を尋ねてみたことがある。

「由来？　そりゃ、なんたってセカンド・アルバムは名盤が多いからな。それにあやかったってわけ」

「セカンド名盤説？　そんなの初めて聞くけど。素直にデビュー・アルバムの方がよっぽど有名なの多そう」

「あのなあ、栞。世間の評価はいいんだよ。自分が良いと思ったもの、好きと思ったものが本物なんだから」

「それはそうだ。ごめん、これに関しては僕が野暮だった。セカンド、名盤か……あまり詳しくないけど、ぱっと思い浮かぶのは『ネヴァーマインド』とか、『モーニング・グローリー』とかかな」

「……？」

「嘘！　ぴんと来てない！」

「いや、セカンドの名盤といえばあれだろ。『名前をつけてやる』とか、『桜の木の下』とか」

「……うん？　なるほど？」

「ぴんと来てねえな！」

　全然ぴんと来てなかった。ただ、今までなんの関心もなかった彼らがどんな音楽をやるのか、この会話をきっかけにして、少し興味が湧いたりもしたのだった。

　ところで我妻君は今まで何をしていたんだろう。やっぱり散歩？　そう思って改めて様子をうかがうと、彼の表情がどことなく冴えないことに気づいた。しかも時折きょろきょろと辺りに視線を配っている。

「どうかした？」

　そう聞いてみると、彼ははっとして言いよどむ間の後、逆に質問を返してきた。

「……サリーを見なかったか？」

「え？」

「三十分くらい前かな。俺から誘って、一緒に林の方へ散歩に出たんだけどさ、ふと目を離した隙にいなくなっちゃって。一応探しながら来た道を戻ってきたんだけど、見当たらないんだ」

そうか、そんなことが……ふむ。

僕は余計な言葉は発さずに、散歩の出がけに遭遇したサリーの様子をゆるゆると思い返した。まず第一に、玄関先で挨拶を交わした彼女は、連れとはぐれて仕方なく戻ってきたという感じではまったくなかった。第二に、僕とサリーが出会ったのも三十分前かそこらだ。予期せぬ事態だったとしたら、そこから判断してセブン・シーズ・ハウスに舞い戻るまでがあまりに早すぎる。とすれば、考えられることは一つだった。……サリーは自分の意思で彼をまいたんだろう。

――どこも全部つまんなかったよ。

脳裏によみがえる彼女の言葉をぐっと飲み込み、僕は気楽な口調を装って言った。

「あれじゃない？　我妻君、サリーが靴ひもを直すとかで、立ち止まったのに気づかなかったんだよ。この島の林道は決して遭難したりするような悪路じゃないけど、意外と見通しが悪いところもあるからね。サリーの方もすぐ追いつくと思って油断してたら、うっかり見失っちゃったって感じだと思う。きっと先にコテージに戻ってるよ」

「そうかな……そうだよな！」

我妻君はそれで納得してくれたようだった。

それから僕らは二人でセブン・シーズ・ハウスへと足を向ける。

道中、僕は他人事のように現状の出演者の相関図を思い浮かべてみた。

……なんか一方通行の矢印、多くない？

3

「よし、全員そろい踏み、と。それじゃぼちぼち始めましょうかねー」

朝の散歩から数時間後、出演者六人にスタッフ三人の総勢九人が砂浜に会していた。

久々に一同の前に姿を現した木野さんは、アロハシャツにサングラスを合わせ、くせ者感を増していた。肩口まで伸ばした長髪を揺らしながら、例のごとく飄々《ひょうひょう》とのたまう。

「野外でのまとまった撮影はこれが初めてになるね。ま、別に難しいことはないよ。ここまで番組のリズムとか、お互いの呼吸とか、だんだんわかってきてると思うから、あとは自分の気持ちをうまく沿わせながら動きを見せてちょうだい。あ、これは繰り返しの注意になるけど、カメラが寄った時だけ、できればその時の会話を軽くまとめて再現するのだけ意識してください。今まではピンマイクつけてもらってたけど、海じゃ使えないからね。あと昨日からスポットで手鏡にもサブカメラを回してもらってるから、それも頭の片隅に置いといて」

「よろしくです」

「ま、使える画《え》になるかは怪しいけど」

「ちょっと！　木野さん！」

「それじゃ、僕は本土と編集会議があるからこれで。予定通り、今日の夜が『クローズド・カップル』の初回放送になるからね。伝説作ろうと思ってるんで！　気張っていこうぜ！」

決めぜりふとともに、木野さんはさっときびすを返し、去っていった。

なんとなく出演者の視線がＡＤに集まる。

「えーと……はい、そしたらカメラ回していこうと思います。改めてよろしくお願いします」

砂浜での全員参加の撮影はそんな風に始まった。

とはいえ、舞台が変わっただけで、台本や段取りが新たに用意されるわけでもない。僕らは好き勝手に砂浜で過ごすことになる。

出演者は全員水着で集まっていた。男子勢は脱ぐとますます男前が上がり、末席に名を連ねる僕の自尊心がいよいよ砕け散りそうになる。テレビで、舞台で、頻繁にアクションをこなす桂君はさすが体が締まっている。胸板も意外と厚い。我妻君も線が細いけれど、全身にしっかりと筋肉がついているのがわかった。どうしたって自分が一番見劣りしている。ああ、肩身が狭い……って、慣用句すら僕の貧弱な肩幅を煽ってくるじゃないか。事実だからどうしようもないけれど。

女性陣の方はといえば……ちょっとこれ、見ていいの？　異性と海やプールに出かけたことがないから、目の前の光景がまだ現実のものとはにわかに信じられない。

花火さんはシンプルな花柄のビキニがすこぶる似合っていた。夏の太陽が、南の島が、総出で祝福しているような神々しささえある。うるるさんはふりふりピンクのオフショルダーで、グラビアアイドルの肉感的な魅力よりも、むしろ彼女のガーリーな個性が際立っている印象。サリーはさすが本職のモデルだけあって、レトロなハイウエストを見事に着こなしていた。

一人どぎまぎしている間に、周りは如才なくそれぞれの出で立ちを褒め合っている。陽キャは軽々とこういうムーブをこなす。陰キャの僕はついていくのがやっとだった。

それからまた唐突に、その場のノリでビーチバレーをすることが決まった。集合場所の傍らには、海水浴や砂浜でのレジャーを楽しむ道具が一式用意されていた。その中から我妻君が簡易ネットとボールを見つけ出し、みんなに提案したのだ。

チーム分けは、こういう場なら当然男女ペアになる。厳正なるじゃんけんの結果、僕は花火さんと一緒のチームになった。

「やった、栞君とだ。優勝するっきゃないね」

「お手柔らかにお願いします……」

ふと、少し離れたところから、桂君がすがめるようにしてこちらに視線を飛ばしていることに気づく。花火さんを取られて面白くないんだろう。むすっとした表情。対照的に、彼の腕にうれしそうに絡んでいるのはうるるさんだ。もう一チーム、我妻君とサリーのペアは男女のテンションが逆で、我妻君が積極的に話しかけるのだけれど、サリーはどこ吹く風といった様子。現状の相関図がぎゅっと凝縮された風景だった。

そうこうしているうちに試合が始まる。やっぱり最初のうちは我妻君が誰よりも張り切っていた。けれどそのうち、バレーの腕前を見せつけるだけなら意中の相手と同じチームでなくてもいい、ということに気づいた桂君もギアを上げた。経験者ではないようだけれど、たっぱがあるからプレーが様になる。彼らのチームの女の子はほとんど棒立ちだった。そもそも彼女らは最初からバレーの勝敗にはさして興味がなさそうだった。

唯一、うちのチーム――花火さんだけが例外だった。これには僕の運動神経が人並み以下で役に立たないこともあったけれど、純粋に花火さんが達者だった。冷静に見て、男子も含めた六人の中で一番技術的にうまいと思った。明らかにハンデになっている僕のミスを軽々とカバーし、しかし決して独りよがりになることなく、毎ゲームそれなりにいい試合に持っていく。野球部やサッカー部がみんなこういう人ばかりなら、僕も体育の授業を嫌いにならずに済んだかもしれない。

ただ、困るのは——。

前傾姿勢でボールを待ち構える彼女。その蠱惑《こわく》的な後ろ姿をつい凝視していたことに気づき、僕は慌てて視線を引きはがす。水着姿で激しく動き回るもんだから、その……いろいろきわどいんだよな。本人は全然抵抗がないのか、平気で飛んだり、跳ねたり、屈んだりしていて、その度に見ているこっちがはらはらしてしまう。軽はずみに回転レシーブとかするの、本当よくないよ。あんな頼りない布地じゃ、それこそ何かのはずみで——。

「——栞君！　そっちいった！」

「え？」

ばあん！

唐突な顔面への衝撃に、僕はなす術なく後ろざまに倒れ込む。熱い砂浜に大の字になると、ワンテンポ遅れて頭の辺りにてんてんとボールが跳ねた。

「悪い、手元が狂った。大丈夫か？」

向こうのコートから飛んでくる桂君の声は、妙に明るいトーンだった。あいつ、狙ったな……いや、まあ、半分は自業自得か。

「栞君、大丈夫？」

ぼやけた空が大写しになった視界に、逆光で入り込む心配そうな顔。花火さんだった。

「うん……なんとか」

応えて、上半身をゆっくりと起こす。同時に体をあちこち探ってみた。よかった、幸い怪我はないようだ。

「大したことないっしょ、ボールもお遊び用だし」と外野から我妻君。「にしても今の、超笑った。栞ぐっじょぶ！　ほらほら渚子ちゃん、カメラカメラ。めちゃくちゃおいしい画なんだから。番組で使ってあげなきゃ、体張った栞が報われないだろ」

ぱたぱたとやって来た渚子さんは、

「は、はいっ。そうしたら……桂さん、スパイクもう一発お願いします！」

「いや、それは必要ないでしょ！」

思わず突っ込むと、どっと砂浜に笑いがはじけた。

結局、終わってみればバレーの総当たり戦は惜敗続きで最下位だったけれど、僕はその後も浜での時間をほとんど花火さんと一緒に過ごした。というか、彼女に延々と連れ回されたのだった。

「島に来たのに泳がないでどうするの！」

バレーの後も体力があり余る花火さんは、渋る僕の腕を取り、海の中へと引き込んだ。彼女は泳ぎも上手だった。ただカメラがとらえやすいように、基本は腰より水位が低い浅瀬で波とたわむれていた。

しばらくして陸に上がると、今度は砂浜でのシーグラス探しと相なった。

「元は捨てられた瓶やガラス製品だからね。暖色系、特に赤やオレンジが珍しいみたい。ごく稀に複数色が混ざったマルチカラーってのがあって、それを見つけた人には幸運が訪れるんだって」

花火さんの講釈を聞きつけ、いつの間にかその場の全員がシーグラス探しに没頭していた。番組的には一見地味な絵面《えづら》だ。しかし単純作業だから合間に会話も生まれるし、レアもの発見に誰かが声を上げ、みんなで寄っていく時なんかは自然とテンションが上がり、見せ場にもなった。見つけた戦利品は意中の相手へのプレゼントにもなるから、一層雰囲気は盛り上がる。

桂君はここでも僕へのライバル心を燃やし続けていた。バレーでの一件もあったし、何度も突っかかってこられると、だんだんこちらにも対抗する気持ちが湧いてくる。

それで僕も張り合うように花火さんへの捧げものを探したのだけれど、結局両者とも成果は芳しくなかった。すわ幻のマルチカラー？　と僕が大騒ぎした一片は、よくよく見るとただのプラスチックだった。

そうそううまく事は運ばないものだ。


そうこうするうちに日はだいぶ傾き、腹の虫も騒ぐ頃合いになった。コテージでの夕飯は当番制だけれど、今日は引き続きここでバーベキューだ。すでに器具や材料などの用意も万端だった。準備ばかりさせてしまって、スタッフの皆さんには申し訳ない。まあ、彼らには後日高級な焼肉でも食べてもらうとして……午後六時、僕らは早速夕飯の支度に取りかかった。

手間取りながらもなんとか火を起こし、網の上に肉と野菜を思い思いに載せていく。やがて、じゅうじゅうという音と香ばしさが辺りに満ちた。否応なしに食欲が刺激される。

「そろそろいい？　いいっしょ？　んじゃ、いただきまーす……うわ、うっま！」

我妻君の舌鼓を号砲に、それぞれがお目当ての食材に箸を伸ばす。僕も手元で育てていたカルビをいそいそと自分の皿に移して、おもむろにぱくり。——うん、文句なし！　自然の中で食べるご飯ってやっぱり格別だ。

しばしの間、撮影も忘れてがっついていると、不意に離れたところで笑い声が上がり、周囲の盛り上がりにすっかり置いていかれていることに気づいた。いかんいかん、さすがに黙々と飯をかっ込んでいるだけではお話にならない。僕はとりあえず会話の流れをつかもうと、皿を置き、飲み物を口に含んで――そこでもう一つ、あることに気づいた。

僕の手の中にあるのは烏龍茶の缶。対して、花火さんや桂君が握り持つのは明らかにアルコール飲料だ。話している内容もどうやらお酒にちなんだものらしい。なんだか急にテンションに格差ができたと思ったら、これが原因だったか。

僕は現在、満十九歳の身。誕生日は翌月だった。惜しい。別に普段から二十歳になったらめちゃくちゃ酒を飲んでやろうとか思っているわけではないけれど、楽しそうに飲み語らう姿を見ていると素直にうらやましさが込み上げた。そのうち桂君はたばこまでふかしだす。マルボロのメンソールが悔しいほど似合っていて、いかにも大人の男って感じだった。

うなだれてほろよい集団から視線を外すと、輪から外れたところでネイルとにらめっこしているサリーの姿があった。貴重な未成年の仲間だ。僕はキャンプ用の折りたたみ椅子を小脇に抱えると、そばまで歩いていき、

「隣、いいかい」と話しかけた。

彼女はのろのろと振り返り、いぶかしげな様子でこちらを観察していたけれど、その目が手元の烏龍茶をとらえると、

「あ、先生もぎりぎり未成年だっけ。子どもじゃん」と言って笑った。

「子どもはどっちだ、高校生」

許可が出たことにして、椅子を広げる。

腰を下ろしたはいいものの、サリーはまたぞろ爪をいじり始め、会話が続かない。

せっかくなので僕はずっと疑問に思っていたことを彼女にぶつけることにした。

「サリーはさ、なんでこの番組に出ようと思ったの?」

彼女は指先を見つめたまま、声だけ返す。

「やる気なさそうって？」

「えーと……」取りつくろっても仕方ないか。「まあ、端的に言えば」

サリーは組んだ足に肘を立てると、頬杖《ほおづえ》を突いてこちらを見た。だいぶ行儀が悪いが、それでも様になっているのが癪《しゃく》だ。水着の上に羽織《はお》ったレースガウンが翻る。

「私は先生が出演した動機の方がよっぽど気になるけど。オファーが来たって全力で断るタイプでしょ。相当ギャラがよかったの？　それともまじで芸能人とのワンチャン狙ってるとか。意外と肉食なんだ」

「話をそらすなって。僕は自著の宣伝のため。それ以上でも以下でもない。だから本気の恋愛をする気がなくても、なんとか求められてる役割をこなして、番組で使ってもらおうと思って行動してる。でも君はそんな素振りも見せないから、気になったんだ」

カメラは盛り上がっている輪の方に向いているのがわかっていた。たとえ使われたとしても、このくらいのぶっちゃけなら平気だろう。

サリーはにらむように青い瞳で僕の視線を受け止めていた。けれど、やがて姿勢を正し、正面の海に向かって語りかけるように言った。

「――本当はマリーが出る予定だったんだ」

「マリー？」

「先生は知らないか。私たち、双子ハーフモデルで売り出してんの。マリーは私の妹」

「そうなんだ……ごめん、不勉強で」

「双子でも性格は違うから、マリーはキャラ的にこういうの向いてるんだよ。急に体調崩して出られなくなっちゃったんだけどさ。でも、事務所はチャンスを棒に振れなかった。『代わりにお前が出ろ』だとさ。『顔が同じなんだから変わんねえよ』って言われた」

「ひどいな」

「さすがにやる気もしおれるよ。ま、番組で何もしないままでいたら、そっちの方がどやされるんだけどさ。そんなこと、わかってる。わかってるんだけど……」

最後のリフレインは、小生意気なサリーの声とは思えないほど細く、途切れがちに聞こえた。

しばし沈黙の時間が流れる。

「我妻君は」と僕。「サリーのこと、気に入ってるみたいだ」

「だから何？　その気もないのに、彼の心を利用して、目立つためだけにくっつけって？」

「いや、そんなことは言わないけど……」

「言ってるようなもんじゃん。……ん、でもそっか。あの人だって、そういうポーズかもしれないしね。自分の本心がどうとか、相手の本心がどうとか、ぐだぐだ考えるだけ無駄なのかも」

サリーはそう言うと、すっくと立ち上がる。

「とにかく、これは私の問題だから。私の方でなんとかするよ。心配やら同情やら、うっとうしいからやめてね。先生は先生で自分の心配した方がいいよ。先生の周り、意外とにぎやかだし。うまく立ち回らないとこっから大変そう」

それから彼女はスタッフたちにそれとなく「お手洗いに立つ」サインを送り、セブン・シーズ・ハウスの方へと歩きだす。言いすがる間もなく、その姿はすぐに木立の合間に紛れて見えなくなった。

「………」

僕は浮かしかけた腰を再び簡素な椅子に沈めた。先ほどの会話がまだ頭の中をぐるぐると回っている。

――心配やら同情やら、うっとうしいからやめてね。

そうは言うものの、もう少し彼女の気持ちに寄り添うことだってできたんじゃないか。踏み込んだ質問をするだけしておいて、結局気の利いた言葉一つかけてやれなかった。不甲斐ない思いが胸に澱《おり》となって残った。

いよいよにぎやかな輪に合流するテンションではなくなってしまった。踏ん切りがつかないまま、所在なく缶の底に残った烏龍茶をちびちびやっていると、ふと誰かが砂地を踏んでこちらにやって来る足音に気づく。

サリーが戻ってきたわけではあるまい。誰だろう？　少しそのままの姿勢で待っていると、

「しーおーりんっ」

甘ったるい呼びかけに先制パンチを見舞われて。

え、今、しおりんって呼ばれたか……？

戸惑いつつ振り返ってみると、そこにはうるるさんが立っていた。今は、水着に合わせたピンクのキャミワンピ姿だ。つば広の帽子を押さえながら流し目っぽい目つき。

「しおりん探したよー。うるるね、しおりんとちょっとお話ししたいなーって思ったの。今、いいかな？」

僕の呼び方はしおりんで確定なのか。

というか、何もかも突然で驚く。そもそも彼女からまともに話しかけられること自体、おそらくこれが初めてだった。彼女のターゲットは圭たんただ一人、わかりやすく照準が絞られている。

故にそれ以外の共演者は、存在は認識しているけれどあえて関わり合う必要のないモブ——そんな風に割り切っている印象だった。そんな彼女がこのタイミングで僕に接触を図ってきたのだ。

……なぜ？

ただそんなことを真正面から尋ねられるわけもなく。

「う、うん。もちろん」

そう答えるのが精いっぱいだった。

「よかったあ。じゃあこっち、ついてきて」

彼女はにこやかに僕の前を横切り、海を背にして、手近の林の方へと進んでいく。慌てて後ろを追いかけた。

うるるさんは林に足を踏み入れてからもしばらく歩みを止めなかった。しかもずんずんと茂みの濃い方へと向かっているようなのだ。

「あの、うるるさん……？」

僕が肩越しに呼びかけた時、ようやく彼女は前進をやめ、くるりと振り向いた。すでに日は沈みきり、空には星が輝きだす時間帯だ。木々の陰影もあって、その表情はうまく読み取れない。

うるるさんはそこでおもむろに帽子を脱ぎ、小脇に抱えるようにして腕を組んだ。同時に今までかわいらしく内股ぎみだった足を仁王立ちのように広げ、厳然と言い放った。

「——あんた、何さっきからぼーっと一人でたそがれてんの？　さっさとあの『ヒロイン気取り』のこと、なんとかしなさいよ」

「……は？」

一瞬、何が起こったかわからなかった。大袈裟でなく、世界がバグったかと思った。そうでなければ、世界を認識する僕の脳みその方に不具合が起きたのだ。

目の前にいるのは、恋塚うるるさん、その人のはずだ。

しかしその声には、先ほどまでの糖度高めの響きはみじんもなかった。確実に一オクターブは音域が下がり、しかもどすが利いている。口調もすっかり変わっていた。特徴的だった舌足らずで間延びした調子が一切ない。というか、所作や立ち居振る舞いからしてまるで別人だ。え、どういうこと?

「えーと……双子のうららさん?」

「なんの話よ」

いかん、ハーフモデルは特殊な例だった。僕はなんとか混乱の中で言葉を探す。

「いや、あの、話してみるとイメージとギャップがあって……正直めちゃくちゃ驚いてます」

「はあ……勘弁してよね。あんなのキャラづけに決まってるでしょ。結局わかりやすいのが受けるのよ。戦略よ、戦略」

さ、さいですか。

最初は酔って暴走しているのかとも思ったけれど、うるるさんの顔色にはほとんど変化がない。この切り替えは完全に意識したもので、つまり普段のキャラも完璧に計算されたものというわけだ。

僕はようやく目の前の現実を受け入れ、話を先に進めることにした。

「話の腰を折ってすみませんでした。で、なんだっけ……一つ一つ確認していっていい? まず『ヒロイン気取り』ってなんのこと?」

「ヒロイン気取りって言ったらあいつ——松浦花火に決まってるでしょ! あの女、あちこちで思わせぶりな態度取って……私の圭太郎君にも！　うっとうしいったらありゃしない！」

なるほど……うるるさんから見ると、花火さんの印象はそうなるのか。ヒロイン気取り、ね。

確かに女性陣の中でメインを張り、実際にゲームメイキングも務めているという意味では、花火さんは紛れもなく筆頭ヒロインだ。一方で、それ故の支配的な振る舞いや、どこか芝居がかった調子が鼻につくというのも正直わかる。やっかみも込めて「ヒロイン気取り」というのは、少々失礼ではあるが、なかなか納得の花火評かも、と思った。

「じゃあ、花火さんを『僕がなんとかする』というのは？」

続けて聞くと、うるるさんは表情に浮かぶ呆れの色を濃くして、

「あんた、あいつのこと狙ってるんでしょ？」

「狙ってる？　いや、狙ってるとか、そういうわけじゃ……」

「は？　だったらなんなの？」

うーん、どう説明しよう。まあ、変にぼかすこともないか。

「ちょっかいをかけてもらってるうちはそれに乗っかろう、って感じかな。いっちょかみして盛り上がれば、それは番組的にもプラスだし、僕のキャラで何かしら爪痕を残せる最良の手段だと思う。出しゃばるつもりはないんだ。ヘイトを買う手前でフェードアウトして、あとはうまくやり過ごせたらって」

「うわ、何その思考。言い訳っぽくて、回りくどくて、気持ち悪い」

「ええ！」なんてこと言うんだ！

「うじうじ考えてないで、アタックすればいいじゃない」

「僕からしたら、そっちの思考の方が極端で理解できないよ！　恋愛リアリティーショーって言

ったって、結局はお仕事じゃないか。みんながみんな、その場で本当の恋愛なんてできないよ。虚構は虚構。現実は現実。だからできるだけ自分の気持ちに嘘をつかないように、立ち回りを一生懸命考えてるんじゃないか」

「野暮ね」うるるさんは僕の熱弁を一笑に付した。「いいじゃない、顔の良い異性が近くにいるんだから、仲良くなっちゃえば。いけすで管理された養殖の恋愛ごっこだってわかってるなら、好き勝手やればいい。せいぜいお茶の間や芸能ニュースがちょっと騒ぐくらいのもんでしょ。本能に従って自分が一番楽しんじゃえばいいのよ」

う……強い。まぶしすぎる陽キャの論理だった。ある意味究極の考え方ではある。でも、そこまで吹っ切れたら苦労しないって。

「そんな、ふしだらな。ふしだらなことは……」

「何よ、ふしだらって。この業界にいたらまともな恋愛の機会なんてめったにないのよ？　お手軽にどきどきを満喫して何が悪いの？　ティーンの時分から人気商売やってるとね、好意って感情がひどく厄介な代物だってこと、身に染みて感じてるの。だんだん想いを寄せるのも、寄せられるのもおっくうになる。でも番組だってわかってたら、ね。そこにはセンセーショナルなスキャンダルも、危ないことも何もないんだから……でしょ？」

　うるるさんはスカートの裾に止まった羽虫をうっとうしそうにのけながら、早くもまとめに入った。

「とにかく、できるだけあいつを圭太郎君に近づかせないでちょうだい。必要ならこっちもできる限り協力はするから。あんたとヒロイン気取りが二人きりになれるアシストとか」

　いつの間にか、僕が花火さんを狙うこと、そしてそれが意中の相手とくっつくために協力し合うことが既定路線となっていた。

「さて、と。じゃ私は行くから。一緒にいたと思われたくないから、少し時間空けて戻ってよ」

そうして、うるるさんは颯爽と回れ右。闇夜に溶け込む彼女の背中を、僕は呆然と見送るしかなかった。

「………」

言いたいことは山ほどあった。とりあえず、胸の中でこれだけぼやくのを許してくれ。

無敵かよ、あのグラビアアイドル。

4

五分後、僕が浜に一人戻ると、カメラを携えた渚子さんに声をかけられた。

「あ、探してたんですよ。複数人でアクションを起こす時はもちろんですが、一人で行動する時も一応なんらかのサインをくださいね。状況が把握できなくなっちゃいます」

普通に叱られてしまった。

「ご、ごめん」

彼女は聞き分けの良い弟にするように、ん、とうなずいてから、

「そろそろ本格的に暗いので、屋外での撮影は一旦区切りにしようと思います」

腕時計を確認すると、すでに午後八時を回っていた。

「片づけ、何かやることあるかな」

「だから心配には及びませんって。今夜は急ぎやることだけやって、あとは明日に回しますし。

出演者の皆さんは忘れ物にだけ気をつけて、セブン・シーズ・ハウスの方にお戻りください」

その時、波打ち際の方から声が上がった。花火さんだった。

「ねー、みんなで写真撮ろうよ！　公式のＳＮＳに上げるやつ」

やはりこの場をまとめ上げ、リードするのは彼女なのだと思わされる。引き上げようとした面々も再び引かれるようにして集まり、花火さんを中心に六人の出演者が会した。

「ポーズは？　何かやるの？」

モデルらしくサリーが尋ねると、

「せっかくだから、こう、みんなでミサンガを掲げるとか」と桂君が提案した。

僕は自分の右手首に目を落とす。いまいち似合っていない、明るい黄色のミサンガがそこにあった。その他の各人も、赤（花火さん）、緑（桂君）、オレンジ（我妻君）、青（サリー）、紫（うるるさん）と色とりどりのミサンガを身に着けている。番組の一日目、出演者全員に配られた、いわばリアリティーショー参加者の印だった。ここ漆島で、お互いに正々堂々恋し合うことをこれに誓ったのだ。

我妻君が「いいじゃん、そうしようぜ」とミサンガを振って応える。「これ、花火が率先してみんなの手首に結んでくれたんだよな。でもこの結び目、何度見ても独特で笑う」

改めて見ると、彼の言う通りだった。通称「花火結び」で、彼女曰く「絶対にほどけない」という結び方だ。彼女は自身の靴ひもなども自然とこのように結んでしまうという。

花火さんは、あはは、と他人事のように笑いながら、

「めちゃくちゃ頑張れば、結んだ本人はほどけるかも。でも多分、他の人には無理だね。『花火結び』は私以外には絶対に結べないし、ほどけない。そういうことになってるから。じゃ撮るよ

ー」

花火さんは自分のミサンガを足首に結んでいたので、女性陣は足を伸ばして前の方に座り、その後ろに男性陣が立った。いく人かのスマホで代わる代わる、ぱしゃり。

「えー、全然アップできないー。なんでなんでー」

しばらくして、そんな声を上げたのはうるるさんだ。相変わらずカメラの前では完璧なぶりっ子を演じている。スマホを一生懸命タップしているが、この辺りが圏外だってことは彼女もわかりきっているはずだった。単に圭たんの気を引きたいだけだろう。

もちろん、本土とやりとりができなければ島で撮影した映像を共有したり逐次放送していくことも不可能なので、セブン・シーズ・ハウス内には無線通信で電波が飛んでいる。確か館の中心部に当たる、二階の花台にルーターが設置されていたはずだ。しかし建物全体をカバーするのが精いっぱいで、屋外に出るとこうして通信は途絶えてしまうのだった。ネットが恋しいこともあってか、出演者たちはぞろぞろとコテージへ続く小道に列をなした。

道中、前を行く花火さんが思い出したようにサリーに話しかける声が風に乗って届いた。

「そうだ、初回放送に合わせて、感想を投稿してもらう用のハッシュタグも作っておこうよ。通りのいいやつ。サリーなんかない？」

「え？　急に言われても……」

「あー、確かに統一されてないとエゴサの時困るな」と横合いから我妻君も首をひねり出す。

うるるさんを挟み、桂君と僕はやや前方集団と距離があった。

「……クローズド・カップル――『＃クロカプ』」

だから、桂君のつぶやきは僕にしか聞こえなかったかもしれない。この件にタッチする気のない僕はそれきり意識をそらし、本土では味わえない星空を堪能しながら歩いた。

コテージに戻ると、木野さんが昼間と変わらぬテンションで出迎えた。

「やあ、みんなお疲れ様！　……お、だいぶ焼けたんじゃない？　僕ももっと現場に下りていきたかったんだけどね、次の段取りやら仕込みやらで立て込んじゃって。砂浜でのドラマは今夜楽しみにチェックさせてもらうよ」

「この後って、俺たちどうしたらいいすか？」

我妻君が尋ねる。

「みっちり撮られて疲れただろうから、今日はもう休んでもらって大丈夫だよ。ご承知の通り、一階の定点カメラは回ってるから、そこでもう少し動いてくれてもいいけど、無理は禁物ね。明日以降、そろそろひそかに仕込んでたネタの方もお披露目していこうと思ってるから」

木野さんは最後の一言をもったいつけて強調すると、さっさとスタッフが陣を張る三階へと舞い戻っていった。

顔を見合わせる一同。

やがて、サリーが自室に戻ると言っていち早く去った。海水浴の後に一度シャワーを浴びたので、入浴も明日の朝にするそうだ。セブン・シーズ・ハウス内には、トイレは一階と二階に二カ所あるが、浴室は一階に一つあるだけだ。一応、中は男女で分かれているものの、同性の中でも順番が後ろになると相応の待ち時間がかかる。それが面倒とのこと。

続いて、残る理由のなくなった我妻君も朝風呂を選択して引き上げた。

桂君はしばらく花火さんの様子をうかがっていたけれど、「先に風呂もらっていいか」と僕に確認を取ってから、タオルや着替えを持ってきて浴室に向かっていった。思わぬ潔さだ。この場は一旦引いて、明日に向けて策を練ろうということかもしれない。それを見て取ったうるるさんもシャワーを使うと宣言。桂君とお互い湯上がりでの遭遇を狙ってか、自室から着替えやお泊まりセットを引っつかんで戻ってくると、ばたばたと浴室に向かった。

リビングには花火さんと僕だけが残った。立っているのもなんなので、L字のソファーに少し距離を取って座る。

と。

「――ねえ、栞君」

心を落ち着ける間もなく、花火さんが話しかけてきた。こちらの顔をのぞき込むようにして、小首をかしげている。

たたえられた柔らかな微笑は、その時、少しだけ悪魔のように見えた。

「はい、なんでしょう」

「そろそろ私のこと、好きになった？」

「な……！」

僕がまんまと言葉につまると、花火さんはその様子を楽しむようにくつくつと笑った。

彼女は先ほどから手すさびに自室の鍵をもてあそんでいる。そこにぶら下がるフリージアの根付は、八丈島の土産物屋で彼女が一目惚れした代物だ。根付の鈴が、花火さんの笑い声と重なり、心をくすぐるようにちりちりと鳴った。

――いいじゃない、顔の良い異性が近くにいるんだから、仲良くなっちゃえば。

豪気なうるるさんがいたずらに背中を押してくる。……ああ、そうか。彼女がさっさと浴室に立ったのは、僕と花火さんを二人きりにするアシストの意図もあったのかもしれない。

　それでも僕は――。

「……今はまだ、よくわからないんだ」

　そう答えるのが精いっぱいで。

　番組的な駆け引きにもなっていない。中途半端に意識するようになってしまったせいで、立ち回りがまたぐだぐだになりかけていた。

　花火さんはそんな僕のことを、今度は笑わずに真っすぐ見据えた。

「ん、そっか。今は、ね。じゃ、また明日に期待しようかな」

　彼女はそう言うと、腰を落ち着けたばかりのソファーから立ち上がる。それからしばし言葉を探すような間の後、平素とは少し違うトーンでつけ足した。

「ごめんね、思わせぶりなことばっかり言って。栞君が困ってるのはわかってるんだ。だから、好きになるとか、ならないとか、そういうのとは別にね……私のこと、栞君にはしっかり見ていてほしい。そうしたら、君ならきっと気づいてくれる。そう思うから」

「……花火さん？」

　思わず今度は僕が彼女の顔をのぞき込む。

　気づく？　何に？

　しかし角度が悪く、その表情はうかがえないまま。

　そのうちにうーんと伸びをして振り返った花火さんは、もう普段の花火さんだった。くしゃくしゃと髪を持ち上げながら、

「あー、お風呂入りたかったけど、私も朝シャンにするね。部屋で化粧落としたらそのまま寝落

ちしそう。琹君はどうする？」

「あ、えーと、僕は桂君と入れ替わりに入るつもり。上がるまで待ってるよ」

彼女は応える代わりに、小さなあくびを一つ。それから顔の辺りでひらひらと手を振った。

「それじゃ、お先。おやすみ」

「うん、おやすみなさい」

花火さんはソファーを回り、リビングの隅にある吹き抜け階段へと向かった。

彼女の後ろ姿がゆっくりと段を踏んでいき、ほどなく僕の視界から完全にフレームアウトした。

その瞬間。

なぜか、ふっと湧いてくる喪失感。

まるで……まるで花火さんがその時、この世界から永遠に消えてなくなってしまったような。

もう二度と彼女に会えなくなるような、そんな何かが、黒いさざ波のように胸を埋め尽くして――。

僕は乱暴に頭を振り、おかしな感慨をしめ出したけれど。

今思えば、あれは予兆めいたものだったのかもしれない。


翌朝、彼女は「死体」で見つかった。

三年×組にて　Ⅰ

ぴ、ぴ、ぴ、ぴ――。

徐々に大きくなる電子音が、私の意識を揺り起こした。

新しい朝が不快な周波数によって早々に傷物になる。頭は重く、瞼《まぶた》は癒着したように開かない。希望の朝もへったくれもない。それがここ最近の私の目覚めだった。

ベッドの中で体勢を変え、枕元を手探りする。けれど、いつもならそこにあるはずのスマホが、今日に限って一向につかめない。私は舌打ちを一つ、体にまとわりつくブランケットをはがし、上半身を起こした。

スマホは充電器のケーブルが外れ、足元の方に転がっていた。アラームを止め、バッテリー残量を確認すると十五パーセントしかない。……まあ、いいか。行きの道中だけなら十パーセントもあればもつ。学校に着いたらそこで充電しよう。

そう頭で考えて結論が出る前に、習慣のように私の指はＳＮＳのアイコンをタップしている。

トレンドワードを席巻しているのは「＃クロカプ」だった。今までにないという触れ込みの恋愛リアリティーショー番組。昨晩が初回放送だったのだ。斬新な企画、出演陣で注目を集めていただけはある。今も現在進行形で感想の投稿が増えているようだ。

私も昨晩リアルタイムで見ていた。個人の嗜好として、正直この手の番組への思い入れは薄いし、もっと言えばはっきり苦手なのだけれど、周りと話を合わせるためには見ておかなければならない。

——と、いけない。

感想を追うのに熱中していた。女子高生の私に、与えられた朝の時間は短い。そろそろ出かける準備をしなければ。私はかけてあった制服に手を伸ばした。


「出席番号七番　坂東《ばんどう》未来《みらい》」

「はい」

私の発声は、可もなく不可もなく、まったく凡庸な調子で教室に響いた。

朝の会とは名ばかりの、お決まりの出席確認。これが終わると、授業が始まるまでは自由時間だった。

自然、女子たちは椅子を寄せ合い、おしゃべりの輪を形成する。その端っこに、私もいた。

「ねえねえ、昨日のクロカプの放送、見た？」

「もっちろん」

「想像してたより、一話で展開早くない？」

「そうそう、あんな風になるんだーって。私驚いちゃった」

「あとさ……女の子たち、みんなかわいかった！」

あははは、と笑い声が起こる。

「でも、なんといっても女優・松浦花火！　自分の見せ方わかってるって感じ。未来もそう思わない？」

「う、うん」

「私も自分磨き頑張らなきゃなー」

そこで黒髪のきれいな少女が、ふふ、と笑った。私はぎくりとして、気取られぬようにそちらをうかがう。透明感と存在感が同居した容貌。妙に人の目を惹きつける仕草。今まで一言も発していないけれど、彼女がこの輪の中心、厳然と君臨する女王だった。私の中途半端な相づちはこの人にどう受け取られただろう。そればかりが気になった。

「え、自分磨き？　なになに、誰を狙ってるの？」

「教えなーい」

「ちょっと！　じゃあさ、今からみんなで気になる人言い合おうよ」

恋愛にのめり込む女子たちの楽しげな会話が続いていた。苦手なノリだ。依然、にこにこと黙っている女王の様子も気になった。

なんとか話題に参加しよう。これ以上流れに乗れなくなるのはまずい。そう思って身を乗り出した、その時。

「坂東」

教室の後方から不意に呼びかけられた。同じクラスの男子だった。背が高く、端正な顔立ちにナチュラルマッシュが似合っている。女子にも人気の子だ。しかし私の名を呼んだはずなのに、なぜか目線が合わない。彼は頭をかきながら、続けて言った。

「……漫画、持ってきたんだけど、今渡せる？　ほら、この前言ってたやつ。俺たち、けっこう趣味近いし、多分気に入ると思うんだけど」

漫画？　ああ、そういえばだいぶ前に、そんな話もしたような……。正直あまり覚えていなか

った。けれど、

「わかった」

私は返事をして立ち上がった。その場で渡してくれるものかと思ったら、彼は「ロッカーにあるから」と言って、私を教室の外に連れ出そうとする。気乗りしなかったけれど、ここまで来たらついていくしかない。

教室を出る間際、元いた輪の方をちらと見やると、そこにはあからさまにしらけた雰囲気が広がっていた。しかも、黒髪の女王に向かって、その隣に座る女子が何やら耳打ちしているようなのだ。

陰口の想像が一瞬にして脳裏を巡り——私は気が遠くなった。


私には「恋愛」というものがよくわからない。

学校では、常に微妙な居心地の悪さを感じていた。けれど、それを周りに打ち明けることもできない。

女子高生として生きる上で、恋愛にまったく関わらずに日々を送るなんて無理だった。あらゆるメディアやエンタメでそれは喧伝《けんでん》され、無自覚でいようとしても、自分の周りの生活もそれに飲まれている。

女子も、男子も、楽しそうに異性の好みを言い合い、人気の恋愛リアリティーショーをチェックして、自分もあんな恋がしたいと奮起する。

そんな様子を横目に、私はいつも思っていた。

はたして——恋愛とは、本当にそんなにいいものなのだろうか。

第二章

1

——何かがおかしい。

セブン・シーズ・ハウス一階のリビングダイニングには、いよいよただならぬ雰囲気が漂っていた。

差し込む日ざしはすでに高い。時刻は十一時。館内活動推奨時間の十時をとうに過ぎていた。刻一刻と、各人が浮かべる困惑の色も濃さを増していく。

僕は改めて自分の周囲を見渡した。

六人がけのテーブルに着座するのは五人。テーブルの一方の長辺には、奥から桂君、サリー、我妻君が座っている。もう一方の長辺には、桂君の対面に僕、我妻君の対面にうるるさんが座るが、二人の間の席がぽっかり空いていた。

いつも舞台に一番乗りの花火さんが、今日に限って出番をとちっていた。そればかりか、今も一向に姿を現す様子がないのだ。

ゲームメーカーの不在——それは、『クローズド・カップル』撮影四日目にして初めて起こる珍事だった。

「……今さらだけど、単なる寝坊って線はないのか？」

　我妻君がおずおずと蒸し返す。

　すると、サリーがうんざりしたようなため息の後、まくし立てた。

「何度も言うけど、花火は一度起きてきて、シャワーを浴びてたんだってば。出てきた時には、すっかり今日の衣装に着替えてもいた。常識的に考えて、それでもう一度ベッドに入って眠りこける？　あり得なくない？」

「うん、やっぱり寝入っているだけとは考えづらいよ」これは僕だ。「あれだけのノックと鬼電に気づかないなんて、普通じゃない」

「――前提を、再確認させてくれ」停滞する空気を打破するように、桂君が口を開いた。「花火の部屋には確かに鍵がかかっていた。しかし、それだけで彼女が部屋の中にいると考えるのは早計じゃないか？　外から鍵をかけて、外出している可能性はないのか？」

　僕はそれを聞いて、無意識にポケットの中のそれをまさぐっていた。装飾の一切ない丸い持ち手に、ぎざぎざのブレードがついた自室の鍵。施錠された部屋から応答がない場合、部屋の主が外から鍵をかけ外出中というのは真っ先に検討すべき可能性ではある。しかし――、

「だーかーら、花火は二階に上がった後、一階には下りてこなかったんだってば！」サリーがほとんど叫ぶようにして食ってかかった。「吹き抜け階段は直でリビングダイニングにつながってるんだから、人の行き来があれば、ダイニングテーブルで夏休みの課題やってた私が見逃すはずない。ここにいるメンバーの部屋は検《あらた》めたし、奥の物置みたいな部屋までのぞいたけど、結局どこにも花火はいなかったでしょ。ずっと自分の部屋にいるとしか考えられないじゃん」

「えー、でもさ」そこで声を上げたのはうるるさんだ。「確かに二階には出演者六人の部屋と備品でいっぱいの物置部屋があるだけ。隠れられる場所なんかないけど、セブン・シーズ・ハウスは三階まであるよ？　そこに転がり込んでるとしたらどうー？」

　ああ、三階――スタッフが寝泊まりしている階か。

　セブン・シーズ・ハウスはれっきとした三階建ての建物だけれど、この最上階の存在はしばしば頭から消えそうになる。そこは原則撮影が行われることのない舞台裏。番組の中ではないもの扱いだし、そもそも番組外でも出演者が出入りすることはほぼないからだ。

　けれどもしも、花火さんが三階になんらかの用事があり、そのために自室に鍵をかけて向かったとしたら……。

「……残念ながら、それもなさそうです」肩を落としながら、渚子さんが吹き抜け階段を下りてきた。「三階の部屋を回ってきました。空き部屋ものぞいてみましたが、花火さんの姿は影も形もありませんでした」

　ならば、やはり花火さんは自室にいるということか。胸騒ぎが一段と大きくなる。

　ちなみに今日も八丈島からの便は全面欠航との連絡が入っていた。Ｂ班の到着が遅れていることも気になったが、今は目の前の問題が最優先事項だ。

「木野さんは？　この件についてなんと？」

　僕は尋ねる。渚子さんはそもそもプロデューサーの指示を仰ぐために三階へと向かったはずだった。

　彼女はますます肩を落とし、

「それが、本土とウェブ会議中とのことで……『終わり次第すぐ対応する』とは言っているんですが」

「何それ、おかしくない？」

いら立たしげにサリーが毒づく。おそらくこの場にいる全員が同じことを思った。番組を統括する責任者がそれでいいのか？　いくらなんでも危機感が薄すぎやしないか？

「……マスターキーとかないのか？」我妻君が唾を飲み込みつつ言う。「体調が悪くて起き上がれないのかもしれないし、無理やりにでも押し入った方がいいと思うけど」

出演者の視線が一斉に渚子さんに集まる。渚子さんはいよいよ肩と一緒にトレードマークのアラレちゃん眼鏡もずり落としそうになるほど消沈しながら、

「すみません、発注が間に合わなくて……」

「仕方ない。強行突破だ」桂君が意を決して告げた。「何もなかったら後で謝ればいい」

「……玄関の用具箱に斧《おの》がある」

そこで割って入ったのは、遊撃カメラマンの灰村さんだった。カメラは回したままのようだったが、もはやそこに音声が乗るのはいとわない、というように早口で指示を飛ばす。

「撮影前に島の林を手入れするのに使ったものだ。体当たりよりはそれでドア板を破る方が早い」

「取ってきます！」

桂君が率先して立ち上がった。ポロシャツを翻し、玄関に向かう。

残りのメンバーはそろって吹き抜け階段を上がり、花火さんの部屋の前へと集まった。改めてドアノブを握って押してみるが、がちがちと鍵の手応えを感じるばかり。ノックしながらの呼びかけにもやはり応答はない。

ほどなくして、薪割りにも使えそうな大振りな斧を手に、桂君が階段を駆け上がってきた。

灰村さんがノブの上辺りを示し、

「錠の近くに穴を空けるんだ。手を入れてツマミが回せる程度でいい！」

桂君はコントロールを調整すべく、柄を短く握り込み、ドアめがけて斧を振るった。刃が鈍い音を立てて食い込む。木片が飛び散るのと同時に、斧の柄にこびりついた乾燥した泥が辺りに散らばった。

そうして何度も打ち込むうち、ドアに腕が入れられるくらいの穴が空いた。桂君は一旦傍らに退き、斧を置くと、しびれたらしい両手を手の甲から包むようにもみほぐしている。

僕は黙って前に出て、穿《うが》たれた穴へと手を差し入れた。鋭利な木の裂け目を避けながら、慎重に指を伸ばす――。

一同が息を潜める中。

――かちゃん。

静寂を貫く、芯のある小気味良い音が一つ響いた。穴から手を抜きノブをつかむと、上体を内開きのドアに委ねた。廊下に居並ぶ面々が折り重なるようになだれ込む。

「――――！」

何が起こっているのか、すぐには理解できなかった。

部屋の中央の床に、うつ伏せに倒れる人の姿がある。四肢を軽く投げ出し、眠るように目を閉じた顔がこちらを向いていた。

花火さんは確かにそこにいた。

静かに横たわってそこにいた。

顔には儚げな微笑。

背にはナイフの柄。

血だまりに沈む彼女が、そこにいた。

2

「――いいね。いいリアクションだ」

呆然とする僕らの背後から、突如声が飛んだ。

振り返る手間はいらなかった。その人物がゆっくりと部屋の中央まで歩み出てきたからだ。

それは木野さんだった。ぱりっとした白シャツに、肩口には水色のカーディガンを巻いている。この舞台のためにしつらえたような、プロデューサーの正装だった。

しかも手にはハンディカメラを携えている。

「おっと、そっちのカメラもそのままね」

彼が短く指摘すると、灰村さんが下げかけたカメラを慌てて構え直す。木野さんはうなずいた後、足元の花火さんをしばし満足げに見下ろした。

「木野さん、これ、どういうことすか……？」

我妻君が困惑の声を上げる。

木野さんは大袈裟な素振りで空いている片手を広げ、答えた。

「見ての通り、殺人事件の現場だよ。ただ、ちょっとばかし予想よりも発見が遅れたね。……手鏡」

「え、は、はい」

「僕の部屋のミニクーラーに飲み物が入ってるから、持ってきて。で、倒れてる彼女に飲ませてあげてよ」

「え、え?」

「この体勢でしばらく待機してたから、喉乾いたと思うの。ね、被害者さん」

木野さんが床に伏す花火さんに向かって投げかけると、死体であるはずの彼女は目を閉じたままこくこくとうなずいた。

いよいよ僕らは狐につままれたような顔をするしかない。

渚子さんもきょとんとした表情のまま、心ここにあらずの体で部屋から出ていった。

「……すみません、木野さん」

そこで、窓のある方の壁際から誰かが一歩前に出た。片手に斧を提げた桂君だった。目顔で続きを促す木野さんに向かい合い、咳払いを一つ、話しだす。

「僕らが真に受けないよう、細かい配慮をしてくれたのはありがとうございます。さすがに部屋に入った瞬間は思考が止まりかけましたけど……カメラを持った木野さんの登場がまず一つ。それから蛍光ピンクの血糊、背中に貼りつけられた明らかに柄だけのナイフ、加えて花火自身がドリンクをご所望とあらば、誰もこれをまじの事件とは受け取らない。で、それを示した上で、僕らにどうしろと?」

「『まじ』のとらえ方は君たち次第だよ」木野さんは桂君の言葉を受け、不敵に笑った。「少なくとも僕は、この事件を恋愛リアリティーショー――『クローズド・カップル』の世界においてはリアルな出来事として演出している。簡単に言えばこの瞬間、番組の出演者が一人いなくなっちやったわけだ」

「いなくなっちゃったって、額面通りに受け取れるわけないけど……ここからは花火抜きで撮影を続行するってこと？　花火もそれを承知してるの？」

　サリーが考え考え尋ねる。

　木野さんは口角を上げたまま、人さし指を立てた。

「彼女には今回の役どころはもちろん言い含めてある。が、最後まで欠けたままじゃ、番組としてさすがに不格好だろう。だからこそ君たちにお願いがある。彼女を殺した犯人を指摘してほしい。犯人によって存在を奪われた松浦花火は、その手続きを経ることで『クローズド・カップル』の世界に再び舞い戻ることができる――そう考えてもらって構わない」

　リアルが云々という割には、妙に都合のいい設定だった。

　が、とにかく。

「『孤島で起こる、恋愛と××』――これこそが伏せられていたメインイベントの正体、ということですよね、木野さん」僕は今までの情報を総括し、確認のため尋ねた。「要は謎解きゲームを始めようというわけですね。クローズド・サークルという舞台設定は、むしろこのためにこそあった」

「ご明察。恋愛劇と推理劇のハイブリッドこそ、新感覚恋愛リアリティーショーが意味するところであり、まさに真骨頂だったたってわけ。『クローズド・カップル』はここからが本番なのよ。――お、手鏡、おつかいご苦労さん」

　木野さんはそこで戸口に向かって手招きした。手鏡さんがトニックウォーターのボトルを手に戻ってきたのだ。ラベルがはがしてあるのに中身がわかったのは、直接ボトルにマジックで書きつけてあったから。ただ悪筆のせいで「Ｎ」の右端の縦棒が「Ｉ」と同化して見え、ほとんど「ＴＯＮＣ ＷＡＴＥＲ」と読めた。

渚子さんは花火さんの傍らに膝を突くと、ボトルのふたにカッターで十字に切り込みを入れる。ストローを差して飲みやすくするためだろう。その短い作業の間に、

「ああ、そうだ。忘れないうちに」と木野さんが再び口を開く。「被害者さん、あのヒント、お願いしまーす」

すると、花火さんが握り込んでいた右手をゆるめ——そこから、ちゃり、と床に鍵が落ちた。持ち手に空いた穴には、ひもの両端を結わえる形でフリージアの根付が取りつけてある。独特の結び目。それが似たり寄ったりの客室の鍵を唯一無二のものにしていた。見間違えるはずもない、花火さんの部屋の鍵。それが彼女の手の中からまろび出た——。

「……！」

次の瞬間、僕がこの部屋で唯一の窓を振り返るのと、窓際に立つ桂君が動くのはほぼ同時だった。

「桂君、窓の鍵、どうなってる？」

「……かかってる。一分の隙もなく」

広い背中をすぼめてのぞき込んでいた彼がその場から退くと、カーテンが元から開け放たれていたこともあり、僕の立っている位置からもそれははっきり見えた。窓のサッシにはよくあるクレセント錠が備わっていた。レバーに黒いゴムがかぶせてあるのが少し珍しかったけれど、まだ新しいこともあって、汚れや劣化は一切ない。三日月型の部分は受け金にしっかりとはまっていた。

決まりだ、と思わず口の中でつぶやいた。事件時、部屋の出入り口は全て施錠されていた。かつ唯一の鍵は室内で見つかっている。となれば現場の状況は――、

「……密室！」

決定的な言葉を発したのは、よりにもよってＡＤの渚子さんだった。

「お前が言うんかいっ」とすかさず木野さんが突っ込む。「……あー、そういえばミステリ好きなんだっけか。ま、理解が早くて助かるよ。密室での殺人、ロマンだよな。ほら、早くそれ、飲ませてあげて」

手鏡さんは思い出したようにボトルから伸びるストローを花火さんの口にあてがう。花火さんが器用にストローからドリンクを吸い上げるのを確認してから、木野さんは仕切り直すように声を張った。それは画面の前の視聴者を意識する風でもあった。

「さあ、たった今、悪辣な犯罪を目の当たりにした諸君に改めて問う。解くべき謎は二つだ。松浦花火は、誰に、どうやって殺されたか。……あ、動機はいくらでも深読みができるから、今回は不問ね。あくまで純粋なパズルとして、解答を導き出してほしい」

「うむー、なんとなく話はわかったんだけどー」そこで今まで黙っていたうるるさんが難しそうな声を上げた。「結局裏で全部仕組んでるのは木野ピーなわけでしょ？　木野ピーがずるしてない、隠し事してないってことは信用していいんだよねー？　それがないと、どこまでいっても木野ピーを疑うばっかりで、先に進まないんじゃないかなーって」

しゃべり方こそたどたどしさを装ってはいたけれど――プロデューサーの呼び方もまた独特だったけれど――、彼女の質問はテクニカルだった。いわゆるミステリの「地の文」の問題だ。ここで嘘をつかれると、読者は正しさのよりどころを失ってしまう。

「なるほど、もっともな指摘だ。僕はミステリでいうところの記述者に当たるわけだからね。そこはもちろんルールに則って、手がかりも、境界条件も、フェアに示すことを約束するよ。確かに広い意味でいえば、この事件の黒幕は僕だ。しかし、実行犯は出演者の中にいる。ミサンガを巻いた君たちの中にね。これは確かな事実だ、確言しよう」

　思わず僕ら——花火さんを除いた五人は顔を見合わせた。

　言うまでもなく僕、小口栞は潔白の身だ。推理劇のことは今この瞬間まで何も知らされていなかった。その僕の目からは残りの四人も皆、心からの戸惑いの表情を浮かべているように見える。けれど、四人のうち一人は仕かけ人……。うーん、メタ読みはさっぱりだな。やはりきちんと段階を踏んで、推理を巡らせる必要があるようだ。すでに各々、覚悟を決めている雰囲気があった。ただでさえモラルのラインが問われる恋愛リアリティーショー。そのさなかにドッキリめいた疑似殺人を平気でちゃんぽんする木野さんのやり口には、正直受け入れづらいところもあった。けれど。

　今回の番組に、推理作家の小口栞がキャスティングされた理由は、おそらくここにあるはずだ。ならば、僕にできることならやってやろうという思いがあった。論理的思考は、少なくとも恋愛の駆け引きよりは得意分野なのだから。

　ただ、気になるのは昨晩の花火さんのせりふ。

　——私のこと、栞君にはしっかり見ていてほしい。そうしたら、君ならきっと気づいてくれる。そう思うから。

　あれは、この推理劇を見越しての発言だったのか、それとも……。

　いや、考えたところで「死人」に口なし、か。

あの言葉の真意を聞くためにも、まずは花火さんに生き返ってもらうのが先決だった。

僕は木野さんに向き直り、意見を述べる。

「まずはみんな、推理の礎となる情報を集めたいんじゃないですかね。この後、室内を調べることってできますか？　……あ、もちろん、部屋の主がよければ、ですが」ちらと花火さんの方をうかがいながら、「事件に関係のない箇所は一切見ませんし、触れませんし、近寄りません」

「はは、大丈夫。元から彼女に許可は取ってあるし、私物も引き上げてある。思う存分調べてもらって構わないよ」倒れ伏す部屋の主に代わって木野さんは請け合った。「ただし、書き物机の引き出しが二重底になっていて……みたいな凝った仕かけは別にないから、あまり重箱の隅をつついても意味はないかもね。全てはあからさまに明示してある。死体役もつらいし、時間は正午までをめどにしようか」

ただ今の時刻は十一時三十分。異論は出なかった。

木野さんはサムズアップでいつものせりふを決めた。

「それじゃ、気張っていこうぜ！」


その場にいた全員がなんとなく花火さんの部屋にとどまっていた。捜査というほど熱の入った雰囲気ではないけれど、各人が興味のある品物や備品を検めている。

僕はまず死体の検分に取りかかった。さすが女優、堂に入った死にっぷりだ。花火さんは水分補給から後、まるで本物の死体になってしまったかのように、ほんの少しの身動きすらしていなかった。顔を左に向けたうつ伏せ状態で、しなやかな黒髪は肩と床に無造作に広がっている。

凶器のナイフは背中のほぼ中央に突き立っている。正確にはナイフの柄、だけれど。リアルになりすぎないよう配慮がなされた蛍光ピンクの血糊は、そこを源泉にして、彼女の胴体周りの床へと広がっていた。

「死因は背後からの心臓部への一撃。素直に取れば、自殺はあり得ないですね。ナイフは柄の形状から判断するにサバイバル用の大振りなもののようですが……凶器の特徴から犯人を絞ることはできませんね」

　あまりに自然に話しかけてきたのは渚子さんだった。

「え、君も推理に参加するの？」

「え、参加していいんですか？」

　食い気味で、質問を質問で返される。

「いや、知らないけど……普通に考えたらだめなんじゃない？　スタッフだし」

「……ですよねー」渚子さんは心底残念そうにため息をついた。「犯人、当てたかったです」

「っていうか、そもそも知らされてなかったの？　推理劇のこと」

　僕が尋ねると、彼女はぶんぶんと首を左右に振りながら。「まったくですよ。灰村さんも驚いたと思います。しかもいつまで欠航が続くかわからないのに、B班を待たずにですからね」

　そうか、これも木野さんの独断専行——。事件現場のセッティングも彼と仕かけ人の花火さんとで朝から行っていたのだろう。

　ふとカメラマンの彼はどうしているかと見ると、うろうろと歩き回りながら室内の様子をレンズに収めるべく動いてはいるようだ。けれど明確な目的や目標が定まらず、どこかあてのない様子だった。

　事実、花火さんの部屋で見るべきものは限られている。置いてある家具はベッド、書き物机、ワードローブくらい。それぞれ順にざっと見てみたけれど、何一つ不自然な点はなかった。書き物机の引き出し、ワードローブの中も申し訳程度の小道具が設置されているのみ。机の下やベッドの下にも事件の手がかりになりそうなものは見当たらなかった。

「『全てはあからさまに明示してある』、か……」

木野さんのせりふをなぞって独りごちても、見える景色に変化はない。なぜか僕の後ろにつき従う渚子さんに不思議そうな顔をされただけだった。

窓のクレセント錠をもう一度間近で見、遠目の印象と変わりがないことを確認した後、最後にドアを検めた。

派手に穴の空けられたドア板。ドアノブの上には、つるんとした半円状のツマミがある。僕が寝泊まりする部屋と同様の機構だ。かちゃかちゃとした遊びはなく、しっかりとした作り。ツマミはある程度力を入れて回す必要があり、デッドボルトが飛び出す時と引っ込む時に「かちゃん」と芯のある音が鳴る。

僕が穴越しに手を差し入れて解錠するまで、間違いなくこのドアには鍵がかかっていた。一応、ドア板の側面やドア枠、蝶番《ちょうつがい》なども一通り調べたけれど、不審な箇所はなかった。鍵穴周りもきれいなもので、ピッキングの形跡など皆無だった。

「ドアを閉めると、本体と枠の間にはほとんど隙間がないですね。細い糸でも通すのは難しそうです」

渚子さんがうなる。

「密室の解法がそんな古典的な手だったらがっかりだよ」と僕。「仮に糸が通ったとして、ツマミは取っかかりがなさすぎるし、回すのにある程度力もいる。その種のトリックは無理筋だと思うよ」

「さすがの推理作家さんもお手上げですか」

「高名な探偵たちの例を引くまでもなく、謎解き役は途中式を軽はずみに披露したりしないんだ」

なんてうそぶいてみたけれど、実際思った以上に手応えのない現場検証となった。

この部屋の鍵――花火さんの手から滑り落ちた鍵は、部屋の中央の一番目立つ位置に発見時と同じ状態であった。まるで、にわか探偵たちをあざ笑うかのように。

時刻は間もなく正午。他の出演者もそろそろすることがなくなってきた様子で、それを見て取った木野さんが退室を促し始めた。

花火さん以外の面々が廊下に出た後、木野さんがそのまま部屋のドアを閉めてしまったので、僕は慌てて聞く。

「花火さん、あんなとっ散らかった部屋であのままなんですか？　ドアにも穴が空いてますけど」

「一旦、彼女が舞台から退場した、ということを示しただけだよ。この後は三階の空き部屋を使ってもらうつもりだ。そこからいつ抜け出せるかは、君たちの頑張り次第だね」木野さんは出演者を順々に試すように見やってから、つけ加える。「とはいえ基本はこれまで同様、こちらから行動を強制することはないよ。あまりにも事態が動かない場合、次のてこ入れも考えてるけど……ま、それはおいおいね」

木野さんは含み笑いを置き土産に一足先に去っていく。

出演者の五人はしばし、それぞれの出方をうかがうように立ち尽くしていた。

僕はといえば、この後に何をすべきかはすでに決めていた——というか、決められていた。なので、こほんと喉を鳴らした後、口火を切る。

「……とりあえず、僕は昼ご飯の準備をするよ」

昼食と夕食の手配は当番制。本日は自分の担当だったと思い出したのだ。さすがに推理にかまけて食事をおろそかにするわけにはいかないだろう。

すると、サリーもはっとしたように、

「あ、今日の当番、先生と私か」と手をたたく。めんどいなー、とぼやきつつ、さっさと髪をくくり始めるのが律儀な彼女らしかった。

「そうしたらその時間、俺は部屋で少し考えを整理したい」

そう言ったのは桂君だった。花火さんを狙っていた彼としては、一刻も早く彼女に生き返ってもらう必要があるわけで、納得の選択といえた。

少々意外だったのは我妻君だ。

「俺もそうする」と桂君に続く。彼も案外、犯人探しに前のめりのようだ。

「私は少し休憩ー」と伸びをしたのは我が道を行くうるるさん。「ご飯ができたら呼びに来てー」と言うと、早くもくるりと背を向けた。

成り行きを見守っていた渚子さんが、そこで「あ」と声を上げた。桂君に向かって、

「斧、片づけておきましょうか」と呼びかける。

「ん、ああ、それじゃ頼……いや、柄についた泥で手が真っ白だ。手洗いついでに自分で片づけるよ。部屋に寄ってタオルだけ取っていこう」

そうして散会の流れとなった。自室組の三人が鍵を取り出し、それぞれかちゃんと小気味良い

音を響かせてロックを解除、部屋に入っていくのを見届けた後、僕とサリー、そして渚子さんと灰村さんは一階へと下りた。

3

三十分後、僕は自室組を呼びに二階に上がった。

お昼のメニューはそうめんにした。手抜きのそしりは甘んじて受け入れるつもりだったけれど、夏野菜と白だしでアレンジを加えたおかげか、不満は出なかった。いや、もしかしたら出演者各位は目の前のそうめんを咀嚼するよりも、今しがた起こった事件の咀嚼で忙しかったのかもしれない。

案の定、食事が一通り済むと、時機を見計らったように桂君が口を開いた。

「みんな、今少し時間をもらえるか？　花火の件についてだ」

朝と同じ配置でダイニングテーブルに着く五人の間に、ぴりっとした緊張感が走る。彼は手首にはまった緑のミサンガに触れながら言葉をつむいだ。

「俺はこのまま番組が進行するのはどうかって思う。花火がいなきゃ『クローズド・カップル』は成り立たない。そうだろう？　もっと言えば……俺にとっては今、カメラの前に出る理由そのものがなくなっているようなものだ」

なんと。

彼のそれは、ほとんど告白と同義だった。桂君自身、それを意識してやっているはずだ。本人不在の状況を逆手に取った、最大のアピール――。

　と、どこからか、ぎりぎりという音が聞こえる。発信源はうるるさんだった。は、歯ぎしり？　……ってか顔怖っ！　湧き上がる負の情念を、なんとか作り笑いで抑え込もうとしているが、全然うまくいってない。

「でも圭たんー？　この殺人事件、木野ピーが気合入れて仕込んでくれたみたいだし、あんまりすぐ解いちゃったら申し訳なくない？　視聴者のみんなも、もう少しじっくり謎解きを楽しみたいかもよ」

　メタ的な視点も交えて説得を試みるうるるさん。

　が、

「無理にとは言わない」と桂君。「嫌ならうるるは話に参加しなくてもいい」

　がん、と彼女の頭に見えない衝撃が走ったのがわかった。決定的な一言だった。こんなことを言われたら、真相究明にインセンティブがないうるるさんとて、推理から逃げるわけにはいかなくなる。

「いや、あの、違うのっ。うるるもね、大事なメンバーが欠けたままなのは悲しいなーってもちろん思ってて――」

　慌てるうるるさんには気づかない様子で、サリーがぽつりと、

「この中に犯人がいるのに、変わらず今まで通り過ごすってのもなんか気持ち悪いよね」

　するとすかさず我妻君が、

「そう、それ！　俺も思ってた。やっぱり一刻も早く犯人を見つけるべきだって」と意気込んだ。

　サリーは深く考えての発言ではなかったようだけれど、我妻君の方は明らかに彼女を意識している。推理劇で活躍すれば、意中の相手のポイントを稼げる――そう踏んだとすれば、彼が積極

的に謎に取り組む理由もうなずけた。

　——推理劇が、恋愛劇を駆動させている。

　僕は場違いにも、ひどく感心していた。

　この二つ、最初は食い合わせが悪いのでは、と思ったが、あにはからんや。あえて登場人物を一人退場させることで、物語にうねりが生じている。これが木野さんの読み通りだとしたら、やはりなかなか食えない人物のようだ。

「栞は、どうだ？」

　桂君が水を向けてくる。

　答えはもちろん決まっていた。

「僕も花火さんに生き返ってもらいたい」僕はダイニングを見回し、続けて言った。「全員が同じ気持ちなら、これから始めるべきことは一つだね。——そう、容疑者各位のアリバイ確認だ」

「みんなが捜査に乗り気でうれしいね。はい、セット完了。あとはご自由に」

　木野さんが恭しくダイニングテーブルに向かって両手を差し出す。卓上にはカメラから取り出したＳＤカードを差したノートパソコンが鎮座していた。

　事件が起きたとされる時間、各人が何をしていたか。朝にもざっと共有していたが、再度整理し直すのは当然の成り行きといえた。しかもここはリアリティーショーの撮影現場。ならば映像を検めながら時系列を追うのが一番手っ取り早い。ということで、木野さんに頼んで、リビングダイニングに設置されている定点カメラ——いわゆる小型のアクションカメラ——の映像を確認させてもらうことにしたのだ。

花火さんの部屋の前にカメラがあれば、犯人は一気に絞り込めたはずだった。しかしセブン・シーズ・ハウスで定点カメラが設置されているのは共有スペースの一階に限られているのだ。二階は出演者からサインがあった時に限り、灰村さんが追いかける場合があったけれど、基本的にはプライバシーが優先される空間とされていた。自室の中は言わずもがな、だ。出演者からすればその線引きはありがたかったけれど、今になってみるとそれは推理ゲームを混迷させるための舞台設定でもあったのだと思い知らされる。カメラ映像で犯人が割れては元も子もないのだから。

だから僕は正直、この映像確認にもそこまで期待を込めずに臨んでいる。必要な手順、といったくらいの認識だった。

リビングダイニングの定点カメラは改めて数えると十台もあった。様々なアングルから出演者をとらえるためだ。Ｂ班の足止めを受けて、増設された分もあったはず。映像確認に当たって、僕らは観葉植物の陰に設置されていた一台をピックアップした。最も引いた画を押さえるカメラで、部屋全体が映っているだろうと当たりをつけたのだ。

実際に今、一同が見やすいようテーブルのお誕生日席に置かれたノートパソコンのモニターには、リビングダイニングの全景が映し出されている。このテーブルも見切れることなく収まっているし、奥の方には階段口もばっちり映っていた。画質も良好。ちょうどこのモニターが置かれている真下、お誕生日席の床の小さなこすり傷も鮮明に見て取れた。

モニターが確認しやすい位置に、カメラを構えた灰村さんも寄ってきた。

「今日はサリーが一番早起きだったな」桂君が映像を巻き戻しながら尋ねる。「いつ一階に下りてきたか覚えているか?」

「えーと……シャワーを浴びたのは六時すぎ。一回部屋に戻って身支度をした後、七時頃に勉強道具を持ってまた下りてきた。それからはずっとダイニングで課題をやってた」

タイムコードを朝の六時まで戻し、次に時間の流れに沿って早回ししていくと、モニターに過去のサリーが現れた。「6:02」に階段を下りてきたサリーは浴室の方に消え、「6:26」に湯上がり姿で階上へ。再度「6:57」に一階に下りてきてダイニングテーブルに着席した。証言との食い違いはない。

「で、七時半くらいに花火が下りてきた」

続けてサリーが言うと、ジャスト「7:30」、生前の花火さんが一階に現れた。サリーと二言、三言交わした後、浴室へ。それからまた「8:00」ちょうどに二階へと戻っていった。いかにも決められた動きといった感じだった。

「もう少ししたら俺も出てくるぜ」

そのつぶやきと重なるようにして、「8:48」に我妻君が寝ぐせ頭で登場。サリーとの鉢合わせにどぎまぎしつつ、そそくさと浴室へ向かう様子が映し出された。

それから「9:05」に僕が一階に下りてきた。一、二分おきくらいに桂君、うるるさんも起床。我妻君も風呂から上がってきて、「9:10」には花火さんを除く出演者五人がリビングダイニングにそろった。

あとは細かい動きになるので、タイムコードと一緒にざっと列挙する。

「9:13」……うるるさんが「お腹ぺこぺこで我慢できないー。今いる人だけで朝ご飯にしちゃお」と音頭を取り、花火さん不在の朝食を開始
「9:38」……うるるさんが桂君を誘って散歩へ。サリーは課題を再開。我妻君も一緒になって頭

をひねり、僕はそれを漫然と眺める
「10:10」……館内活動推奨時間を過ぎていたので、サリー、我妻君、僕の三人で花火さんの様子をうかがいに向かう。が、ノックや呼びかけに一切の反応なし
「10:14」……桂君、うるるさん（+灰村さん、渚子さん）が帰館。僕らが花火さんの状況を伝えると、四人は固まって二階へ。しかし花火さんの部屋から一切の反応なし
「10:35」……ダイニングテーブルで状況の整理が始まる

概《おおむ》ねこんなところだった。

犯人は出演者の中にいる、ということなので無視していいと思うが、灰村さん、渚子さんはそれぞれ七時前にセブン・シーズ・ハウスを出ていく姿が映り込んでいた。次のフレームインは「10:14」に桂君、うるるさんとともに帰館した時だったので、朝早くからずっと外で昨日の片づけなどをしていたのだろう。ちなみに切り出した範囲において木野さんは一度も登場しなかった。

わかったことがいくつかある。

「花火の死亡推定時刻――もちろん便宜上の――は、彼女が最後に二階に上がった八時を起点に、最大で九時十分までの間になるな。それ以降は犯人が単独で二階に上がり、犯行をなすチャンスがなかった」

桂君の言葉に、僕はうなずく。

「タイムコードの改ざんは究極不可能ではないのかもしれないけど、今回の場合、誰にもその機会がない。映像の記録は全面的に信用できるはず。となれば、犯人は八時以降に一階に下りてきた出演者の誰かということになるね。容疑者は我妻君、桂君、うるるさん、そして僕だ」

「唯一、鉄壁のアリバイを持つのがサリーか」

我妻君がつぶやいた通りだった。サリーは七時に一階で課題を始めて以降、一度トイレか何かで画面から消えたが、再度一人で上階に上がることはなかった。

我妻君があたかも自分が嫌疑から外れたようにほっと息を吐く。対照的にサリーの方は、自身の潔白が証明されたというのに、なぜか置いてきぼりを食らったように蕭々《しょうしょう》として見えた。

ただ結局、これ以上犯行時刻の幅は縮まらず、容疑者の絞り込みも進む気配がなかった。頃合いを見て、アリバイの議論は一旦打ち止めとなった。

桂君が、ふむとうなり、腕を組み直す。

「あと、この場でつめておく話があるとすれば……密室か」

的確な話題転換だった。

この推理劇において明らかにしなければならない謎は、「誰が」と「どうやって」の二つ。後者はイコール密室の解法ということになる。

「花火の部屋はドア、窓、いずれも完璧に施錠がなされていた。部屋の鍵は室内にあったから、外からドアの鍵を開け閉めすることは不可能。犯人はいかにしてこの状況を作り上げたか」

桂君がポイントを端的にまとめる。

各々現場で集めた情報を持ち寄り、まずは自殺があり得ないことをみんなで確認し合った。遠隔でナイフを飛び出させるような殺人装置の設置も不可能だろうと思われた。犯人は確実に部屋に出入りしたのだ。

となると、次に疑われるのはなんらかのトリックを用いて外から施錠を行ったという可能性だけれど、これも決定打に欠けた。糸を使ってドアに施錠する方法は、僕が先ほど渚子さんにした説明を繰り返して除外した。氷やら、磁石やら、いろいろアイデアは出たけれど、いずれも現実性に乏しかった。同じことを窓のクレセント錠にするとなると、難易度はますます上がる。この館にはベランダが一切ないからだ。窓の外側、下半分には面格子が取りつけられていたけれど、これとて足場にはなりそうにない。

やはりドアが怪しいのでは、ということで、錠の機構によらずドアを一時的に開かなくする方法も検討されたけれど、すぐに却下となった。なぜならドア板にも、ドア枠にも、蝶番にも、異状が見当たらなかったからだ。そもそもあの時、僕がツマミを回してドアを解錠したのは厳然たる事実なのだ。これについて、僕の狂言を疑うのはそれこそナンセンス！　だってドアのツマミは遊びがないしっかりとした作りで、デッドボルトが飛び出す時と引っ込む時にだけ「かちゃん」と音がなる仕様だったから。斧で空けた穴に僕が手を差し入れた静寂の一瞬、響いたのはかちゃんという音、一度だけ。それでドアが開いたのだから、ツマミによって施錠→解錠の切り替えが起こったことは絶対の真実だ。

さらに言えば、僕があの時ツマミを回す役を担ったのはまったくの偶然。結局、ドアに施錠がなされていたという前提は揺るぎようがないのだ。

ピッキングの形跡もなければ、合い鍵を作るチャンスもない。花火さんの部屋はシンプルが故に強固な、ないないづくしの密室だった。

ダイニングテーブルの上にあきらめムードが漂った、その時だった。

「なるほど……そういうことか」

大きめの独り言を発したのは我妻君だった。彼は注目が集まる間を作るように、しばらくそのましきりにうなずいていたけれど、やがて灰村さんのカメラの焦点が自分に合ったことを認識すると、そちらに目線を向けて声を張った。

「悪いなみんな。少し早いけど、推理劇はお開きってことになるかも。俺、今ので全部わかっちまった。かっこつけて言うなら、そうだな——謎は全て解けた」

がたん！

後方で、決めぜりふに呼応するように音がした。カメラの死角となる位置に身を縮こませていた渚子さんが、唐突な展開に気を取られてカンペ用のスケッチブックを取り落とした音だった。あたふたとスケッチブックを拾う彼女の横で、折りたたみ椅子に腰かけた木野さんが、続けて、と身振りでこちらに合図を送る。

こほん、とサリーが気を取り直すように喉の調子を整えて。

「解けたって、まさか……密室の謎が？」

「全てって言ったろ。だから、犯人もわかったんだ」

我妻君は自信満々にそう言い切った。

この短時間で犯人まで——？

「ぜひ、聞こうか」

桂君が短く合いの手を入れる。それ以外の面々も無言で先を促した。

「もったいぶってもしょうがないからな。ずばり核心からいくぜ。俺の行き着いた結論——犯人は窓から出入りしたんだ」

我妻君の言葉は力強かったけれど、対して聴衆の反応は弱かった。

「……いや、我妻君、話わかってる？　花火さんの部屋は、窓の施錠もばっちりだったんだって」と僕。

「しかも窓からの出入りってそもそも無理でしょー？　二階だよ？」とうるるさんも続く。「足場も何もなかったと思うけど」

しかし我妻君は一切ひるんだ様子を見せなかった。まずうるるさんに向かって、

「すまん、足場の件は正直確認してない。だからそこはどうにか頑張ったんだろ。撮影用の脚立とか使ったのかもな。出入りだけなら、窓の下半分を覆う面格子にロープを引っかけるのでもいけね？　ロープなら物置部屋にいくらでもあるだろうし」

そんな風に軽く切り捨てた。それから僕の方に向き直って、

「栞、推理作家にしては注意力が甘いぞ。ドアはいくつかの客観的事実から、事件発覚時に間違いなく施錠されてたと確認された。けど、窓はどうだった？　本当に死角はなかったか？」

そう問われ、僕は渋々思い返す。

現場で窓の鍵を検める考えが最初に浮かんだのは、花火さんの手から部屋の鍵が落とされた瞬間だった。桂君が窓のある壁際に一番近かったから、呼びかけて確認を求めたのだ。彼の広い背中が退くと、僕の立っている位置からも黒いゴムのついたレバーがはっきり視認できた。クレセント錠は受け金にがっちりとはまっていた――。

「あ」僕の口から一音が漏れた。

「思い出したか？　あの場で窓のクレセント錠を真っ先に確認したのが誰だったか。それは圭太郎だった。圭太郎なら可能だったんだ。施錠されていない窓を、施錠されていると嘘をつき、確認するふりをしてこっそり施錠することが、な。一応念のため聞くが、圭太郎が確認する前にクレセント錠に意識が向いた奴はいるか？」

誰も答えない。

我妻君は我が意を得たりというようにうなずく。

「そりゃそうだろう。目の前に血に濡れた花火が倒れてるんだから。そっちに意識が集中するのが当然だ。圭太郎はそれを見越してた。だから窓のある壁際にポジションを取り、隙を見てクレセント錠をかけることで密室状況を作り出したんだ。何か申し開きはあるか、圭太郎」

しん、とダイニングが静まり返る。先ほどの気の抜けた沈黙と違い、わずかな間に空気はぴんと緊張感で張りつめていた。

我妻君の推理は意外に細かなところまで考えられていた。一定の説得力があるようにも聞こえる。ただ、その方向で考えを進めていくと、行き着くのは――。

「俺は、犯人じゃない」

不意に、桂君がはっきりとした口調で断言した。

その落ち着き払った声にぴんと来る。やはりそうか。彼にもすでに見えている。我妻君の推理の穴が。

「真っ先に推理を披露した勇気は買うし、論旨は――多少綱渡りなところがあったにせよ――理解できた。ただ、残念ながら俺には証拠がある」

「……証拠？」我妻君の気勢が、そこで初めて削がれた。

「ああ。俺はあの時、窓のクレセント錠に一切触れていない。そのことを示す証拠だ。思い出してほしい。花火の部屋に押し入る際、俺はドア板に斧で穴を空ける役目を担ったが……その斧にはある特徴があっただろう」

「斧の特徴？　けっこう大振りで、頑丈そうなやつだっけ。でも細かいところまでは正直覚えてないな……」

「なんか、あんまりきれいじゃなかったよね」

そこでサリーがぼそっと言った言葉に、我妻君が手をたたく。

「そうだそうだ、柄の部分に乾いた泥がこびりついてて——って、あ！」

その反応を見て、桂君が口の端を持ち上げる。

「その通り。斧は、特に柄の部分が泥で汚れていた。そんな斧を始終握っていた俺の手も、同じように乾いた泥で真っ白に汚れていたんだ。検分を終えて、手を洗いに行くまでの間、ずっとな。さて、対してクレセント錠はどんな様子だったか。特にレバーにかぶせられた黒いゴムの様子は？」

「……全然汚れてなかった」

そういうことだ。もし泥汚れの手で黒いゴムに触れていたなら、そこになんらかの形跡が必ず残っているはずなのだ。

しかし我妻君はあきらめない。

「いや、でも汚れてない指の背や手の甲なんかでもクレセント錠は動かせるんじゃ……！」

「それもだめなんだ」ここからは僕が補足する。「僕は、桂君が斧を振るった後、しびれたらしい両手を手の甲から包むようにもみほぐしていたのを見てる。だから指の背や手の甲も泥で汚れていたんだ。腕や肘でだって施錠できないことはないかもしれないけど、どうしても動きが不自然になってうまくいかないはずだよ」

桂君は最後に自身のポロシャツを引っ張って示しながら、だめ押しした。

「この服じゃ袖でこっそり手を覆うこともできないし、あの時は窓のカーテンも開け放たれていた。汚れをつけずにクレセント錠に触れる方法はなかったんだ。つまり陽の言った方法で密室を作ることは、俺にも不可能だった。だから俺は犯人ではあり得ない」

「きゃー！　圭たん、かっこいい！」

うるるさんが黄色い声を上げる一方で、我妻君は椅子の上で燃え尽き脱力していた。

自分から見得を切り、勝負を仕かけたにもかかわらず、結果は惨敗。知性の魅力でサリーにアピールする計画が脆《もろ》くも崩れ去った……というところなんだろうけれど、今の一連の流れに彼女がなんら興味を持っていないようなのが、また余計に哀れを誘った。サリーはただむっつりとテーブルの一点を見つめていた。

そんな中、推理劇に対するボルテージを一人上げているのが桂君だった。

「なるほどな。こんな風にディスカッション形式で推理を組み立て、その結果として犯人に行き当たったとしても花火を生き返らせることはできるんだろう。……でも、傲慢を承知で言えば、俺はそれを許したくないな。一番に真相を看破するのは他の誰でもない、自分でありたい。俺は俺自身の推理で花火を生き返らせたいって思う。実は今、俺の頭の中にも一つの仮説がある。俺が今から、この事件に終止符を打とう」

横槍無用。桂君の独演会の始まりだった。

4

「さっき全員で密室トリックを整理したけれど、単純であるが故に隙がないというか、ドアも、窓も、子細に検討すればするほど、より不可能性が強固になっていくような気がした。だから俺は一旦、視点を引いて考えてみることにしたんだ。すると、今まで盲点になっていたある要素が浮かび上がってきた。俺が着目したのは、花火の手からこれ見よがしに落とされた部屋の鍵だ」

桂君はそこまで一息に言ってから、革製の小さな財布みたいなものを取り出し、テーブルの上に置いた。

「わ、それ、キーケースだよね。おしゃれー」とすかさずうるるさん。

「ありがとう。取りつけておかないと失くしそうだから。それに」桂君はリングから鍵を外し、今度は鍵単体をテーブルに落とした。「俺は花火みたいにおあつらえ向きの根付やストラップを持っていない。目印がないと、他の部屋の鍵と見分けがつかなくなる」

きいん、と跳ねる鍵の音に、桂君の言葉が重なり、無理やり気づきのつぼを押されたみたいに脳裏にある考えがひらめく。うるるさんも、我妻君も、サリーも、この瞬間、皆一様にはっとした顔をしていた。

テーブルの上に着地した鍵の特徴は、丸い持ち手に、ぎざぎざのブレード、ただそれだけだった。今までそういう機会がなかったからよかったものの、この鍵と自分の鍵を同じ場所に置いたら、一瞬で区別がつかなくなること請け合いだった。僕は自室の鍵に目印をつけていないし、ブレード部分の形状も正確に記憶していない。後者については誰だってそうだろう。

「俺たちは鍵そのものではなく、鍵についた目印で持ち主を判別していた」桂君が核心を突いた。「フリージアの根付のついた鍵が、花火の手の中から現れた——そのことで俺たちは、それが花火の部屋の鍵であると疑いなく思い込んだ。しかし、あの鍵が目印だけを取り替えた別の部屋の鍵だとしたら？　犯行現場は密室ではなくなる」

「つまり花火の部屋にあった鍵は、花火の部屋の鍵じゃなかったってこと？　……ややこしい」

サリーが顔をしかめる。

「じゃあ、あの鍵は一体誰の……？」

我妻君の疑問には、

「決まってるよねー。犯人しかあり得ない」とうるるさんが答えた。

「そう。あの時、鍵が盗まれていることを主張する人物はいなかった。犯人が自由にできた鍵は、自分の部屋の鍵と、奪った花火の部屋の鍵しかない」桂君がうるるさんの言葉を裏書きする。

「つまり犯人は自室の鍵と、花火の部屋の鍵を単純に交換したんだ。自室の鍵にフリージアの根付を結び、犯行現場に残す一方で、花火の部屋の鍵を室外に持ち出した。ドアへの施錠は普通に鍵を鍵穴に差し込み、回すだけで済んだというわけだ」

まさに盲点。しかし、これが真実だとすれば、犯人はずいぶん大胆なことをやったものだ。

「さて、ここまでわかれば犯人もあぶり出されることになる」

——え！

危うく声を出しそうになる。桂君の論理展開は意想外にスピーディーだった。このままじゃ本当に推理作家のお株が奪われるかも……？

「このトリックを使う場合、犯人はなるべく早いうちに自室の鍵を回収しなければならない。ただ、今回は花火の手の中から鍵が出てくるという演出のせいもあって、あの鍵は始終犯行現場の中央、一番目立つ位置にあった。現場検証中のすり替えはほぼ不可能だったろう。実際、俺は検分の最後の方にもう一度鍵を検めたが、それは発見時と同じ状態でそこにあった。結局、犯人は花火の部屋の鍵を持ったまま、現場からの一時撤退を余儀なくされたわけだ。……しかしそうなると少々困った事態になる。自室の鍵が犯行現場にあるために、その間は自室の施錠・解錠が一切不可能になるんだ」

なるほど。

犯人は花火さんの部屋を密室にすることはできても、逆に自室のドアの鍵穴に鍵が入らない。元から自室のドアを解錠状態にしておけば、単純に出入りはできるけれど、留守中に鍵をかけない様子は不自然と取られるかもしれない。

……あれ、ちょっと待って。

これが犯人特定の条件になるのだとすれば、とても嫌な予感がする。

「さて、あとは検分を終えた当時の状況を思い出すだけだ」桂君はラストスパートとばかりに一段とギアを上げる。「あの時、出演者の動きは大きく二手に分かれた。自室組と、昼食準備組だ。自室組の俺、陽、うるるは、三人がそれぞれかちゃんと小気味良い音を響かせて自室のロックを解除し、室内に入った。これは犯人にはできない芸当だ。故にこの三人は犯人候補から除外される。犯人は、真っすぐ一階に向かった昼食準備組の栞とサリーのどちらかということになるが……言わずもがな、サリーは映像による鉄壁のアリバイがあるから除外。犯人は論理的に一人に絞られた。――まさか小口栞、君だったとはね」

「…………」予感、的中。

出演者たちの視線が一斉に僕を刺す。灰村さんのカメラも、僕の戸惑い顔を真正面から抜いているようだった。

ただ何度も言うけれど、僕は断じて犯人ではないのだ。ミステリの神様に誓ってもいい。

だから考えなければ。何か反論しないと、本当にこのまま勢いで犯人にさせられてしまうかもしれない……ん？　そこでふと疑問を覚えた。

そういえばこの推理劇、冤罪《えんざい》にペナルティーはあるのだろうか。

あるいは、僕がこのまま犯人を装って虚偽の自白をしたら、どうなる？

というかそもそも、正式な犯人になんらかの処罰などはあるんだっけ。

……答えは出なさそうだった。余計なことに気を取られるのはよそう。

とにかく桂君の推理には必ず誤りがある。自分の身の潔白がわかっている以上、それだけは疑い得ない事実だった。今突きつめるべきはその一点だ。

考えろ、考えろ、考えろ——。

「僕が今持っている鍵は、正真正銘自分の部屋の鍵だ」僕はなんとか抗弁をひねり出す。「今から二階へ行って、みんなの前で鍵を開け閉めしたっていい」

「それはなんの証明にもならない」桂君は余裕の笑みで返す。「検分の後、どこかのタイミングでもう一度花火の部屋に入り、自室の鍵を回収しただけの話だろう。一番可能性が高いのは、昼食の用意を終え、自室組を呼びに二階に上がった時か。だが他にもチャンスはいくらでもあった」

ぐぬぬ……だめか。

歯がみしつつ、次の手を必死に巡らせていた、その時。

——脚に硬いものがべしべしと当たる感触がした。

不審に思い、机の下をのぞいてみると、そこには渚子さんがいた。いや、なんで？

僕の股の間に収まって、油性のマジックで太ももを乱打している彼女。僕が気づいたと見るや、スケッチブックに何かを書きつけ、それをカンペの要領で見せてくる。

『何やってるんですか！』

それはこっちのせりふだった。

『このままじゃ犯人にされちゃいますよ！』

……まあ、それはそうなんだけど。ていうか、そこ、死角なの？　普通に映り込んでない？

僕の疑問をよそに、彼女は一方的にメッセージを飛ばしてくる。

『私が議論に参加できれば栞さんを助けてあげられたんですが』

『外野の身なのでどうにもなりません』

『悔しい！』

紙いっぱいに殴り書きされた文字には心がこもっていた。

『そこで……ヒントだけ伝えにきました！』

え？　ヒント？

全然期待していなかったけれど、まさか渚子さんは見つけたのか。桂君の推理の瑕疵《かし》を。

期待して待つけれど、なかなか次が出てこない。

しばらくして、

『ミサンガ』

という言葉が現れた。少ない文字の割に時間がかかったのは、空いたスペースに簡単な絵が描かれていたからだ。正直あまり上手ではないけれど、あれは……ミサンガを巻く花火さん？

――ん、もしかして。

そういうことか。……いや、しかし。その理屈は成り立つのか。

でも、これで進むしかなさそうだ。

僕は意を決し、最後にスマホに文字を打ち込んで渚子さんに聞いた。

『これは木野さんからの指示？』

『ミステリファンの独断です！』

……まじか。

気を取り直して。

僕は唇を舌で湿らせてから、対面の桂君を今一度見据えた。

「桂君……君の推理は端緒からゴールの犯人特定まで、徹頭徹尾、鍵の入れ替えトリックに依存してる。でも、そのトリック自体がそもそも実行不可能なんだ。今からそれを証明するよ」

「急に威勢がいいじゃないか。できるものならやってもらおう」

僕は再度手順を確認して、ゆっくりと語り始めた。

「まず花火さんの鍵に取りつけられたフリージアの根付、あれがどんなものだったか思い出してほしい。あの根付は古風な作りで、いわゆるストラップ型ではなく、物に取りつけるためにはひもの両端を結わえる必要があった。だから花火さんの鍵の持ち手には独特の結び目ができていた。みんなの手首にあるミサンガと同じようにね。いわゆる『花火結び』だ」

出演者たちが自身のミサンガに目を落とす。

「さて、ここからが重要なところなんだけど、『花火結び』にはルールがあったよね」

「……ルール？」いぶかしげにおうむ返しする桂君。

「そう。つまり――『花火結び』は花火さんしか結べず、かつほどけない、っていうあれだよ」

「ちょっと待て。確かにそんなことを言っていた覚えはあるが、それは言葉のあやというか、大袈裟な物言いみたいなもので……あれがルールだって？」

「昨日、砂浜でみんなで写真を撮ったよね。あの時、彼女はこう言ったんだ。一言一句合っているかは自信がないけど、確かこんな風だった。

――『花火結び』は私以外には絶対に結べないし、ほどけない。そういうことになってるから。特に最後の『そういうことになってるから』はなんだか不自然な表現で気になってたんだけど、今ならわかる。これは今日の推理ゲームを見越して、花火さんが事前に示した前提――ルールだったんだよ」

　場に当惑が広がった。そりゃそうかもしれない。でもやっぱり花火さんのせりふといい、ここになんの意図もなかったとは考えづらい。僕は説明を尽くす。

「たとえば極端な例だけど、僕が書くいわゆるミステリの世界では、右利きの人物はカップの持ち手を必ず右手で持つんだ。そういうことになってるから。それを前提にして、推理の材料に使ってくださいってことなんだ」

「物理の問題の『ただし摩擦はゼロとする』みたいなー？」とうるさん。

　意外な人物から飛び出したたとえだったけれど、僕はうなずきを返す。

「そうそう。というか、そっちの方が的確かも。『クローズド・カップル』は推理劇だと明言されてるわけだから、メタ的なルールや手がかりも推理に含めてしかるべきだと思うんだ。よってこの前提に立つと、犯人が花火さんの鍵から自分の部屋の鍵へと根付を自由につけ替えることは不可能だ。厳密に言うと、生前の花火さんにお願いすることで、彼女の鍵から自分の鍵に根付を移動させることはできる。でも彼女の死後、根付を破壊することなく『花火結び』に手を加えられる人はいなくなり、永久に自分の鍵についたままになる。いずれにせよ桂君のトリックは実行できない」

　反応をうかがうべく、ちらちらとテーブルの端から端に視線を配る。

　とりあえず即時の反論は出ないようだった。ほっと胸を撫で下ろす。

僕は自分の頭の中で、「花火結び」ルールが仕込まれた意味も想像してみた。本来、推理劇の段取りとしては、検分の時に誰かが鍵を怪しんで、鍵穴に差し入れる工程を想定していたのではないか。それによって間違いなくあれが花火さんの部屋の鍵だと判明し、密室が補強される、という筋書きだ。しかし本番、にわか探偵たちはそこまで思い至らない可能性がある（実際そうなった）。その場合でも、あの鍵がトリックに使われていないことを保証するのが、このメタルールだった——と。

とん、とん、とん。

ふと規則的な音に気づき顔を上げると、目の前の桂君が肘を突いた両手で頭を抱え、人さし指で側頭部をたたいていた。

「……あと十分、いや、五分だけ時間をくれ」彼はテーブルの天板を見つめたままつぶやく。

「どこかに手落ちがあるはず……俺が、この俺が謎を解いてみせる……」

う……彼のライバル心に火をつけてしまったか。

参ったな。個人的には、この会はそろそろお開きにして、今後の方策を少し落ち着いて考えたいところだったけれど……。

その時、颯爽と助け船があった。

「先生は犯人じゃないよ」サリーだった。「今の説明、私はけっこう納得がいったし」

そう言って、肩にかかるブロンドを払う。

ありがたいお言葉の一方、彼女らしからぬ妙に芝居がかった調子が気になった。

次の瞬間、彼女はダイニングテーブルに爆弾を落とした。

「ってか、そもそも——犯人は私だから」

5

出演者の誰もが呆気に取られていた。

桂君も眉間にしわを寄せたまま顔を上げる。

彼女は今、なんと言った？

混乱の渦の中、その中心にいるサリーは、澄ました顔で自らに集まる視線を受け流している。相変わらずどこかつまらなそうな冷めた表情を浮かべているけれど、よくよく見ると頬がいつもよりわずかに上気しているようにも見えた。

「……詳しく聞かせてほしい」

僕が先兵となって尋ねる。とにかく話を前に進めなければと思った。

「詳しくも何も今言ったことが全てなんだけど。花火殺人事件の犯人は私、それだけ。みんながあまりに的外れな推理ばかりするから不安になったの。この調子じゃいつまでたっても犯人当てられないんじゃないかって。かくれんぼで一番悲惨なのは真っ先に見つけられることじゃない、最後まで誰にも見つけられないことだよ。だからちょっと早いけど、ネタばらしさせてもらったってわけ」

サリーはしゃあしゃあと言う。肩をすくめる仕草はハーフだけあってさすが堂に入っていた。

いや、だからってこの場で堂々と自白なんかするか？　そんな中途半端な幕引きは、視聴者だって許さないだろう。

虚偽の自白であれば、さすがに木野さんが動くか……と思い、そちらを見やったけれど、彼は少し目を見開いただけですぐに、続けて、という風に片手を差し出し、それで終わりだった。あくまで静観の構え。ただその反応からしても、やはり筋書きや打ち合わせ通りの展開ではなさそうな印象を受けた。

となると、これはサリーの独断なのか？　……それも納得がいかない。この推理劇において、彼女が自分から犯人を騙《かた》ってなんになる？　そんなメリット、これっぽちも——。

いや……あるのか。

僕はある仮説に思い至ってしまった。

彼女はこの推理劇において、自分の存在を目立たせ、刻みつけようとしているのではないか。

昨日、サリーは僕に『クローズド・カップル』への出演が自分の意思ではないことをひっそりと明かしてくれた。恋愛劇に乗れない胸の内、それは僕自身も共感できる内容だった。カメラが回っている中で本当の恋愛なんてできっこない。でも、割り切って演技でごまかすことや自分の気持ちに嘘をつくことにも強い抵抗がある。恋愛劇に向いていない性分の人間は、考えれば考えるほどどつぼにはまり、自滅に陥りがちだ。

しかし、同じ迫真劇でも推理劇となると若干話が変わる。そもそもこちらは殺人事件自体が完全なるフィクション。同じリアルを売りにした見世物でも性質が大きく異なるのだ。

これならショーと割り切って動けるかも——サリーは仏頂面の裏で考えを巡らせたのだろう。事務所からの期待もある手前、番組でまったく使われないまま終わるわけにはいかない。機をうかがい、ここぞというタイミングでついに動きだしたのだ。

ミステリの花形といえば探偵役と思いがちだけれど、それと同等か、時にはそれ以上においしいのが犯人役だ。彼女は自ら犯人役に名乗りを上げることで、これまでで最も大きな注目を集めることに成功していた。

「……君には映像による鉄壁のアリバイがあったはずだが」

　ややあって、桂君が試すようなジャブを打ち込んだ。

　そうだ、まずはこれについて、どのような説明を用意してきたかを聞かなければ。

　サリーはこれまでの推理合戦において、ある意味蚊帳《かや》の外にいた。普通に考えたら絶対に犯人ではあり得ないからだ。彼女が推理劇で目立とうと思ったら、真っ当に犯人を推理する方がむしろ手っ取り早く思える。が、彼女は自分自身を犯人とする、茨の道を行くことを選んだ。いかなる腹案を練ってきたのか。

　サリーはおとがいを上げ、あえてなのか、まったくさりげない調子で衝撃的な種明かしを行った。

「そりゃ、同じ人間が同時刻に違う場所にいられるはずがないよね。だから定点カメラに映ってたのは私じゃない。あれはマリーだよ。ご存じ、私の双子の妹のね」

　……あまりにも大胆なアリバイトリックだった。大胆すぎるが故に、誰もがとっさに異議を唱えることができない。

　絶対に無理とは言い切れないのでは？　彼女——いや、彼女たちであったなら可能だったかもしれない。そんな風に思わせる妙なすごみがあった。

　——代わりにお前が出ろ。顔が同じなんだから変わんねえよ。

　それはある種、心ない言葉をかけてきた事務所への意趣返しのようでもあった。

　サリーは淡々と続ける。

「実はマリー、行きのチャーター船にこっそり乗って、一緒に漆島に来てたの。私たちは元から姉妹参加だったんだ——もちろんみんなには内緒でね。部屋はちょっと窮屈だったけど、一緒に使った。で、たまに入れ替わったりして」そこでサリーは右手をすぼめ、手首の青いミサンガをずりずりと動かした。腕の細い彼女は「花火結び」をほどかずしてそれを外した。「ミサンガをつけた方が、その時カメラの前に立つ『サリー』ってわけ。みんなの反応を見るの面白かったな」

「わー、全然気づかなかったー！」

うるるさんがわざとらしくもてはやす。うわ、これ幸いと乗っかってるよ……犯人探しが脇道にそれることは、むしろ彼女にとっても好都合だからだろう。

「今日の朝、七時から一階で課題をやっつけてたのは私のふりをしたマリーだった。私は自室で待機してて、隙を見て花火の部屋を訪ね、そして犯行を遂げた。これだけでアリバイがきっちり担保された完全犯罪が成立するんだから、双子って便利だよね。それからなんだっけ、密室か。これも不可解に見えたのは、みんなが出演者の総員を誤ってとらえてたから。犯人である私は、単純に犯行後も花火の部屋に内側から鍵をかけてとどまってただけ。内開きのドアの陰に潜んで、みんなの目が花火に向いてる隙に外に出たんだよ」

サリーはよどみなく言い終えた後、青い瞳で卓上の空気を薙《な》いだ。そこにはこのまま勢いに乗って反対意見を封殺しようという気概すらうかがえる。もしかして彼女、本気でこのまま押し切るつもりなのか？

その時。

ぱち、ぱち、と彼女の隣で乾いた拍手が上がった。

「うん、いいね。意外や意外、面白い考えだよ」

先刻推理を否定された衝撃から徐々に立ち直りつつある桂君だった。場を仕切っていた頃の自信も回復しつつあるようだ。それは新たな議論の標的を見つけたことと無関係じゃないだろう。

「サリーなりにこの推理劇を盛り上げようとしてくれたんだろう？　気持ちはわかるし、確かに番組的には必要なことだったかもしれないな。でもそろそろ気が済んだならお遊びはそこまでにしてほしい。話を本筋に戻させてくれ」

「お遊びって、何その言い方？」

「そのままの意味なんだが」

「私、遊んでるつもりなんて――」

「だったら今すぐマリーを連れてきてくれよ」桂君は語調を強め、いよいよクリティカルなせりふを放った。「犯行後、サリーとマリーはまたどこかのタイミングで入れ替わり、今カメラの前にいるのは本物のサリーだ、と君の話を総合するとそうなる。自分が犯人だと証明したいんだろう？　じゃあ百聞は一見にしかず、双子の片割れの存在を示すのが筋じゃないか。行きのチャーター船で一緒に来たなら、マリーが島から逃亡する手立てはないはずだよな。そもそも一階のカメラに不自然な記録を残さないためには、一階に降りている『サリー』は常に一人でないといけない。今この場にサリーがいる以上、マリーはセブン・シーズ・ハウスから出られたわけはないし、館内にいるなら潜伏できる場所は君の部屋しかない。君が強情を張るなら今からそこに押しかけたっていい」

　理論派らしい退路を断つような追及だった。

　けれど、彼女は一歩も引く様子を見せない。

「この推理劇は実行犯を指摘すればいいんでしょ？　実行犯は私サリーであり、本人が今自白した内容が全て。マリーの登場はこの際関係ない。プライベートな空間への介入は論外」

「……わかってるのか？　君は今、真っ当な犯人当てを阻害している。つまりは花火の生き返りを邪魔しているんだ。どんな思惑があるのか知らないが、ゲームマスターである木野さんになんらかのペナルティーを要求したっていいんだぞ」

　桂君もなまじ真相究明に本気なだけに、言い争いが少々過熱してきた。

　ふと思い立って、テーブル下の渚子さんの様子をうかがってみたけれど、おろおろするばかりで今回は役に立ってくれそうな気配がない。

　どうする？　間に入った方がいいか。

　そんな思案をし始めた時だった。

「――サリーだ。間違いない」

　割って入った声は我妻君だった。

　言い争っていた二人が動きを止める。

　口論の間を縫って、我妻君はパソコンを手元に寄せていた。映し出された映像のタイムコードは今日の午前七時ちょうど。ダイニングテーブルでは、一人の少女が課題に向かっている。

　我妻君はモニターを指さし、繰り返した。

「定点カメラに映ってるのは、他の誰でもない、サリーだ」

　語気を強めるでもなく、それはごくごく自然な調子で語られた。なぜこんな当たり前のことを今さら議論するのか、と不思議がるようでもあった。推理に失敗してからこっち、しばらくうだつの上がらなかった彼。しかし今は持ち前の屈託のなさが、紛糾しそうな場の雰囲気を中和する方向に作用していた。

「そうだろ、サリー？」

ただただ真っすぐに言い募る我妻君に、さしものサリーも少し気圧されたようだったけれど、すぐにうっとうしそうな顔になって、

「いや、だから言ってるじゃん。それ、妹のマリーなんだって。入れ替わってたんだって」

「入れ替わってなんかないだろ」

「なんで？　同じ顔なんだからわかんないでしょ？」

「わかるさ」

一瞬の迷いもなく、彼は言い切った。

今度はサリーの方が言葉につまる番だった。

「俺には、わかる」我妻君は重ねて言う。「まだ一緒に過ごして四日目だけど、ずっと見てたんだ。気持ち悪いって言われようが、目が追っちゃうんだから仕方ないだろ。笑うと右頬にだけできるえくぼ、両目でブルーに濃淡のある虹彩——他にもいろいろ、いいなって思うところを見つけた。どれも唯一無二で魅力的だと思う。双子だろうが、三つ子だろうが、多少似てる奴と入れ替わったくらいで、この俺が気づかないわけないだろ。百パーわかる。自信あり、だ。馬鹿にしてもらっちゃ困るぜ」

小細工なしの、ど直球。

下手な策略を巡らすよりも、我妻君はこっちの方が似合っていた。正直僕のような日陰者にはまぶしすぎるスピーチだった。

実際、少なからず効果もあったようで。

鉄面皮《てつめんぴ》のサリーが目を見開いて固まっている。何か言おうとして時折口を開くものの、そこか

ら言葉が出てこない。白く透き通った素肌が、今はゆで上がったように真っ赤だった。

誰が予想し得ただろうか。

この流れでまさか、恋愛劇の方に発展があるとは！

さすがに全部が全部、木野さんの思惑通りではないのだろう。けれど、これも恋愛劇と推理劇を織り交ぜる演出によって生まれた化学反応の一つではある。まさに、木野マジックここにあり、だった。

……と、お追従《ついしょう》はこの辺にして。

え、これ、推理劇の方はどう収集つければいいの？

そこでダイニングに響いたのは、アスパルテームのように甘ったるい作り声だった。

「あ、うるる、思い出したかもー。前にネットで見たんだけどね、青垣外姉妹って、口元のほくろで見分けられるんだってー」

うるるさんは僕の方を向き、悠然と顎《あご》をしゃくる。どうやら僕がテーブルの上に雑に放り出したスマホを示しているようだ。表情と併せて察するに、さっさとそれで検索しろ、ということらしい。その通りすると、とある芸能記事がすぐに引っかかった。

記事曰く――双子の青垣外姉妹は顔かたちがそっくりだけれど、実は簡単に見分けられる特徴があるという。それが口元のほくろ。これが姉のサリーにはなく、妹のマリーにだけある、と。

実際、目の前の実物のサリーにはほくろがなかった。定点カメラの映像を再度チェックしてみる。ダイニングで課題に取り組む少女には、やっぱりほくろは見当たらなかった。ないほくろをあるように見せるには、つけぼくろをすればいい。が、元からあるほくろを完全になくすことは、この短時間では絶対に無理だ。

結論。双子の入れ替わりなんてなかった。アリバイは再度完膚なきまでに立証され、サリー犯人説はあっさりと瓦解したのだった。

「………」

サリーに集まる、ギャルソンのハートロゴみたいな視線。

のぼせていた彼女も、ようやっと自分の置かれている状況に気づいたようで。

「いや、あの……やだな、全部冗談だってば。自分が犯人？　そんなの本気で言うわけないじゃん。みんな変に真面目くさって議論してるから、ちょっとからかってやろって思っただけで……何？　ちょっと！　違うって！　負け惜しみじゃないから！」

完全なる負け惜しみだった。

というか、そもそもがいちゃもんレベルのアイデア、最初から負け戦は決まっていたのだ。彼女自身もそれを承知で、それでもこうして論陣を張ったのだろう。カメラをこのいっときだけでも自分に向けるために。そしてその目論見はある程度成功したといえるのではないか。

サリーはまだ何か言いたげだったけれど、

「はー、安心した。サリーが犯人なわけないもんな。急に突拍子もないこと言い出すから驚いたぜ。……多分、なんか理由があったんだろ？　別に詮索するつもりはないけどさ。なんか困ってることとか、悩んでることがあったら、言ってくれ。力になるから、な」

我妻君が真摯に言い募ると、気勢を削がれたように黙ってうつむいてしまった。垂れたブロンドの間からのぞける、赤々と染まった耳だけが雄弁だった。

「……めでたしめでたし」と僕。

「いや、どこが！」と桂君。「なんだこの茶番は！」

「茶番も何も、恋愛リアリティーショーかくあるべし、だよ」

「犯人当てはどうなった！」

それは……まあ、進展なしですけど。

その時、ダイニングテーブルの端で、ぴん、と誰かの腕が伸びた。

「はいはい！　すごいこと気づいちゃった！」出た。うるるさんだ。「ねえ、圭たん、聞いて聞いて！」

そろそろ何かアクションを起こすだろうなと思っていた。何せ彼女は先ほど、サリーの推理にとどめを刺したのだ。恋敵に生き返ってほしくないうるるさんは、推理劇をそれとなく停滞させたいはず。そのチャンスを一度自らふいにしておいて……どう立ち回るつもりだ？

「……どうぞ」

桂君が力なく促す。

うるるさんは桂君に向かって大きくうなずいた後、サリーの方をちらりと見やってから、

「今の推理聞いてて、ぱっとひらめくことがあったの。この島に双子の妹ちゃんはいない。それははっきりした。でも……島に『七人目の出演者』が隠れてる可能性は否定できなくない？」

「おいおい、待て待て」桂君がたまらずストップをかける。「俺たちがすべきことは容疑者を絞り込むことだ。なんで増やすんだよ。そもそも『クローズド・サークル』が絶海の孤島——クローズド・サークルを舞台にしているのは、容疑者の数を島にいる者に限定するためだろう。その前提を崩してどうする」

「シークレット枠」うるるさんはそこだけ作った声音ではなく、はっきりと明瞭な口調で言った。

「——って考えられない？　あるいは追加投入。うるるがこの番組のオファーを受けた時、木野

ピーがちらっと言ってたの。シークレットキャラ的なのを投入する構想もしてるんだー、って。結局上がってきた企画書にはそんなこと一言も書いてなかったけど、実はこっそり番組の隠し要素として織り込まれてる可能性もあるのかもって」

それを聞いて、僕の中でも記憶がよみがえる。木野さんは言っていた。僕を出演枠に入れるため、シークレットキャラ的な追加投入も検討したって。結局出演者リストを一から構成し直すことにしたらしいが、だからといって、このアイデアを完全に破棄したとは言い切れない。手練《てだ》れの木野さんのことだ。形を変えて、今回の企画にも生かした可能性は確かにあった。

うるるさんは続ける。

「うるるもね、むやみに容疑者の数を増やしたいわけじゃなくって。でも、六人プラス一人――そうして浮かび上がってくる『七』って数字が重要だと思ったの。注意深く見ると、実はこの番組のいろんなところに七が紛れ込んでる。証拠って言えるほど決定的なものじゃないけど、偶然にしてはちょっとできすぎてる気がして。たとえば、このコテージの名前、『セブン・シーズ・ハウス』っていうよね。――セブン！　ほら、七だよ？　怪しくない？」

「いや、さすがにそれは……牽強《けんきょう》付会《ふかい》じゃないかな」僕は口を挟む。ただし、うるるさんの本性を刺激しないようにやんわりと。「世界の海域を示す『七つの海』にちなんだネーミングだよね。ありがちじゃない？」

うるるさんは気にする様子もなく、

「もちろんこれだけじゃないよ。次。うるるたちが今いる無人島の名前はなんだったでしょう？」

「……確か、漆島、だったよな」そこで我妻君も話に入ってきた。「うるし。う、る、し……何か七と関係あるか？」

「ああ、そうか。大字か」

桂君がそこで初めて少し感心したような口調になる。

なるほど。漢数字には、金額の書き換えを防ぐためなどに使われる複雑な字がある。一なら壱、二なら弐……七は漆、だ。

「まだあるからねー。極めつけはこれ」うるるさんは自らの右手首をかざす。「出演者の目印でもあるミサンガ。私のはバイオレットカラーっていうのかなー、要は紫だね。かわいい。みんなのも色とりどりだよねー。それぞれの色を挙げていくと、赤、オレンジ、黄、緑、青——」

「あ……虹？」

サリーがぽつりと。

「そう！　ミサンガの六色はどれも虹の構成色なの。虹といえば七色。七人目に藍色のミサンガがあてがわれてたらばっちりだねー。どう？　出演者は七人いる説、まるっきり的外れでもない気がしてこない？　他にもこまごま気になることはあってね……たとえばこのダイニングテーブル。見ての通り六人がけだけど、みんな気づいたかな？　お誕生日席の床に、小さなこすれ傷があるの。まるでそこにも椅子が置いてあったみたいに。元々椅子は七脚あって、それを取り除いたと考えれば、これも『七人説』を補強する材料になる。同じことは二階の客室の数にもいえる。うるる、今まで二階の部屋を、六つの客室と一つの物置部屋ってくくりで認識してた。でもあの物置部屋も、中に入ってる物を全部取り出したところを想像すると、客室と間取りは変わらないと思うの。つまり元は七つの客室だったんじゃないかな。それを今はカモフラージュしてるだけ、とか。ほらほら、これだけたくさんのほのめかしがあるんだよ？　この場にいない七人目が犯人

――これも一つの可能性として、考えに入れておくべきじゃないかな？」

……そう来たか。僕は思わずうなる。

うるるさんは推理を披露する体で、解決に寄与しない横道を一本増やした。新たに余計な謎を提示したともいえる。明らかに事態を錯綜《さくそう》させる一手だ。しかしそれっぽい傍証を集めて推理っぽく見せているから、単純に切って捨てたり、無視することもできない。これなら自分の立場を悪くすることなく、うるるさんの理想である膠着《こうちゃく》状態を維持することができる。

しかも犯人を七人目の出演者に押しつけてしまえば、密室の解法も新たに考える必要がない。クローズド・サークル内の人数の前提が変わるからだ。つまりさっきサリーが語ったトリック――犯人は犯行後も部屋の中に潜んでいて、押し入った面々が死体に気を取られている隙に逃げた――が通るのだ。何もかもよく考えられていた。

「ううむ……」桂君が、厄介な展開になった、という顔で腕を組み直す。「ちりばめられた符号には確かに気になるところもある、が……一聴した印象ではやっぱり非現実的じゃないか。その、七人目か？　そいつの隠れ場所は？　実際問題、この四日間どうやって定点カメラから逃れていたっていうんだ？」

「実は映ってるのかもよー？　四日間の映像をつぶさに調べたら、ちょこちょこ見切れてたりして。……まあ、それはともかく、共犯者の存在は必須だね。隠れ場所は絶対にいるし。手引きしたのは出演者の誰かか、はたまたスタッフか！」

うるるさんはしれっとスタッフまでを巻き込み、もはやなんでもありの状況を作り出す。

僕はたわむれにスマホに文字を打ち込み、テーブルの下に持っていった。

『どう思う？　今の意見』

渚子さんの反応を待つ。

これには裏方の反応を探る意味もあった。うるるさんが集めたメタ的な伏線の多さは僕も気になっていた。いくつかは番組全体の仕かけにつながるものもあるのではないか。『クローズド・カップル』の脚本を主導するのは木野さんだけれど、渚子さんやカメラマンである灰村さんがその一切に関与していないとはまだ断定できない。

しかし彼女から返ってきたカンペのメッセージは、

『七人目の出演者とは盲点でした！　やられた！』

ただの感想だった。続いて、

『突拍子もない詭弁《きべん》、といえばそれまでですが……』

『だからこそ反証するとなると面倒そうですね』

やっぱりただの感想だった。でもまあ、まったくもってその通りなんだよな。

一同はそろって沈思黙考に入ってしまっている。

静寂の中に、ぶーんと低い機械音が聞こえた。おそらく渚子さんが館の裏手にあると話していた発電機だろう。

推理合戦は振り出しに……どころか、マイナス地点からの再スタートといった格好だった。

ふと差し込む西日に気づき、時計を見ると、時刻はすでに午後五時になろうとしていた。座りっぱなしのお尻がそろそろ限界だった。首や肩も凝り固まって重い。

僕はテーブルに着く各位を見渡しながら提案してみる。

「……そろそろ一旦散会にするのはどうかな？　さすがにこれ以上ぶっ通しでやったら頭がゆだりそうだよ」

賛意がぽつぽつと上がった。桂君だけが、しばらく渋るように黙っていたけれど、やがて「そうだな」と絞り出すように言う。僕が代表してテーブルの上のノートパソコンを引き取り、ぱたんと閉じた。

直後、後方から拍手の音が響いた。

「いやー、お疲れ様！　白熱したね」木野さんのスタンディングオベーションだった。「いいもの見させてもらったよ。早くこの回をオンエアしたくてたまらない」

疲れた顔で、なんとか愛想笑いを浮かべる出演者たち。その中で、唯一満足そうな笑みを浮かべていたのは、思い通りに場を誘導することに成功したうるるさんくらいのものだった。

かくして、思いのほか長丁場となった推理合戦は一度お開きとなった。

6

夕飯のメニューはカレーにした。手抜きのそしりは甘んじて受け入れるつもりだったけれど、一応ひき肉とトマトでキーマ風に仕上げ、ターメリックライスと併せて華やかさを演出したおかげか、不満は出なかった。そもそも各人お疲れのようで、席上の口数自体が少なかった。

食事の途中、渚子さんが業務連絡をしにやって来た時、彼女も少し面食らっていた。

「え……そのカレー、そんなにまずいんですか？」

「失敬な！」と僕。「そこそこ自信作だよ！　スタッフの皆さんの分も冷蔵してあるので、好きな時にお召し上がりください」

「わあい。それじゃ遠慮なく……と、その前に。木野さんから業務連絡です。撮影がB班抜きでもなんとか形になっています。また本土チームの編集作業も順調のようで、明日の夜にも第二回、第三回をまとめて放送するそうです。事件の発覚、推理編突入はその次からになるので、そこまで巻きで進めたいってのもあるらしいです。反応が待ち遠しいですね」

本当に心の底から待ちわびるように渚子さんは言う。けれど出演者としては、推理編が面白いものになるのかどうか、正直まだ不安の方が大きかった。

とはいえ、

「お、見ろよ。トレンドまだ残ってる。初回放送だいぶ跳ねたなー」

スマホをこちらに向けながら我妻君。『クローズド・カップル』は着実にヒットの軌道には乗りつつあるらしい。

それからしばらくは各自が各種ＳＮＳを渡り歩くエゴサタイムとなった。

「……まったく、ネットも花火花火ってうるさいわね」

途中、うるるさんが小声で文句を言うのが聞こえたが、確かに花火さんの人気はメンバーの中でも頭一つ二つ抜けている印象だった。それと対照的に、素人同然の僕に言及している投稿は極端に少ない。

「…………」

やらなきゃいいのに、僕はつい魔が差してしまった。

あるＳＮＳで、自分の名前を絡めた検索をかけてしまったのだ。

〈あの前髪長い陰キャ、誰？〉

〈作家らしいよ。小口栞だって〉

〈なんか一人だけ浮いてない？〉

〈生理的にああいうのムリ〉


真っ先に目に飛び込んできた投稿に、心臓をつかまれる思いがした。

僕は反射的にアプリを閉じ、スマホをテーブルに伏せ置いた。

「どしたの、先生？」

こちらを怪訝そうに見ていたサリーは、やがて「ふうん」と一言、エゴサに戻っていく。

「……あ、ううん、なんでもない」

……ふう。不意打ちだったから、少しだけ驚いてしまった。

いや、でももう大丈夫。あんなのをいちいち気にしていたらきりがない。名前だけでも覚えて帰ってくださいの精神だ。そう考えたらもうけもの。舞台に上がってしまった以上は、自分ができることをやるしかないんだから——。

僕はそう言い聞かせることで、なんとか精神の平穏を保った。


さて、夕食とエゴサを終えた出演者一同は、いつも通り男女別で風呂の順番を決めていく。

僕はじゃんけんで最後になったので、一度自室に引っ込んだ。と、これがいけなかった。ついついベッドに横になったがために、いつの間にか寝入ってしまったのだ。

気づくと日付が変わる頃合いだった。廊下に出ると、通路の灯りが消えているのはもちろん、一階の方も真っ暗で館内は静まり返っている。そりゃそうか。さすがに今日みたいなハードな日に誰も夜更かしする気分にはなれないだろう。

そんな風に思っていたから、階段に差しかかった時、肝をつぶしかけた。

唐突に、階下からぬっと人影が現れたのだ。

「うわあっ！」

「え……栞君？」

ん、この声は？

「……花火さん？」

なんだか言葉を交わすのがずいぶん久しぶりな気がした。今、『クローズド・カップル』の世界では死んでいるはずの彼女。

目の前にいる花火さんは部屋着姿で、髪も湿っていた。ちょうど浴室から出てきたところなのだろう。

しかし——なんだ、この違和感。

花火さんの様子は、どこかおかしかった。

向かい合っているのに、視線が一向に合わないのだ。

彼女がいつもたたえている自信や余裕も見えない。そりゃこんな時間の、ほとんどプライベートな状態なんだから、カメラが回っている時とは違うに決まっているのだけれど、妙に打ち沈んだ表情は松浦花火らしくもない。

「はな——」

再度呼びかけようとした声が、花火さんの強い語勢にかき消された。

「あの、栞君っ……あのね！」

「——あれ？」

その時だ。

僕の声でもない、花火さんの声でもない、第三者の疑問詞が降ってきたのは。

三階へと続く階段から、木野さんがゆっくりと姿を現した。

「あれあれ？　小口君、起きてたのかい」

「……あ、はい」

僕は反射的に答える。

木野さんが、今度はすっと花火さんの方に向いた。その目が、普段の彼にはなかったよどんだ光を帯びるのを、僕は確かに見た。

「だめじゃないか。死体がしゃべったら」

ざらついた響き。

花火さんが傍らでびくりと肩を震わした。

「すまないね、ルールの徹底が甘かった。没入感こそが推理劇の完成度に大きく影響するんだ。小口君もそう思うだろう？　彼女にもよく言って聞かせておくよ」

木野さんはそんな風に言いながら、僕たちの間に割って入ると、花火さんの肩を乱暴に抱いた。彼女は抵抗せず、されるがままに向きを変えさせられる。

二人はそろって階段を上がっていく。

苦い汁が喉元に込み上げた。

なんだ、これ。

このまま行かせていいのか。

何か、声をかけるべきじゃないのか。

数瞬、様々な選択肢が脳内を駆け巡り――。

僕は結局、黙って立っていることしかできなかった。

ほどなくして、二人の姿は三階の闇に紛れ、見えなくなった。

僕はこれから先の人生において、何度も何度もこの場面を思い出し、いく度もいく度も夢に見て、自身の選択について悔やみ続けるだろう。

この時確かに、前日の夜と同じ胸騒ぎがあったのだ。

僕はそれを無視してしまった。

今度はそれが、本当になった。

翌朝、松浦花火は死体で見つかった。

三年×組にて　Ⅱ

〈クロカプ、この後どうなっちゃうの？〉
〈回が進むほど面白くなってる！　やばいはまりそう〉
〈なんか次号予告で衝撃の事件が起きるって……期待！〉
〈みんないいキャラしてるよね〉
〈でもやっぱり私は花火ちゃん推し！〉
〈圭太郎イケメンすぎる〉
〈花火ちゃんかわいくって好き。メイクまねしたい〉
〈花火ちゃんまじ小悪魔〉

ＳＮＳの検索窓に「クロ」まで打ち込むと、自動的に「クロカプ」がサジェストされて、大量の投稿がスマホの画面を埋め尽くした。

第二回、第三回が放送されるやいなや、番組の人気はいよいよ爆発した。牽引するのは松浦花火の存在だ。彼女がゲームメーカーとして機能することで、その他のメンバーの魅力も引き出し、番組を盛り上げていた。ある意味引っかき回す役どころでもあるけれど、ヘイト管理が絶妙なので、まさに「小悪魔」としてのポジションを不動のものにしている。

事務所もやり手だった。松浦花火が表紙を飾る雑誌の発売や、出演するＣＭのオンエアをこの時期に重ねることで、彼女の認知は一気に広がっていた。それがまた番組の宣伝にもなり、新規客を呼び込む。主要層である中高生はもちろん、クロカプ熱の高まりは世間一般にも広がりつつあった。

街を歩いていても、電車の中でも、教室でも、誰かがクロカプの話をしているのを耳にした。

そんな周りの過熱ぶりが、私には薄気味悪く思えて仕方がなかった。

カメラの前で恋愛に興じる出演者も。

その模様を眺めて面白がる視聴者も。

自分とは決して相容れない存在だと感じていた。

当然、そんなことは口には出さない。番組に興味あるふりをしなければ、仲間から爪《つま》はじきにされてしまう。

だから更新と同時に最新話を視聴したし、念入りに感想だってあさった。ただ、そうやって踏み入れば踏み入っていくほど、恋愛リアリティーショーのいびつさに触れることになり、余計に心が冷えていく。

それなのに私は、ＳＮＳから目が離せない。

今度は検索窓に打ち込むキーワードを少しだけ変えてみた。

〈クロカプ面白いんだけどさ、明らか一人浮いてない？〉
〈この子、久々に映ってるの見た。空気だから存在忘れてた〉
〈陰キャにじみ出てて、きもい〉

〈こいつＯＵＴで、男新メンプリーズ〉
〈髪うっとうしい、切れよ〉
〈なんでこんな奴がクロカプ出てんの？〉

途端、気分が悪くなる。

特定の出演者を攻撃する文言は、好意的な感想に負けず劣らず、ネットの海にはびこっていた。中には公式ハッシュタグをつけて、平然と投稿されていたりする。

なぜ、誰もが見られる場所に、こんなひどいことを書き込めるのだろう――。

「――未来？　ねえってば」

肩を揺さぶられ、はっとした。

スマホにとらわれていた意識が現実に引き戻される。

「でさ、彼がめっちゃかっこよくて」

「最近なんかいい感じじゃん」

「でしょ？　好きな人がいるだけで毎日楽しいよね」

いつものメンバーの、いつものおしゃべりがようやく耳に届く。

そこは学校の更衣室だった。もちろん女子更衣室だ。ジャージに着替えた一群が扉に向かうところで、私だけがぼんやりと長椅子に腰かけていた。

「いつまでスマホいじってんの？　体育、校庭集合だよ。早くしないと遅れちゃう」

「……あ、うん」

私はスマホをしまい、慌てて立ち上がった。声をかけてくれた子の背中を追って、グループの輪に収まる。

「………」

気分が悪くなるとわかっていて、検索をやめられないのはどうしてだろう。こんなことをしても、何もならないのに。学校ではそつなく、目立ちすぎず、周りから置いていかれないようにだけ気をつけて行動しようと決めていた。ネットの雑言に気をくじかれていては、それもままならない。せめて今後校内でＳＮＳをのぞくのは控えよう。さて、気持ちも切り替えなくては。

女子の一団は靴を履き替えるべく、ぞろぞろと昇降口へ向かう。そこで自分の下駄箱の扉を開けた、その時だった。

お気に入りのスニーカーの上に、見慣れない紙片を見つけた。

何、これ。

なんの気なく伸ばした手が、固まる。

――『放課後、校舎裏で待ってます』

そんな文字列が目に飛び込んだからだった。

私はその瞬間、ばたん、と下駄箱の扉を閉めていた。

グループの注目が一斉にこちらに向いた。

「どした？」

うちの一人が尋ねる。

「ごめん、更衣室に忘れ物したみたい」

私が言うと、彼女たちは呆れたように肩をすくめ合い、

「じゃ、先行ってるから」と校庭に向かっていった。

揶揄の張りついた背中を見送った後、私は慎重に周りをうかがい、自分の立ち位置を確認した。

そうしてできるだけゆっくりとした動作で紙片を取り出す。

生真面目な文字を目で追う、私の心は暗澹《あんたん》としていた。

「俺と、つき合ってほしい」

予期していた言葉でも、それが生身の人間から発せられると私の心をかき乱した。

放課後。暮れなずむ夕日が目に痛い校舎裏。向かい合う二人の間には、昼間よりも少し強い風が吹いていた。

手紙の差出人は、あの背の高い男子だった。少し前に漫画を借りた、彼だ。当の漫画はなんだか気乗りせず、実はあれから一冊も読み終えられていない。せっかく貸してくれたのに申し訳ないな。それ以上の感情を、私は彼に持っていなかった。

だから、はっきりと断るべきだったのだろう。

元よりそのつもりだった。そう決めてこの場に臨んでいたはずだった。

なのに。

彼の真剣な目にとらえられた瞬間、頭の中が真っ白になってしまう。

——このまま突っぱねるのは、惜しいのかもしれない。

そんな風に思ってしまったのは、彼に情が湧いたのか、それとも打算的な考えからか。自分でもよくわからなかった。

何もかも、わからないままに——。

「……少し考えさせてほしい」

私は気づくとそう返答していた。

彼は、そんな私の身勝手な提案を素直にのんだ。

「わかった。いい答えを待ってる」

それだけ言い置いて、さっぱりとした態度でその場を立ち去った。

薄暗さが一段増した校舎裏に、私だけが残る。

「……っ」

不意に、目まいのような自己嫌悪を覚えた。たまらずその場にしゃがみ込む。

なんだ、今のは。私らしくもない。

中途半端で、都合のいい、その場しのぎの回答。

なんであんなことを言ったんだろう。

なんであんなことを言ってしまったんだろう。

自問と後悔が、胸の内でぐるぐるとのたうつ。

私には「恋愛」というものがよくわからない。

そもそも人を好きになるという感覚がよくわからない。

恋だの、愛だのと高尚な名前をつけてみても、所詮は生殖のために遺伝子に刻まれたプログラムじゃないか、と思う。別にそれ自体をこき下ろすつもりはない。ずれているのは私の感覚の方なんだろう。しかし恋愛を至上のものとして必要以上にあがめたてまつる風潮はどうにも性に合わなかった。

だから常に一歩引いたスタンスで、理性的な態度を貫いてきた。

自分は恋愛に振り回されるようなことはないと、色恋にうつつを抜かす人々とは違うと、そう信じて疑わなかった。

恋愛リアリティーショーだって斜《はす》に見て……それなのに。

当事者になった途端、この体たらくか。

これは、彼に対して感情が動いた、ということなのか。……いや、改めて考えても、それは違うと思う。今もただただ困惑している。彼と会話をしたのは数えるほど。恋愛感情を抜きにしても、好きとも嫌いともいえない。むしろ今は得体の知れない嫌悪感の方が勝ってすらいた。

ならば、なぜ、あんな返答を？

結局私も、暗に見下していた人たちと同類だったのだろうか――。

「――何、今の」

迷妄のさなか、出し抜けに声が響いた。

私は、はっとなって辺りを見回す。

夕暮れの風にたなびく長い黒髪を見つけた時、心臓に氷の杭が打ち込まれたかと思った。

「……み、見てたの？」

「私が質問してるんだけど」女子のグループを、いや、ひいてはクラスを支配する女王が告げた。

「あの思わせぶりな態度、何？　っていうか、そもそもなんであなたなの？　私の方が、前から彼のこと好きだったのに」

「……は？」

いっとき、私は目の前の彼女への恐怖も忘れ、呆気に取られてしまった。それはあまりに勝手な言い分だった。口から間抜けな一語が漏れ出てしまうほどに。

彼女はなおも一方的にまくし立てた。

「はっきり言って全然つり合ってないんだけど。色目でも使ったの？　そういうの、ほんと無理。みんな私の恋を応援してくれてると思ったのに……一人だけ抜け駆けしないで。邪魔しないでよ！」

意味がわからなかった。

彼女は、彼のことが好きだから怒っているのだろうか。

それとも、私に負けたようで悔しいのだろうか。

突然の告白で、自分の気持ちにすら整理がついていないのに。

私ばかりを理不尽に責め、騒ぎ立てる彼女がひどくうとましかった。

胸の芯が急速に冷えていく。

「ねえ、だんまり？　なんとか言ったらどうなの⁉」

「……よ」

「え？」

——うるせえよ。

瞬間、私は決めていた。今からでもさっきの彼を追おう。そしてきっぱり断ろう。やっぱり恋愛なんてろくなもんじゃない。こんな不毛な争いに巻き込まれてたまるものか。

私は立ち上がり、黙って彼女の横を通り過ぎようとする。

と、すれ違いざま腕をつかまれた。

「ほっといて！」

そう言って、腕を振りほどこうとする。しかし向こうも意地になって食いついてきて、なかなか離れない。

私はもう片方の手も使って彼女を引きはがそうと力を込める。そして、

どさっ。

私に突き飛ばされる格好で、彼女はコンクリートで舗装された地面に倒れた。

解放された私は最初、自分の腕に怪我がないか、制服の袖が破れたりしていないかを心配していた。よかった、異状はなさそうだ。

そうするうち、あまりに静かなのが気になった。仰向けに倒れた彼女の方へと恐る恐る近づいていく。

「え……ちょっと。ねえ、大丈夫？」

返事が返ってこない。

慌てて、彼女の傍らに屈み込んだ。

華奢《きやしや》な体が、ざらついたコンクリートの上に転がっていた。清潔に整えられた髪に、制服に、細かな砂が付着し、白いまだら模様を作っている。が、彼女はそれを払うこともせず、汚れるにまかせていた。

まさか、打ちどころが悪かったのか？

私は呼びかけを繰り返し、次に体を揺さぶった。

彼女はぴくりとも動かなかった。

第三章

1

それはまるで昨日のデジャブのようで——しかし明らかに似て非なる光景だった。

セブン・シーズ・ハウスの三階、花火さんに新たにあてがわれた部屋に押し入った僕らを、彼女は異様な姿で出迎えた。

部屋の窓際。

花火さんは確かにそこにいた。

中空に漂うようにそこにいた。

彼女の首には真新しいロープが巻きついていた。ロープのもう一端は、頭の上に垂直に伸び、窓のカーテンレールに結ばれている。手も、足も、だらりと弛緩《しかん》し、垂れ落ちているのに、首だけが重力に抗うかのごとく引き絞られていた。花火さんは無惨な宙吊り状態だった。

濡れたような黒髪の隙間からは、朱に染まる頬と、今にも語りかけてきそうな半開きの唇がのぞけている。しかし、落ちくぼんだ両目にすでに生気はない。かわいらしい寝間着が、今はあまりにも不似合いだった。

「まさか、そんな――」

つぶやいたのは、桂君だったか。

スタッフ陣からも息をのむ音が聞こえ、僕はやはりこれはただ事ではないと確信する。

――女優、松浦花火が首を吊っている。

決定的な異常事態。

それなのに僕の足は、ドアの敷居のところで根が生えたように動かないのだ。

今、島にいる総員がこの部屋に集まっていた。にもかかわらず、誰も彼もが皆同じ状態にあった。まるで見えない壁に阻まれているかのように、入り口付近に留め置かれたまま。

……くそ。

混乱して体が動かない原因はわかっていた――あの珍奇な推理劇のせいだ。現実の視界に、虚構の事件がオーバーラップする。記憶に焼きついた蛍光ピンクの血糊が、正常な状況判断を狂わせる。

「……冗談じゃない」

口の中だけでつぶやいて、自分を奮い立たせる。

突っ立ってる場合じゃないだろ。だって、目の前の花火さんは演技や特殊メイクであんな風になっているわけじゃない。誰がどう見たって――。

その時、すっと。

視界の端を淡いピンクの影がよぎった。

うるるさんだ。

迷夢からいち早く抜け出した彼女は窓際まで歩いていき、花火さんの手首を取ると、すぐにキヤラも、感情も捨てきった声で告げた。

「死んでる。今度は正真正銘——本当に死んじゃってる」

「……どういうこと？　なんで……なんで、首吊り自殺なんか……」

わななくサリーが膝から崩れ落ちそうになるのを、横合いの我妻君が支えた。

——首吊り自殺。

確かにそうだ。目の前にあるのは、一般にそのように解釈される状況だった。

けれど……なんだ、この違和感は。

「木野さん！」

不意に響いた怒号。

目を向けると、桂君が木野さんにつめ寄るところだった。

「説明してください！　あなたが現場の責任者のはずだ！　なぜ撮影の最中にこんなことが起きる？　全て管理された推理劇じゃなかったんですか！　花火の死は虚構じゃなかったんですか！　どうして、花火がこんな目に……」

木野さんは唾が飛びそうな距離に迫る桂君をものともしなかった。吊られた花火さんに真っすぐな視線を注いだまま、

「手鏡、本土に連絡を入れてくれ」ただ淡々と指示を飛ばした。「撮影は中止。Ｂ班はもう島に渡る必要はない。すぐに一一〇番に通報して、なるべく早く警察の人間を寄越すようにと」

「は、はい！」

プロデューサーの判断の速度に、一拍遅れで反応する渚子さん。颯爽とスマホを取り出し——しかしみるみる眉間にしわが寄っていく。

「あれ……電波が……」

ひとしきり手元の物体をこねくり回した後、彼女は誰にともなく、

「スマホ、おかしくないですか？」と問うた。

僕も自分のスマホを取り出してみる。画面には「圏外」と表示されていた。スマホを片手に首をひねるそれぞれの表情を見て、その場に例外がないことを知る。驚愕とは別種の困惑が広がった。

「ルーターの不具合でしょうか？　確認してきます」

渚子さんは、すみません、と僕の脇を通り過ぎ、部屋を出て行った。

彼女が通りやすいように体を斜めにした時、ふとドアに空けられたいびつな穴が目に入った。他にも、床に散らばった木の破片、少し離れたところにある捨て置かれた斧——重なりそうで重ならない、昨日と今日、二つの事件現場の光景。しかしここは相似形といってよかった。

ほんの五分前、この部屋のドアは昨日とまったく同じ方法でこじ開けられたのだ。

花火さんの死体の第一発見者は、厳密には僕だといえた。

朝の散歩の最中、何気なくセブン・シーズ・ハウスを見上げ、三階の窓の辺りに焦点を合わせた時だった。

僕は目にしてしまったのだ。

窓にべったりと押しつけられた背中と、垂れ下がるひも状の影を。

脳内で異常を知らせる警戒音が鳴り響いた。足をもつらせながら館に舞い戻り、この部屋の前にやって来たけれど、鍵がかかっている。僕は個室のドアを手当たり次第にたたき、出てくる寝起き顔に事の次第をまくし立てた。

出演者の多くは「またか」という反応だった。無理もない。僕自身、これが「推理劇の第二幕」というやつではないかと疑う気持ちもあった。しかし、僕には窓越しに見た花火さんの姿が出来の良いフェイクだとはどうしても思えなかったのだ。

三階に勢ぞろいした面々が代わる代わるノブを握るが、ドアはびくともしない。斧を手にしたのは今回も桂君だった。薄汚れた斧を振るい、自分で空けた穴に、今回は彼自身が手を差し入れた。

静寂の中、まるで昨日のリプレイのように響いた、音。

——かちゃん。

「……俺の、せいだ」

そこで、うなり声のようなつぶやきが耳に引っかかった。

発声源を正確につかむことはできなかったが、走らせた視線の先に灰村さんを見つけ、僕は彼こそが声の主だろうと当たりをつけた。

カメラを持参していない彼を見るのは、もしかしたら漆島上陸以来初めてかもしれない。しかしそれ以上に違和感を覚えたのは彼の表情だ。感情を表に出さず、粛々と仕事をこなしていた印象の灰村さん。その彼が今、目玉をこぼさんばかりに両目を見開き、唇をかみしめた苦悶の形相を浮かべている。それに、直前になんと言っていた？　俺の、せいだ……？

僕の探るような視線に気づいたのか、彼はつと伏し目がちになり、

「……彼女、下ろしてやれないか。痛々しくて見ていられない」そう訥々と口にした。「彼女自身、こんな姿を衆目にさらすことは決して本懐じゃないはずだ。女優として、ふさわしい最期を全うさせてやるべきじゃないだろうか」

その言葉に、はっとする。

意外、と言ったら失礼だけれど、彼から投げかけられたのは、死者の尊厳を守る提案だった。

その声には慈悲の響きさえこもっていて。

「……そうだな、灰村さんの言う通りだ」

我妻君が続く。

他の面々も概ね同意の様子だった。

……実を言えば。

ミステリに支配された僕の薄情な頭の中には、「現場保存」の四文字が浮かんでいた。

確かに状況は自殺だ。しかし、どうも何かが引っかかる。

もしも。

もしも、これが花火さんの望まぬ死だったとしたら。

真相を解き明かすことこそが、彼女の無念に報いることにならないか。

僕は意を決し、一歩前に進み出て、

「あの――」

「ちょっといい?」僕の細い呼びかけは、よりはっきりとした声音にかき消された。うるるさんだった。「感傷的な場面に割り込んでごめんなさいね。でもこの死体、妙なの。この子、もしかしたら自殺じゃなくて、ころ――」

「皆さん!」

強引な割り込みが重なる。渚子さんが戻ってきたのだ。彼女は、はあ、はあと荒い息を整える間の後、

「あの、二階のルーターには異常がないようなんですが……電源が落ちてて……つまり、電力の供給そのものが止まっているようで」

衝撃的な事実を告げた。

「は？」と桂君。「どういうことだ？」

そこで、今さら気づいた。

この部屋には、電気も、エアコンもついていない。

いや、それだけ見ればおかしなことはないのだ。電気をつけなくても部屋は充分明るかったし、日の出から二時間ちょっとしか経っていない今時分ならエアコンも必須ではない。僕も散歩に出る前、自室の機器を操作した覚えはなかった。なかった、のだけれど……だめだ、胸のざわつきはどんどん大きくなるばかりだった。

戸口にいた僕は一縷の望みにかけて、手近のスイッチに触れた。——が、反応がない。

最悪の想像が巡る。

「……まずい。外、見てきます！」

僕は言って、即座に部屋を出る。「わ、私もっ」と渚子さんがついてきた。

階段を転がるように下り、セブン・シーズ・ハウスの玄関を抜け、館の外周を駆ける。

「……！」

渚子さんと二人、立ち尽くした。

館の裏手に設置された発電機。

太いワイヤーがいくつも切断されたそれは、機能を完全に停止していた。

2

三階に戻り、そのことを伝えると、小さな悲鳴が上がった。

「……なんてことだ」

木野さんがうめく。

今朝、僕が各人を起こしに回った時、大体のメンバーはまだ眠い目をこすっていた。電気の不具合が今まで報告されなかったのは、今日はたまたま早朝から活動している人がいなかったからだろう。

「何か、予備電源とか、その他本土と連絡が取れるような手段は……」

僕は一応聞いたけれど、木野さんは黙って首を横に振るだけだった。

「警察も救援も呼べないとなると……いよいよいつ来られるかわからないＢ班の到着を待つしかないってことか？　冗談じゃないぞ」

桂君が吐き捨てる。

しばらく誰もが二の句を継げずにいた。

「……わけわかんないっ！」出し抜けにサリーが叫んだ。クールな表情が売りのハーフモデルらしからぬ、まるで駄々をこねる子どものような態度だった。「一体全体、何がどうなってるの⁉花火が自殺したことだってまだ信じられないのに！　こんな、次から次へと……」

「——だから」

その時、ある人物が花火さんのベッドに腰を下ろした。ぎし、とスプリングが沈む音。両手を

ベッドの縁に突き、足を組むと、

「自殺じゃないかもって、さっきからそう言ってるんだけど」

彼女――うるるさんはそう告げて、気だるそうに息を吐いた。

死体の吊られた現場にあるまじき不遜な所作だ。新たに生じた奇抜な状況に、その場の全員が改めて身を固くする。

「……えーと」金縛りから最初に抜け出したのは我妻君だった。「うるる……お前、そんなしゃべり方だっけ？」

「はあ……だ、か、ら、あんなのキャラづけに決まってるでしょ。カメラのタリーランプが消えてまでやってられないわよ。撮影は中止、ならこっからはオフモードでいかせてもらうわ。圭太郎君に素を見せるのは本意じゃないけど……そうも言ってられない状況だし」

「いや、まあ、猫かぶってるのはもろばれだったんだが……」桂君はうるるさんの流し目をすげなく跳ね返すと、即座に話を切り替えた。「そんなことより、花火が自殺じゃないってのは本当なのか？」

うるるさんは想い人の反応に少し不満そうだったけれど、ほどなくこれまで館内撮影の際には必須となっていたピンマイクを外す。確かにこんな状況ではもう無用の長物だった。リアリティーショーへの未練と一緒くたにするようにスカートのポケットに無造作にしまうと、おもむろに話しだした。

「よく見て。吊られた彼女の首元。首が垂れてるからわかりにくいけど、うっすらと首の周りを水平に一周する絞め痕が残ってる。今彼女の首を斜めに圧迫してるロープとは別にね」

その言葉を聞いて、僕は思わず部屋を突っ切り、花火さんの死体に近づいていた。

本当だ。

正面からは気づきにくいが、死体の側面に回って首元をのぞき込めばそれは瞭然だった。顎のラインに沿って耳の後ろに抜けるロープとは別に、首の真ん中辺りに青紫色の痣《あざ》が刻まれている。これは花火さんが最初から縊死《いし》、つまり首吊りに及んだのならつくはずのない痕だった。

そこで僕はまた別のあることに気づいた。そうか、これが部屋に入った時から引っかかっていた違和感の正体――。

「……もっと早く思い至るべきだった。花火さんの顔にはうっ血が生じてるじゃないか。これは血流渋滞によって生じる小さな出血痕で――縊死には存在しない兆候だ。なぜなら縊死の場合、頸動脈と頸静脈は同時に圧迫され、血流が止まるからだ。そうして顔面は蒼白になる。つまり彼女は――」

「へえ、だてに推理作家やってるわけじゃないのね」うるるさんは僕の所見に目を見開く。が、すぐにたしなめる口調になる。「確かにそれも根拠の一つ。でも今の説明は若干不正確よ。確かに両足が完全に宙に浮き、体重が百パーセント索状物にかかる定型的縊死では、顔面は蒼白になる。でも全体をよく見て。ロープがくくりつけられたカーテンレールに歪みが生じて、そのせいで足の先が床に届いちゃってるでしょ」

「……あ」

うるるさんの言う通りだった。花火さんの足元には踏み台にされたと思しき椅子が転がっていて、カーテンレールの形状がそのままなら、彼女の体は完全な宙づりになっていたはずだった。けれど体重がかかったことでレールはたわみ、結果、死体のつま先が床に達していた。

「こういうのを不定型的縊死といって、圧迫が不充分なせいで首より上にうっ血を生じる場合もあるの」

「そ、そうなんですか」

「私が判断のよりどころにしたのは別の兆候よ。首元を正面からもう一度よく見ればわかるはず」

　言われたようにすると、すぐに示すものが見つかった。前頸部にかかるロープの上下、そこに残るいく筋かの爪痕。

「なるほど、吉川線か」

「そう。首を絞められた被害者が苦しさにもがき、首元を引っかいて残す防御創――それがいわゆる吉川線。これが残っている以上、彼女は単純な縊死ではあり得ない。絞死だった可能性が高い、と私は結論づけた」

「絞死……」サリーが苦しそうに繰り返す。「つまり、自殺は見せかけ……花火は何者かに首を絞められて、殺されたってこと……？」

「本物の殺人事件だってのかよ……信じらんねえ」我妻君がアッシュグレーの髪をくしゃくしゃとかきむしった。「ってか栞。うるるの言ってること、本当に合ってるのか。それっぽいことまくし立ててるとかじゃなくて？」

「あー……多分、生兵法《なまびょうほう》の僕より詳しいよ」

　うるるさんを横目に見ながら言うと、彼女はふんと鼻を鳴らして、

「当たり前でしょ。これでも看護学校通ってたんだから。……キャラとファン受けを考えてプロフィールには書いてないけど」

　そうだったのか、道理で。

僕は改めて死体に目を向ける。

今や、状況はより悪い方向に転がりつつあった。

花火さんは自殺ではなく、何者かによって殺された。

誰に?

繰り返すまでもなく、ここは絶海の孤島。完膚なきまでのクローズド・サークルだ。

よって犯人は、この島にいる生存者八人、そのうちの誰かということに——。

「……あの」そこで渚子さんが困惑気味に声を上げた。「今のうるるさんの話を疑うわけではないんですが……私たち、鍵のかかった扉を破って、この部屋に入って来ましたよね? もし花火さんが自殺でないとすると、おかしな謎がもう一つ増えませんか?」

そうか。そうだった。

八対の視線が、一斉に死体に向く。正しくは、その背後にある窓に、だ。

窓のクレセント錠はしっかりと施錠されていた。

カーテンは開け放されていたから、おそらくそれは部屋に入った瞬間、誰もが察知していたはずだった。

それだけではない。

この部屋の鍵と思しき物体もまた、書き物机にこれ見よがしに置かれているのだった。

僕は机に近づき、それをハンカチでくるんでつまみ上げた。怪しい隙を作らないよう、みんなにそれを見せつけたまま入り口の方に歩いていく。開きっぱなしのドアの鍵穴に差し入れると、
かちゃん。

小気味良い音を立てて、デッドボルトが飛び出した。

これは単なる殺人事件ではない。

「――密室殺人」

僕の口から、勝手に言葉が転げ出た。

「そんな、馬鹿な……」と我妻君。

「確かにそこは不可解な点ね。現時点じゃなんとも言えないわ。でも、殺人犯がいたと考えた方が筋が通ることもある」うるるさんはどこまでも淡々と意見した。「発電機破壊の件よ。単なる愉快犯でこれがなされたとは思えないし、突然現れた死体と無関係とも思えない。松浦花火を殺《あや》めた犯人が、私たちの動きを封じるために行ったと考えるのが一番自然だと思うけど」

「……動きを封じる、だって？」不穏な言葉尻に、桂君が気色ばんだ。「おいおい、さすがに飛躍していないか。あまりその場の思いつきだけで話をされても困るんだが――」

その時、ぎっと耳障りな音が室内に響いた。

桂君がはたと口をつぐむ。

何事かと辺りを見回してみたが、どうやら花火さんの体を支えているカーテンレールがきしんだ音らしかった。

それは、彼女の最後の断末魔のようにも聞こえて。

「……やめよう。花火の亡骸《なきがら》の前でこれ以上言い合っても何もならない」桂君が自身の興奮を収めるように口にした。「連絡手段が断たれた以上、俺たちは足止めを食ってるB班が島に渡って来るのを待つしかないわけだ。ここで何が起こったかは、階下でゆっくり話せばいい。だからまずは……さっき灰村さんが提案した通り、一刻も早く彼女を下ろしてあげよう」

僕は死体を見やった。現場保存を強硬に主張するのは得策とはいえないだろう。このままではやがてレールが耐えきれなくなり、彼女の体が落下する恐れもある。そうなれば、逆に余計なダメージを残すことにもなりかねない。

僕は言った。

「桂君の言う通りだ。――ただ、花火さんを安置してあげる前にもう少しだけ、うるるさんと僕とで調べさせてくれないか。それが、ここで何が起こったかをはっきりさせるためにも必要になると思うんだ」

勝手に巻き込まれたうるるさんが不服そうに片方の眉をつり上げた。けれど、特に何か言うことはなかった。

桂君はしばしの逡巡の後、小さくうなずきを返す。他のメンバーからも異論は出なかった。

「では」

僕とうるるさんは顔を見合わせて、それから死体の様子をつぶさに観察した。

偉そうに言い放っておきながら、結局二人がかりでなんとか割り出せたのは死亡推定時刻くらいだった。死後硬直の具合から見て、大体今から五～七時間前。今の時刻がちょうど午前九時なので、犯行が行われたのは深夜から朝方にかけての二～四時頃ということになる。

そんな時間、普通は誰も起きていない。現に僕も深く寝入っていた。この情報が犯人特定に寄与するかどうかははなはだ疑問だったが、それでも検視を見守っていた人々はあからさまに落胆したり、失望をあらわにするようなことはなかった。できた人たちだった。

それから、男衆が手を貸し合い、花火さんをカーテンレールから下ろすことになった。

使われていたロープ自体はなんの変哲もないものだった。おそらく物置部屋から調達してきたのだろう。僕はどちらかというと、ロープの結び方に着目していた。それが「花火結び」であるかどうかが気になったのだ。結論からいうと、レールにはもやい結び、首にはスリップノットというやり方でロープは結ばれていた。簡単でほどけにくく、確か首吊りの際にはポピュラーな結び方の組み合わせだったはずだ。

しかしこれがわかったからといって、なんになるわけでもない。今や推理劇は破綻し、ここにあるのは現実の殺人事件なのだ。ロープの結び方が「花火結び」じゃないからといって第三者が結んだ根拠にはならないし、そもそもの「花火結び」だって彼女だけしか結べず、かつほどけないなんてことがリアルにあるわけがないのだ。

僕はまだ強固に『クローズド・カップル』の世界に閉じ込められているのかもしれなかった。だめだな、早く頭を切り替えなくては。

ロープの切り離しに多少てこずったものの、花火さんの体を抱えて水平にし、ベッドに寝かせる作業自体は男性が二人いれば足りた。一応安全のためにそうしたのだけれど、一人でも充分抱えられると思ったし、なんなら頑張れば片手でだって運べそうなほど、ちょっと当惑するほどに彼女の体は軽かった。

今さらながらに思い知る。カーテンレールに人間が吊り下がること——それは普通、その強度とそこにかかる重量を考えたら、土台無理な話だったのだ。

彼女は普通じゃなかった。

彼女はやはり、特別に生まれ、特別な努力を重ねてその地位を築いた、女優だったのだ。

3

一階、リビングダイニング。

寄る辺のない八人がテーブルに集まっていた。出演者は各自いつもの席に着き、木野さんと灰村さんは誕生日席に当たる、長方形の短辺にそれぞれ折りたたみ椅子を置いて座った。残された渚子さんはぽっかりと歯抜けになった花火さんの席に収まるしかなく、一際居心地が悪そうだった。

しばらくの間、重苦しい沈黙だけがそこにあった。

「……誰なの？　花火をあんな風にしたの。今すぐ名乗り出てよ」

やがて、テーブルに突っ伏していたサリーが顔を上げ、冷たく言い放った。

しかし、当然ながら自供に及ぶ者はいない。

サリーがさらに言い募ろうとした時、低い咳払いが響いた。

「すまない。少しいいかい？」木野さんだった。「あの部屋で何が起こったのか――それを明らかにすることも確かに重要だ。しかし、僕は現場の責任者として、まずはここにいる全員がそろって生き残る手段を考えるべきだと思う」

「話をそらすつもり？」気が立っているサリーが、プロデューサーにもため口でかみつく。「わかった、面白半分で企画したお遊びの殺人が、本物の殺人の呼び水になってびびってるんだ。ごまかそうったってそうはいかないから」

「サリー、落ち着いて聞いてほしい。不測の事態とはいえ、出演者の一人が命を落としてしまったことについては、僕も心の底からの後悔と反省がある。……けどね、常識的に考えて、この件と推理劇の間にはなんの因果関係も相関関係もないよ。たまたま非常にタイミングが接近してしまっただけのこと。僕はテレビ屋だから、こういういわれのない非難を受けるのは慣れてるけどさ。ショックなのはわかる。ただ、今は現実と虚構は切り離して考えるべきだ。絶海の孤島でのサバイバルを生き残るために」

　木野さんの冷静な弁に、サリーがぐっと言葉につまる。

　我妻君がそれを見て取って、優しく語りかけた。

「花火の死を悼む気持ちはみんな一緒だ。俺だって犯人を今すぐこの手でぼこぼこにしてやりたいって思う。……だけど。館の電気が止められちまった今、俺たちはほとんど遭難してるのと同じ、残念ながらそれも事実だ。むやみに仲たがいするより、これからのことをみんなで話し合った方がいい。木野さんの言いたいことは、そういうことだと思う」

　椅子の上で小さくなるサリー。渋々ながら納得はしたみたいだった。

　その他の面々からも異議が出ないことを確認してから、木野さんは再び話しだした。

「三階から下りてくる途中、僕も二階のルーターを確認してみた。確かに本体に損傷はなかったけど、大元の発電機がおしゃかじゃ通信の復旧は無理そうだ。バッテリーが残ってる他の機器を電源としてつなぐ方策も考えたけど、あいにくルーターは余計な端子がまったくない筐体《きょうたい》だった。こちらから本土への連絡は不可能、島からの脱出にはB班の到着を待つ以外にない――無念だけど、それが今の状況だ」

　まあ、こまめに連絡は取っていたから、通信が途絶えた不審にはすぐに気づいてもらえるはず……と木野さんは希望的観測を述べてから、思い出したように灰村さんに話を振った。

「そういえば灰村君、発電機見に行ってたね。どうだった？」

「ひどい有様ですよ。修理するにしても手のつけようがない。電力供給の回復は見込みなしと思ってください。ただ幸いガスは異状なし。水については地下水をくみ上げていて、かつ備蓄水もある。最低限のライフラインは保たれている状況かと」

「非常食も用意がありますよ」とこちらは渚子さん。「冷蔵・冷凍系は全滅ですけどね……それでも予定滞在期間の十日とプラス数日、もたせられそうな分量はあります！」

「今日が滞在五日目……昼間の今はいいが、これから夜になれば館内も真っ暗闇か」

桂君が独りごちると、渚子さんは、

「心もとないですが、物置部屋に懐中電灯とろうそくの準備ならあります」と言い添えた。

「当たり前だけど、冷房もおあずけね……きっつい」

ブラウスの襟元をぱたぱたさせながら言ううるるさんには、

「う、うちわならお持ちできます」とすかさず申し述べる。この状況においても出演者を気遣うＡＤの甲斐甲斐しさには脱帽だった。

……それはさておき。今出た話をまとめてみよう。

漆島は電力を断たれ、外界から完全に隔絶した。改めて言うまでもなく予備のボートや船の類はない。僕らはこの島にあるものでなんとか生存を果たさなければならない。しかし残ったライフラインと物資の状況から見て、当座は飢えや渇きで死ぬことはなさそうだ。それに元々、Ｂ班は一刻も早く島に渡ろうと手を尽くしている最中だ。重ねて音信不通の異常にもそろそろ気づく頃だろう。サバイバル生活は長くても三日程度――僕はそう当たりをつけた。

「案外、生き延びられそうじゃないすか、俺たち」

我妻君が、おそらく意識して明るい声を出す。

さて、そうなると――問題の焦点はあえて素通りしたところに立ち返ってくる。

「……では、ここからは第二号議案についてゆっくりと意見を交わし合う、そういうことになりますか」口火を切ったのは桂君だった。「つまり、誰が花火を殺したのか――その検討です」

テーブルの上で視線が交錯する。

避けては通れない議論だった。しかし、一触即発のテーマでもある。

誰もが不用意に賛意、反意を表すことなく、自分以外の出方をうかがっていた。

その時。

「うーん……やっぱり君たちはまだ虚構の推理劇にとらわれてしまっているようだね」木野さんが眉間をもみながら声を上げた。「それだけ『クローズド・カップル』にのめり込んでくれたことはプロデューサー冥利に尽きるけど……まさか現実でもこの場で暴き合いを始めるつもりかい？」

桂君は肩透かしを食らったみたいになり、慌てて言葉を重ねる。

「いや、ちょっと待ってください。むしろ現実なればこそ、ですよ。花火のあんな無残な姿を見せつけられて、犯人を野放しになんてできますか？　これは弔い合戦です。木野さん自身、あの部屋で何が起こったのか、それを明らかにすることは重要だと先ほどおっしゃったじゃないですか」

「言ったよ。しかしそれは何も僕たちが直接手がける必要はない。警察の仕事だ」

「な……」

「今起きてるのは、答えの用意されたゲームとは違う。そのことをもっと慎重に考えた方がいい。

互いを殺人者と糾弾し合うことにどれだけの精神的消耗がともなうか。さらに言えば、犯人を下手に追いつめることで、逆上させる危険性もある。相手は人一人殺してる人間だ。次の被害が出ないとも限らない」

「………」

木野さんの言うことには一理あった。君たちは虚構の推理劇にとらわれている――おっしゃる通りすぎてぐうの音も出ない。

けれど。

僕が支持するなら、断然「桂派」だった。

花火さんを愚直に想っていた男ほどの信念は、残念ながら僕にはない。

それでも、彼女の魂に報いるために、僕もできることをしたいと思った。

「お言葉ですが」僕は木野さんを正面から見据える。「ここには今、島にいる人間が漏れなくそろっています。花火さんが殺されたとすれば、犯人はこの中にいるはずなんです。……まあ、島内にまだ把握されていないメンバーや潜伏者がいれば別ですけど。なんでしたっけ、シークレット枠とかなんとか、そんなユニークな推理がありましたね――って、痛っ！　う、うるるさん!?　どつくのはなし！　別にうるるさんを揶揄したつもりはないって！」

「何度も言うけど、現実と虚構の区別はつけよう」木野さんは後段のやりとりを無視し、至極冷静に述べた。「面白おかしい詭弁は嫌いじゃないから推理劇では口を挟まずにいたけど、この島にいたのは最初から九人、それだけだ。それ以上も以下もないよ」

「だったらなおさら、最終目的が『全員仲良く生き残る』というのは、はっきり言ってぬるいです。犯人は誰なのか、それを明らかにしなければなりません。痛くもない腹を探り合うのはしんどいでしょう。ですが、僕はむしろ、積極的にこの件について思考し、意見し合うことこそがサバイバルに益すると考えます。最終的に犯人を特定できなくても、それについて考えることが犯人に対する牽制になり、ひいては自衛につながる。そうではないですか」

「……なるほど、そういう考え方もあるな」

　そうつぶやいたのは、木野さんの対辺に座る灰村さんだった。

それをきっかけにして、徐々に議論に賛同の声が上がり始める。わかっていることだけでも整理してみたらどうか、漫然と時が過ぎるのを待つよりましかも、といった風に穏健派も含めると、最終的に木野さん以外の全員が桂君の側についた。

　無勢となった木野さんは、しばし呆気に取られていたけれど、

「……まあ、別にみんなが乗り気なら止めはしないよ」と肩をすくめ、場に従った。「進行役は言い出しっぺかな？　さあ、何から始めようか」

　桂君は僕の方にちらりと目線を寄越したけれど、僕は手のひらを上にして「どうぞ」のジェスチャー。

　桂君はうなずき、テーブルを端から端まで見渡した後、切り出した。

「芸がないですが、やはりまずはアリバイ確認からいきましょう。各々の昨晩の行動を聞かせてください」

　誰もが、昨日の推理劇の情景を思い浮かべていたはずだ。

　だからアリバイ確認は当然、「定点カメラで昨晩から今朝までの映像を検めながら行う」、そのように僕も漠然と思っていた。

しかし、そこで自分のうかつさに気づく。

定点カメラは、物自体は小型のアクションカメラだ。そしてそれは——直接電源につながれる形で設置されていた。つまり定点カメラもまた、停電によってその機能を奪われた機器の一つなのだった。

そうか。

僕はこれまた遅れて思い至る。

なぜ、犯人はわざわざ発電機なんか破壊したのか。その大きな理由がこれだ。

先ほど検証したことだけれど、電気を遮断したくらいで人はすぐさま窮地に陥るわけではない。犯人の目的が自滅覚悟の大量殺戮だったとしても、発電機の破壊は費用対効果が薄い気がしていた。単に連絡手段を断つだけなら、二階のルーターを破壊するだけでもよかったのだ。

しかし、定点カメラは犯人の行動を大きく縛る障害だ。はっきり邪魔だし、一つ一つ壊していくのも面倒。だから犯人は大元の電源を落とす必要があった、と。今さらながらに納得だった。

「渚子さん、どう?」

「だめです。全滅です」

僕がその場を代表して尋ねると、部屋中からカメラをかき集めてきた彼女はしょんぼりと答えた。

「この種のアクションカメラの連続撮影時間はせいぜい二時間ほど。深夜に電力が断たれたなら、朝までバッテリーが残っているはずがありません」

渚子さんの悲しげなトーンにつられて気落ちしそうになる中、

「いや、待ってくれ」と灰村さんが声を上げた。「そうしたら少なくとも発電機が壊されて、それから二時間近くが過ぎるまでの映像は残ってるってことじゃないか。それなら検証には充分だ」

　サリーがうんうんと首を振る。

「そうだよ。花火を殺した犯人と、発電機を壊した犯人は普通に考えれば同一人物――それぞれの行動も一連の流れで起こしてるはず。定点カメラの映像が何時まで残ってるかで、逆算して正確な犯行時刻も割り出せるかも」

「ん？　ってか、発電機を壊すために館を出入りした犯人の姿がカメラに映ってる可能性もあるな？」

　我妻君の楽観論に、僕は、

「さすがにそんなへまはしてないと思うけど……」と一応指摘を入れつつ、渚子さんを振り仰いだ。「とにかく確認してみよう。何で再生する？」

「昨夜、電源につなぎながら使っていた私のノートパソコンがあります！」と元気を回復させた渚子さんが立ち上がる。「今もほぼフル充電のはず。持ってきます」

　颯爽と階段を駆け上がった彼女は、ものの数十秒で戻ってきた。

　映像確認に当たっては、昨日の推理劇と同じ位置の定点カメラが選ばれた。渚子さんが慣れた手つきでカメラからＳＤカードを取り出し、ノートパソコンに差し込む。

「えーと、映像が切れる直前のタイムコードは……午前四時三十二分、となっています」

「ということは」とうるるさん。「犯行時刻――正確には発電機の破壊があった時間だけど――は大体二時半頃ってことになるわね。私たちが割り出した松浦花火の死亡推定時刻（午前二～四時）とも合致するわ」

しかしそれから二時まで一気に巻き戻してみたが、映像には誰一人映っていなかった。リビングダイニングの照明が落ちていても、夜間モードのため映像は比較的鮮明だ。上階から下りてくる者がいればとらえられないはずがない。されどいくら目を凝らしても映像は一枚絵のように変化がなかった。

「薄々そうだろうと思ってはいたが」桂君が腕を組みつつ。「発電機の破壊に際し、犯人は自室からロープを垂らすなりして出入りしたんだな。この館にベランダはないが、各室の窓にはロープを結ぶのにおあつらえ向きの低い面格子がある。……まあいいさ。とにかく各人の口から何をしていたか話してもらうことが重要だ。昨日、出演者たちは八時頃にここで夕食を終え、散会したように記憶している。渚子さん、一旦映像をそこまで巻き戻して。まず隗《かい》より始めよ、俺から証言していきましょう」

ノートパソコンの画面には、ダイニングテーブルに着く五人が映し出された。各々の前にある皿は空になっており、ちょうど風呂に入る順番を決めるじゃんけんを行っているところだった。

「昨日、男子の一番風呂を射止めたのは陽。俺は二番目だったから、彼が上がってくるまでリビングで待っていた。栞は自室で時間をつぶすと言って二階に上がっていき、女子はサリーが先に風呂に立ったから、俺は残ったうるるとしばらく話していた」

八時十分。証言通り、一階のリビングダイニングに残るのは、ソファーに並んで座る桂君とうるるさんだけになっていた。時折ちょっかいをかけるうるるさんは楽しそうな様子だったけれど、一方の桂君はスマホをいじりながら始終上の空だった。

映像を早回しで進めると、八時半に風呂上がりの我妻君がリビングに姿を現した。彼はソファーの二人と二言三言交わした後、二階に上がっていった。入れ替わりに桂君も浴室に向かう。

「風呂から上がったらリビングには誰もいなかった。時刻はちょうど九時。まだ早いかと思いつつ、一人になりたかったし、部屋に戻ることにした。自室では二時間くらい書き物机で推理劇の状況をまとめていたな。いろいろ考えを巡らせてみたが、いいアイデアは浮かばなかった。ベッドに潜ってからもなかなか眠れなかった。夜中に何度も目を覚まして……ただ残念ながら、怪しい物音を聞いたりした記憶はない。朝方、栞がドアをたたくまで自室から出ることもなかった。——俺の昨晩の行動は以上です」

桂君が語るうちにも映像は進んでいた。八時四十五分頃にサリーが風呂から上がってきて、うるるさんと交代した。サリーが二階に上がり、リビングに出演者がいなくなると、夕食時から手動でカメラを回し続けていた灰村さんも上階に引き上げていった。しばらく無人のリビングが映った後、証言通り、九時に桂君が風呂から上がってくる。彼はしばし時計と見つめ合った後、グラスに水をくんで二階に上がっていった。

残りの映像について前もって話しておくと、確かにこれ以降のデータに桂君は映っていなかった。とはいえ、犯行時刻に部屋にいたというのは本人の言だけなので、アリバイは皆無ということになる。まあ、それが普通だよな。丑三《うしみ》つ時《どき》の前後にこれ見よがしにアリバイがある方が、この場合むしろ怪しく感じてしまう。

さて、お次は。

「私も似たようなものだからさっさと終わらせるわね」

率先して話の穂を継いだのはうるるさんだった。

桂君が無言でうなずくのを受けて、頭を少し傾けて話しだす。高めの位置で結んだツインテールが肩口で揺れた。

「このまま映像を見ていったら、じきに私が浴室から出てくるはず。確か九時半頃。で、リビングに誰もいなくて、圭太郎君も部屋に戻っちゃったみたいだったから、すぐに二階に上がったわ。一度だけ、時間ははっきり覚えてないけど、深夜にお手洗いに立った。二階のトイレを使ったからカメラには映ってないと思う。電気は普通についたから一時を回ったくらいだったのかしら。今思えばあれは犯人が動きだす直前のタイミングだったのね……もし鉢合わせてたらと思うとぞっとするわ。その後は朝まで部屋から出ることはなかった。はい、説明終わり」

……ふむ。彼女もまたアリバイなし、というわけだった。

映像のうるるさんは本人の話した通り、九時半過ぎに二階に上がっていった。それからしばらく、画面には無人のリビングダイニングが映り続けていた。現在のうるるさんが話し終えても絵面に一切変化はなし。早回しなので、カメラのタイムコードはすでに十時を回り、そろそろ十一時に差しかかろうとしていた。

「倍速のペースを上げてみますか?」

渚子さんが焦《じ》れたように言う。

「いや、このまま見ていけばいいんじゃないかな」と僕。間もなく画面に生前の花火さんが登場するであろうことを、僕は知っていた。「えーと、我妻君とサリーは二階に上がった後どうしてた?　補足がなければ、僕が次に証言しようと思うけど」

そう呼びかけると、なぜかその瞬間、二人の肩が同時に跳ねた気がした。

ん?　なんだなんだ?

その後もしばし意味深な目配せをし合い、黙り込む我妻君とサリー。

やがて。

「あ、あの……今から話すこと、誤解してほしくないんだけど」

サリーがおずおずと切り出す。それを即、我妻君が遮って、

「いや、俺から話そう」

「待って、元はといえば私が」

「いいから、サリー。あのさ……実は俺たち、昨晩同じ部屋にいたんだ」

「はあ？」とうるるさんが素《す》っ頓狂《とんきょう》な声を上げ、

「まあ」と渚子さんが両手で口を覆った。

まじか、と僕も内心こぼしていた。あとの面々も呆気にとられている。

まさかの衝撃発言。『クローズド・カップル』の撮影が継続中なら、今こそ最大の撮れ高になっていただろう。

「昨日の今日で同衾《どうきん》までいってるとは……爽やかカップルっぽいなりしてやることやってんのねえ」

うるるさんが冷やかしの目を二人に向ける。抜け駆けが悔しくて、それ以上にうらやましいのはわかるけれど、カップルに対する個人的な妬みはもう少しうまく隠してほしかった。

「もう、うるるはすぐそうやって……違うの、やましいことは何もないんだって！」サリーは頬を紅潮させながらも、はっきりとした口調で昨晩の行動を説明し始めた。「昨日の夜、部屋に戻った私は早々にベッドに入ったけどなかなか寝つけず、プレーヤーでずっと音楽を聞いてた。で、十一時頃かな、急にイヤホンから音が聞こえなくなって、見たらコードが断線しかけてたのね。最悪、と思って。でも他に持ち合わせもないし……そこで、その、もし予備のイヤホン持ってたら貸してもらおうと思って、陽の部屋を訪ねたの。ほら彼、バンドマンだから？　音質の良いや

つ、何本か常備してそうじゃん？　それだけだったの、本当に！」

「うんうん！　で、それから？」

　渚子さんの相づちが完全に修学旅行の夜のテンションになっていた。サリーがいつの間にか我妻君のことを「陽」と呼んでいることには誰も触れない。

　好奇の注目の中で当人は続けた。

「寝てたら申し訳ないと思ったけど、陽は起きてた。壊れたイヤホンを見せて、『余分に持ってたら貸してほしい』って言ったんだけど、向こうが『これ、多分直せるぞ！』って言い始めて。なんか変なスイッチ入っちゃったみたい。それでまあ、彼は机で作業を始めて、私はベッドに座ってそれを見てた。いろいろとりとめなく話したりして楽しかったんだけど、あの、そのうちに私、そのまま寝ちゃったみたいで……。気づいたら朝の五時だった。私はきれいに布団をかぶってて、寝床を取られた彼は机に突っ伏して寝てた。私は急にその状況が恥ずかしくなっちゃって、きちんと修理されたイヤホンだけ引っつかんですぐに自室に駆け戻った。これが正真正銘、起きたことの全部。私がうかつだったばっかりに変な状況になっちゃっただけで……陽は終始紳士だったし、一応帰って確かめたけど何をされた様子もなかったし――」

「あ、当たり前だろ！」そこでサリーよりも真っ赤になった我妻君がほとんど叫ぶように割り込んだ。「今サリーがあらましを語ってくれたけど、俺視点からもちょっと補足する。イヤホンの修理を申し出たのは本当に下心とかじゃなく、大事そうに使い込まれてたから直してあげたいと思っただけなんだ。それで、えーと……十二時前後だったかな。修理作業が佳境に入って、しばらく無言で集中してた時間があった。はっと気づいた時にはサリーがベッドで寝息を立ててたんだ。イヤホンは無事直ったけど、気持ちよさそうに寝てるのを起こすのも忍びない。俺は彼女に布団をかけてあげて、自分はリビングのソファーで寝ることを決めた。時計を見たら十二時二十分だった。さすがにもう誰もいないだろうと思って一階に下りてったんだけど、そしたら誰かが男子風呂を使ってる最中だったんだ」

　あ、それ——。

「多分僕だ」

「あー、やっぱり栞だったか。どうしようか迷ったんだよな。栞にせよ、他の誰かにせよ、なんでリビングで寝てるのか、説明することになったら面倒だ。まあ適当に寝落ちだってことにすればいいんだけど、親切心で起こされて、風邪ひくから部屋で寝ろ、なんて言われたら従うしかなくなっちまう。だから一旦、風呂を使ってるやつが上がるのを待とうと思って、部屋に戻ったんだよ。そしたら作業疲れもあって、つい机でうとうとしちまって……結局、血相を変えた栞にたたき起こされるまでぐっすりだった。そういうことだから……な？　本当に何もなかったんだよ」

　まじで何もなかったんかい。女性陣を中心に、なんとなく肩透かしを食らったような雰囲気になっていた。

　いや、僕らは恋愛エピソードトークをしに集まってるんじゃない。アリバイ確認の最中なのだった。

　——では、今の話をどう解釈すればいい？

　二人の証言を額面通り受け取ると、犯行推定時刻には二人そろって夢の中にいたことになる。アリバイは不成立。ただ、どちらの行動もおよそ犯人なら取り得ないという意味で、真正面からの疑いもかけづらいのだった。

可能性だけで言えば、今の話自体がまるっきり偽証という可能性だってある。片方の犯行を、もう片方がかばうために、二人して作り話をでっち上げた可能性だ。しかしその場合、犯行時刻にお互いの姿を確認していたことにしないと意味がない。午前二時から四時にかけて、男女が一つ所で何をしていたか――説明をつけるためには、まあ、恥ずかしい証言をしなくてはならないけれど、殺人の罪から逃れたいのであれば恥じらっている場合ではないのだ。

　ということは、二人とも本当のことを言っている？　……うーん、全然わからない。

　僕は問題を一旦棚上げにし、軽い咳払いでみんなの注目を集めた。

「とりあえず容疑者リストには我妻君とサリーの名前も残しておくとして……次は僕が証言します。自分で言うのもなんだけど、ここ、けっこう重要なポイントかと。渚子さん、カメラの映像が今のわちゃわちゃで一時停止になってるから、再生よろしく」

「あっ、すみません」

　十一時すぎで止まっていた映像が再び動きだす。

「僕は風呂の順番が男子出演者で最後だった。だから一度自室に戻ったんだけど……そのまま少し寝ちゃったんだよね。で、ちょうど日付が変わる頃に起きて、シャワーだけでも浴びようと一階に下りようとした。そこで、逆に階段を上がってくる花火さんとばったり会ったんだ」

　はっと誰かが息をのんだ時、映像にも久々の変化があった。タイムコードは十一時半。リビングダイニングに下りてきたのは生前の花火さんだった。

　彼女は真っすぐに浴室へと入っていった。それからタイムコード上で三十分が経った頃、すっかり濡れ髪となって再び画面に現れる。花火さんは来た道を戻ってまた階段を上っていき――その歩みが、頂上付近の段で止まった。

「あ、今、先生と鉢合わせたってことかな」

サリーがパソコンのモニターを指さす。

階段の下り口は、残念ながらフレームの範囲外だった。僕の姿はぎりぎり映っていない。花火さんもふくらはぎから下がかろうじて映り込んでいる程度だ。出演者用のミサンガ――彼女は六人の中で唯一足首に結んでいた――の鮮やかな赤が映える。一方で、彼女の表情や細かな仕草はこの映像からでは確認しようがなかった。

しかし、僕は頭の中で鮮明に思い返していた。

あの時の花火さんの様子を。

彼女に関する最後の記憶を。

定まらない視線、どこか落ち着かない雰囲気、そして――。

「花火とはどんなやりとりを？」

桂君が短く僕に問いかける。

「うん、それなんだけど……実はこの時、二階の階段口にいたのは二人だけじゃなくて――」

「ああ、そうだそうだ！　この時、ちょうど僕も行き合わせたんだったね」

そこで、今まで沈黙を守っていた木野さんがおもむろに手をたたいた。

僕は注意深く彼の反応をうかがいながら、うなずく。

「はい、そうでした。先に桂君の質問に答えると、僕はこの時、花火さんとはほとんどまともに会話してないんだよね。なぜなら間髪を容れず現れた木野さんが、花火さんにある忠告をしたから。死体役がしゃべったらだめじゃないか、と」

「え、そんなこと指示してたのか……」

若干引いた様子で我妻君がぼそり。

木野さんは地獄耳でそれを聞き取ったようで、ぴくりと片方の眉を上げた。

「たかが推理劇に過剰じゃないかって？　でも考えてみてほしい。カメラの回ってないところで出演者同士が好きにくっちゃべってたらどうか。緊迫感もくそもないでしょ。これじゃせっかく彼女を殺した意味がない……と、申し訳ない、言い方が物騒になってしまった。とにかく僕は『クローズド・カップル』において絶対必要な演出の一つだったと考えてるよ」

「演出に関してプロデューサーの意向に口を挟む気はありません」僕は丁寧に問い直す。「ただこの後、木野さんと花火さんはそろって三階に上がっていかれましたよね？　僕はその後ろ姿を確認しています。つまり少なくとも木野さんは十二時以降、花火さんと二人きりになる機会があった。犯行推定時刻からは外れていますが、生きている花火さんの姿を最後に確認した人物である可能性も高いことになります」

タイムコードで十二時五分、見切れていた花火さんの足が完全に画面外に消える。

「……ひょっとして僕を疑ってるのかい？」と木野さん。

「この後の証言で、その辺り詳しくうかがえればと思っただけです。ちなみに僕もこれまでの方々と同様、犯行時刻に確固たるアリバイがあるわけではありません。お二人と別れた後、そのまま一階でさっとシャワーを浴び、部屋に戻ってからは朝の散歩に出るまで室内にこもっていたので」

映像はその通りに進行した。途中、僕が浴室に入っている間に、我妻君が一階に下りてきてすぐに引き返すという一幕があった。先ほどの証言通りだ。そうして十二時半には僕も二階に上がっていった。その後、映像は一向に変化がないまま、タイムコードは一時を過ぎ、やがて二時を過ぎた。

　木野さんは「ふうん」と曖昧な相づちを打ってから、

「二時以降はさっきも確認したから、証言と映像を突き合わせる意味があるのはここまでか。じゃ、せっかくだから僕がこのアリバイ検証会のトリを務めるよ。まだ話してないのは灰村君と手鏡だけだよね。お先にどうぞ」

　唐突に名指しされた二人は顔を見合わせる。譲り合うような沈黙の後、結局年長者の灰村さんが先に口を開いた。

「あー、さっき映像にも映ってたんだが……リビングに出演者がいなくなった九時前のタイミングで、俺も三階の自室に引き上げた。それからはカメラの手入れをしながら日付が変わる頃までは起きてたな。木野さんからは『深夜に推理劇が進展することはない』と聞いてたが、出演者の誰かから遊撃カメラのお呼びがかかる場合に備えて待機してたんだ。ただ十一時半頃、二階のトイレに下りていったら、すっかりみんな寝静まったような雰囲気だったから、俺も寝られる時に寝ておこうと思って休むことにした。食事は部屋に持ち込んだ食料で簡単に済ませ、シャワーも明け方でいいと思ったから、朝まで部屋を出ることはなかった」

　渚子さんが続く。

「えーと、私は本土とデータをやりとりしたり、あと今後の推理劇に関わる諸々の作業を木野さんに押しつけられ……いえ、仰せつかったので、それらをこなしていました。トイレに立つ以外は、スナックをお供に机にかじりついて粘ってたんですが……二時前に睡魔の限界が来て意識が途絶えました。目が覚めたのは今朝の騒ぎの真っ最中。完全に熟睡ぶっこいてしまいました……」

木野さんは眠り姫に雷を落とすようなこともなく、ただ鷹揚にうなずいた。

「二人とも清々しいまでにアリバイなし、と。でもそんなもんだよね。結論から言うと、僕もアリバイはさっぱりだ。夕方からは基本、自室でオンエア素材のチェックをしてたから。九時から十一時までの間はウェブ会議をつないでたけど、通信が途絶えた今、証言してくれる人はいないし。十二時頃、小口君たちと鉢合わせた件だけど、あれは確か……物置部屋に用があって二階に下りていったんだったかな？　死体役のレギュレーション違反のせいで、当初の目的がすっかり飛んでしまった。結局取って返すように彼女を三階に送り届けて、ルールの徹底を言い含めて部屋に返したんだ。

……うん、なるほど。確かにこれまでの証言を参照する限り、生きている松浦花火が最後に目撃されたのはこの時点になるね。小口君の言う通りだ。でもこの事実は、それ以上の何かを示すものではないよね。これをもって僕が怪しいとも、怪しくないともいえない。どこまでいっても、生きている彼女と最後に接触したのはそのことを黙ってる犯人に他ならないんだから。えーと、それから自室に戻った僕はオンエア素材のチェックを再開した。二時すぎからはちょこちょこ仮眠を取りながら、『クローズド・カップル』の今後の段取りを書類とともに整理してたかな。

……仮眠の割合が九割くらいだったけど」

木野さんが話し終える頃には、パソコンのモニターもすっかり暗転していた。カメラのバッテリーが切れた時間まで映像が回りきったようだ。

こうして、テーブルに集まる八人全員が証言を終えた。

結果は——そろいもそろってアリバイなし。

「……素人捜査だしな。そう簡単にはいかないか」

桂君がため息混じりに吐き出す。

誰も彼もが一様に怪しく、横並びで疑わしい。議論の開始時点から変わらない状況がそこにあった。

……けれど。

やはり、僕が引っかかったのは最後の木野さんの証言だった。

何かうまくはぐらかされたような、大事なところが曖昧にぼかされているような、落ち着かない感じがする。

彼の証言の最中、僕の頭の中にはある言葉が繰り返し響いていた。

――私のこと、栞君にはしっかり見ていてほしい。そうしたら、君ならきっと気づいてくれる。そう思うから。

撮影三日目の夜、花火さんから告げられた言葉だ。

僕は昨日まで、この言葉は『クローズド・カップル』の推理劇に関するなんらかのヒントではないかとにらんでいた。

しかし彼女が本物の亡骸で見つかり、その推測は誤りだと悟った。彼女は演技めいたやりとりの中で、虚構ではなく、現実の松浦花火に関わる何かを僕に訴えていたのだ。

カメラの前では言えない。けれど、あえてカメラの前で遠回しに伝えなくてはいけないことがあって――、

見ていてほしいと残した。

気づいてくれると信じた。

……ああ、そうか。こんなのあからさまじゃないか。彼女が回りくどい方法を選んだのは他で

もない——それがSOSだったからだ。

花火さんは、僕に助けを求めていたんだ。

根拠はないに等しい。でも芯を穿《うが》った感触があった。

耳朶《じだ》によみがえる、声。

——あの、栞君っ……あのね！

「……木野さん」考えるよりも先に、僕の口が呼びかけていた。「昨晩のこと、もう少しだけ詳しく聞かせてください。あの時の花火さん、いつもと少し様子が違いませんでしたか？　なんだか妙に落ち着かないというか、打ち沈んでいるというか……」

「そうかい？　僕はそうは思わなかったけど」

彼は思い出すような素振りをしながらのたまう。けれど返答の間はほぼノータイムで、口調にも有無を言わせない響きがあった。

……もう少しだけ、踏み込んでみるか。

「思い出してみると、木野さんの振る舞いもなんとなくいつもと違った気がするんですよね。あれ、と思ったのは、お二人が三階に上がっていく寸前で……あの時、僕の目からは木野さんが花火さんの肩を抱き寄せ、半ば強引に連れていったような印象を受けました」

その瞬間、ダイニングテーブルに今までにない緊張感が走った。

顕著な反応を示したのは桂君だ。がたり、と音を立てて身を乗り出すと、何か僕に向かって口を開きかけ、結局そのまま黙って木野さんへと視線を移した。

それ以外の面々もちらちらと横目で木野さんをうかがいだす。唯一、誕生日席同士で対面する灰村さんだけは彼を真っすぐ見据えていた。

その場で最も悠然と構えていたのが、指摘を受けた木野さんだった。たっぷりと三十秒ほど間を置いてから、手のひらをこちらに向けて言う。

「ちょっと待った。さすがに言いがかりじゃないか。僕は彼女に触れた覚えは一切ないよ。映像の記録は残ってないし、証人である松浦花火を呼び出すわけにもいかない……証拠がないのはお互い様だけどね。ただ、こんな状況で水かけ論にしかならない議論を吹っかけることは、自分の信用を落とすことになるよ？　わかってるかな、小口君」

「……すみません。その通りですね。出すぎたまねでした」

僕はすぐにそう謝罪して、事を収めた。

呆気なく議論が打ち切られ、周りは何がなんだかという顔をしているのが大勢だったけれど、ここには当事者にしかわからない駆け引きがあり、そして僕の側にも収穫があった。

――僕は彼女に触れた覚えは一切ないよ。

今の今までどうとでも取れる表現を並べ、お茶を濁し続けていた木野さん。しかし彼の証言でたった一つ、この言葉だけは明らかな嘘だった。見ていた僕にはそれがわかる。逆に言えば、僕の記憶だけを頼りにした真偽判定だから他人に証明はできないけれど、木野さんが花火さんとの間に後ろ暗い何かを抱えていただろうことはほとんど確定的だった。

やはり現状、彼が筆頭容疑者ということになりそうだ。とはいえ、まだ直感頼りにすぎない。彼を犯人だと結びつける手がかりや根拠は、この後一から探していかなければならないのだ。

……もう一つだけ、わかったことがある。

もしこの事件の犯人が本当に木野さんであったなら――いや、仮にそうでなかったとしても、僕の背にはすでに重い十字架が課せられている。

僕は昨晩、彼女のあからさまなサインに気づけなかった。あるいは、不吉な予感を感じていながら、それを無視してしまった。

『クローズド・カップル』撮影中の、くるくると変わる花火さんの表情がよみがえる。

刹那、息が苦しくなるほど胸がしめつけられた。

僕があの時、階段を上がる二人を呼び止めていたなら。

未来は変わっていたかもしれない。彼女はまだ生きていて、僕に笑いかけてくれていたかもしれない――。

……結局。

確かなものは後悔だけ。

目の前の殺人事件については、まだその謎の輪郭すらもおぼろげなままだった。

4

倦《う》んだ空気が室内を満たしていた。

「……もうこんな時間か」

我妻君につられて時計を見ると、正午を回っていた。朝から飲まず食わずでしゃべり通しだ。

「議論を続けるにしても、少し休憩入れながらの方がいいんじゃないかしら?」うるるさんが周りをうかがいながら提案する。「夕方くらいにまた集まるようにするとか。ひたすら膝突き合わせてても消耗するだけだと思うけど」

もっともな意見だった。

「うんうん、僕は賛成だね」といの一番に木野さん。「少しシャワーを浴びてすっきりしてくるよ。使えるんだよね？」

「はい、水もお湯も出るはずです」

そう答えた渚子さんに彼は後ろ手に手を振り、さっさとこの場を後にする。結局、それが散会の合図となった。

桂君はしばし、いぶかるような顔をそちらに向けていたけれど、やがて、

「まあ、朝から気を張りつめっぱなしだったからな。各々休んだり、頭と心を整理する時間にしよう。何か気づいたことがあれば、また日没をめどに集まって話せたらと思う」

そう言って、マルボロメンソールの箱とライターを手に玄関に向かっていった。

続けてサリーが席を立ったかと思ったら、キッチンの方に歩いていく。

それを見て渚子さんが、

「あ、コーヒーなら私淹れますよっ」

「いいよ、渚子さん。私が飲みたいだけだから」

「なんならお昼ご飯、何かご用意しますし。皆さんはどうですか？」渚子さんは健気《けなげ》に投げかけたけれど、テーブルからの反応は薄かった。「……そうですよね、食欲ないですよね。一応、レトルト食品や缶づめがそっちの戸棚に入ってます。あと、物置部屋に置いてある非常食も後で下に持ってきます。ご自由に取ってお召し上がりください」

「いろいろありがと。……あ、先生、コーヒーいる？」

ちょうど僕が腰を浮かしたタイミングで、サリーが尋ねてくれる。

「あー、今はいいや。ちょっと確認したいことがあって」

僕はこの後、事件の現場をもう一度見に行くつもりだった。

答えて、階段を上っていこうとしたところで、くん、とシャツの裾をつままれた。

「……なんだか手持ち無沙汰になってしまいました。助手にしてください、探偵さん」

渚子さんだった。

再び三階へ上がり、穴の開いたドアの前にやって来た。

全てのことがあれよあれよと流れ去っていった朝の時分に比べれば、気持ちはだいぶ落ち着いていた。今一度実地検分する中で、何か見えてくるものがあるんじゃないか。そんな期待を込めての再訪だった。

僕はノブをつかみ、内側に押し開く。

「まず、なんといっても不可解なのはこのドアだよな」そう口に出しながら、考えを整理してみる。「さっきの議論ではこの辺の検討まで話が及ばなかった。でも遺体発見時、このドアは間違いなく施錠されていて、部屋の鍵は書き物机の上に整然と置かれていた。もちろん窓の施錠もばっちりだった」

「密室、ですね」と渚子さん。「まるでミステリの世界から飛び出してきたような、完璧な密室」

「こほん。――何度も言うけど、現実と虚構の区別はつけよう」

「え？　もしかして今の、プロデューサーの物まねですか？　びっくりするほど似てないですね。それに、私わかってます。これは紛れもない現実の出来事ですよ」

小生意気な助手だった。

「そ、その通り、これは確かに現実に起こったことだ。ただ、たとえわかっていたとしても、僕らの頭には虚構の――推理劇の情景が強烈にこびりついてる。先入観で誤った判断をしないよう、自戒を込めて警告したんだよ」

「なるほど。じゃあ基本的なところから疑ってかかりましょう。はたしてドアには本当に鍵がかけられていたのか。何か別の原因で開かなかった可能性はないのか」

僕はうなずく。

「うん、ねちっこくていいね。さすがミステリ読み。じゃあその方向から検討していこう。大前提として、セブン・シーズ・ハウスの個室の鍵は二階も三階も同じ機構のようだ。今朝この扉がびくともしなかったことは、その場にいた全員が確かめたよね」

「その後、ドアに斧を振るったのは桂さん。で、ドア板に空いた穴に手を差し入れ、内側のツマミを操作したのも彼でした。推理劇だと後段は栞さんが担いましたが、しっかり区別していきましょう。そうすると、桂さんは今回の事件で唯一、鍵の開け閉めに関して虚言ができた人物になります。実は全部彼の一人芝居で、ドアはずっと解錠状態だったのかもしれません。ドアは鍵とは別の理由で開かなかった。あらかじめ何かつかえてあった、とか」

「何かつかえてあった？」

「たとえば……木片です。うまくドアの内側にかませておけば開閉を邪魔することができそうです。それにこれならドア板の破片に証拠品を紛れこませることもできます！」

「一旦ストップ」

僕はそこで半開きのドアの内側に手を伸ばし、ツマミを回した。

途切れた会話の間に、かちゃん、と小気味良い音が落ちる。

「あ」

「というわけで、今の仮説はちょっと苦しい。あの時もこの音が一度、確かに鳴った。だからやっぱり桂君の手でツマミは一度回されたわけだ。それでドアが開いたってことはツマミによって施錠→解錠の切り替えがなされたということ。ドアには確かに鍵がかかっていたんだ。その点で桂君を疑うことはできない。

　木片のドアストッパーってのはなかなか面白い発想だったけど、これもよく考えたら実行性には難がある。まず、そもそもそれを室内に仕込んで、犯人が外に出られるのかという問題。それにこのドア、見たところ鍵周りはもちろん、ドア板やドア枠、蝶番、周辺の床にも目立った痕跡がない。鍵なしでドアの開閉を妨げる何かがあったとして、それは大の大人があらん限りで外から加える力に耐えなければならない。その際、痕跡が一切残らないというのは考えにくい」

　僕の弁に、渚子さんは感心するようにぱちぱちと手をたたいた。

「さすがですね。とても納得のいく反論です。じゃあやっぱりドアはがちがちに施錠されていた、と。そうなると……犯人の用いたトリックは次の二つのうち、どちらかになりますか。鍵を使わず、部屋の外からどうにかしてツマミを回し施錠するトリック。あるいは、素直に鍵を使って施錠した後、その鍵をなんらかの方法で室内に戻すトリック――」

「そうだね。どんな神業《かみわざ》を使えばそんなことが可能なのか、皆目見当がつかないけど。それに、木野さんがついに確言してたね。島に渡ったのは九人ぽっきりだって。鵜呑《うの》みにしていいのかって議論はあるけど、仮にこれを全面的に信用した場合、『シークレットメンバーが密室に隠れていて、ドアが破られた後に隙を突いて逃げた』というやんちゃな推理もあっさり瓦解する。いよいよ袋小路だ。

　事が自殺であれば、この密室は謎でもなんでもないんだけど。ただ今回の事件は遺体の容態からして、単純な自殺はあり得ない。ミステリの密室殺人だと、実は犯人は何もしてなくて、被害者が絶命する寸前に自ら鍵をかけた——なんて変則パターンもあるけれど、今回花火さんは吊るされて見つかったわけだから、普通に考えたらこれも無理だ」

　言いながら僕たちは部屋の中に入り、ベッドの遺体に手を合わせた。

　僕はじっとりと額ににじむ汗をぬぐってから、

「さて、何か遺留品が残ってないか、もう一度検めてみよう」

　そうして二人でローラー作戦を展開してみる。けれど、いくら目を凝らしても見つかるのは飛び散ったドア板の破片くらい。めぼしいものは皆無だった。

　よくよく考えてみれば、血痕や足跡のような派手なものならまだ推理の手がかりになるから別論として、仮にこの場で髪の毛や皮膚片をかろうじて見つけたとして、科学捜査の術《すべ》を持たない僕らにはどうすることもできない。神聖な現場を踏み荒らしているだけじゃないか——そう非難されたら、まったく反論のしようがなかった。

　結局、僕らはただ無意味に室内をうろうろしただけに終わった。

「えーと、他に調べられそうなところは……」

　成果のなさをごまかすように、僕はやや大袈裟な動作で室内を見回す。

　三階の部屋は、室内の造りも二階とほぼ同じだった。ベッド、書き物机、ワードローブと置かれている調度も同じだ。しかし渚子さん曰く、三階でベッドや家具がきちんとそろっているのは、この部屋と木野さんの部屋だけらしい。

「残りの部屋は元々、一部屋に二〜三人のスタッフが雑魚寝《ざこね》する想定でしたから」

　……なるほど。

一応、机の引き出しとワードローブを申し訳程度にのぞいて見たけれど、こちらも発見はなかった。

最終的に、僕は引かれるようにしてベッド脇に舞い戻る。

隅の方で、ワイドパンツをぱたぱたと仰ぎ涼んでいた渚子さんも、やがて裾を引きずるようにしてやって来て横に並んだ。

改めて、眠るように横たわる花火さんを見下ろす。経帷子《きょうかたびら》なんて気の利いたものは無人島にはない。せめてもの慰めとして、体にはシーツ、顔には白いハンカチがかけられていた。

「彼女はどんな風に襲われたんだろう？」と僕。

「……さすがに寝る時は鍵をかけるでしょうから」と渚子さん。「花火さん自身が犯人を部屋に招いたか、あるいは犯人に脅されて部屋に押し入られて……」

「うん、その可能性が高そうだ。吉川線以外に防御創や格闘の痕はないようだから、その後隙を突いて一気に絞め上げられたってところか。それにしても、なんというか……事件全体がすごくちぐはぐな気がしない？」

「ちぐはぐ、と言うと？」

「犯人は花火さんの首を絞め、その後で首を吊って自殺に見せかけた。首絞めと首吊り——その両者が決定的に異なることに、犯人は気づかなかったんだろうか。今こうして見て改めて思う。首にこれだけはっきりと二重の痕が残ってるんだ。犯人はこれをごまかせると本気で思ったんだろうか」

「でも、この部屋に押し入った時——それこそうるるさんが異議を唱えるまで、誰もその矛盾に気づかなかったじゃないですか」

「そ、それは、僕も不甲斐なかったけど……ここで問題にしたいのは犯人側の思惑だ。犯人はわざわざ花火さんをカーテンレールに吊り、それどころか現場を密室に仕立て上げた。それなりに手間も時間もかかる自殺偽装だ。でもその偽装は所詮、遺体を少し観察すれば素人にだって見抜けるレベルのもの……ってかどっちみち、最後には警察が介入するんだから、殺人があったことを隠しおおせるはずがないんだ。なのに、犯人はこの一件を自殺に見せかけようとした。犯人はどこまで本気だったんだ？　そもそもこの偽装は、自殺に見せかけることを目的に仕かけられたのか？　もしかしたらまったく別の——」

「どうでしょう」渚子さんはそこでつと目線を上げた。「犯人は案外、警察すらもだまそうとしていたのかもしれません」

　なんだって？　と声に出したつもりだったけれど、乾ききった喉はうまく空気を震わせられなかった。

　渚子さんは天井付近にあるエアコンをじっと見つめていた。電気の遮断からこっち、上がっていく室内温度には辟易《へきえき》していた。渚子さんもそうなのか。それにしても、今の意味深な言葉が意図するところは？

　僕は汗で背に張りつくシャツを仰ぐようにはがし——、

　ようやく渚子さんの言いたいことに気づいた。

「……まさか。犯人はそんなことまで考えて発電機を破壊したのか？　狙いは、通信機器や定点カメラの機能を停止するだけじゃなかった。冷房を使えなくすることで……遺体の腐敗を早めるつもりだった、と？」

「初見のインパクトで島のメンバーの目さえくらませられれば、それでよかったんです」横顔の角度を保ったまま、渚子さんは続けた。「自殺を既定路線にし、あとは遺体の腐敗で首の痕などの証拠が徐々に失われていくのを待つ――犯人はそれを狙っていたのかもしれません。結局はうるるさんや栞さんの所見で、それは阻止されたわけですけど」

「…………」

……いや、無茶だ。さすがに無理筋だ。夏場といえど、そんな都合よく人の体が腐るものか。偶然と幸運がいくえにも重ならない限り、今言った状況は起こりえない。再現性がない。そんなトリックは行き当たりばったりにすぎる！

反論することはいくらでもできた。

しかし。

可能性としての話なら、犯人が強い思い込みの下、そうした行動に出たパターンもあり得ないとは言い切れないのだった。現実には行き当たりばったりの犯罪なんていくらでもある。これはどうやら犯人の心理を出発点に推論を始めたことが、そもそもの間違いだったのかもしれない。

結局、ここでも確かなことは何もつかめないまま。

僕はため息を一つ、

「そろそろ引き上げようか」とだけ告げた。

渚子さんも無言で顎を引く。

そうしてきびすを返しかけた時、僕はベッドのヘッドボードの近くに、枕に半分埋もれるようにしてある花火さんのスマホを見つけた。

少し悩んだ後、僕は指紋がつかないようハンカチでそれをつかむ。本体横のボタンを押し込むと、即座に反応があった。

期待感たっぷりに点灯する液晶――が、次の瞬間に立ち現れたのはロック画面だった。そりゃそうか。

「同じですね」と渚子さん。

「同じ？」

「この部屋と同じ。密室、です」

「……違いない」

妙にウィットに富んだせりふに思わず苦笑が漏れそうになる。

とはいえ、僕らも今まさに謎にとらわれて抜け出せない状況にあるわけで、そういった意味ではちっとも笑い事ではないのだった。

一体、事件を解き開くための鍵はどこにあるのだろうか。

そうやって仰ぎ見た天井からは、少なくともこれといった手がかりは見出せなかった。

……これ以上の長居はさすがに時間の無駄か。後ろ髪を引かれる思いは振り切るよりしょうがなかった。花火さんのスマホを元の位置に戻して、退散しよう。

そう考えた折だった。

――がたんっ。

途切れた会話の間を縫うように、唐突に物音が響いたのだ。

一瞬、僕がスマホを取り落としてしまったのかと思ったけれど、それはまだ手の中にあった。

渚子さんを見ると、彼女も「私じゃない」とばかりに首を振っている。

僕は手早くスマホを花火さんの元にお返しし、今一度室内に変化がないかと見やる。と――、

――ばたばたっ。

再び響く、先ほどとは違う音。

これ、は……。

「栞さん、外です！」

言うが早いか、渚子さんは駆け出していた。

5

渚子さんを追って、僕もワンテンポ遅れて床を蹴った。

二度目の音は確かに室外から聞こえた。しかもおそらくは……慌てて逃げ出す何者かの足音だった。

花火さんの部屋の前に誰かがいたのだ。何をしていた？　そして、なぜ逃げる必要がある？

いや、考えるのは後だ。とっちめてから問いただせばいい。

勢いよく部屋を飛び出したところまではよかったが、しかし迫真のチェイスとは相ならなかった。先を行った渚子さんが廊下で立ち往生していたからだ。

「……階段を下りていったんでしょうか？　それともまだ三階にいる？　逃げていく人物の姿をとらえられなかったどころか、足音も消えてしまいました。自室まで逃げきっていたらもう手は出せませんよね……一歩遅かったです」

くそ……予想以上に逃げ足の速い奴だった。

僕は今しがたくぐってきた花火さんの部屋のドアを丁寧に閉め直し、今からでも不審者を追うべきか考えた。

渚子さんの言う通り、逃亡犯が出演者だったにせよ、スタッフだったにせよ、すでに自室に引っ込んでしまっていたら万事休すだ。今から各人の部屋を訪ねたとして、相手はいくらでもしらを切れるのだから意味がない。殺人事件が発覚した矢先、新たな事件を触れ回って波風を立てるのも得策ではない、か。

いや、でも仮に逃亡犯が、焦った拍子に目についたこの階の空き部屋に飛び込んだとしたらどうか。今まさに息を潜めて追っ手をやり過ごそうとしている——そうした可能性もないとはいえなかった。あるいはとにかく現場から遠ざかろうと階段を一階まで駆け下りるルートを選んでいた場合、リビングダイニングにいた人に姿を目撃されている可能性もある。

僕はそれを渚子さんに話し、念のためそれぞれ見て回る提案をした。彼女は二つ返事でついてきた。

まずは今いる三階だ。手始めに空き部屋のドアを片っ端から全開にしてから、一人が中を順々に調べていく。もう一人は階段の下り口に立って、隙を突いて別の部屋から飛び出してくる者がいないか見張った。役割を交代して同じことを繰り返したが、結局のところねずみ一匹見つけることはできなかった。

次に僕らはそろって一階に下りていき、ほどなくそろって肩を落とした。リビングダイニングにはすでに誰も残っていなかったのだ。機能を奪われ、悄然《しょうぜん》とたたずむ定点カメラたちを責めるわけにもいかない。運は逃亡犯に味方したようだ。

力なくダイニングテーブルの椅子に腰かける僕を見て、渚子さんが二人分のコーヒーを淹れてくれた。

「……やっぱり盗み聞きしていたんでしょうか」

僕の前にカップを置きながら渚子さん。

「どうだろう。そもそも僕らの会話なんて、頑張って盗み聞きするような性質のものじゃなかったと思うけど。捜査や議論の内容なんか、真正面から入ってきて尋ねればよかったんだ……あ、コーヒーどうも」

「いえいえ。でも、うーん……そうなると余計に気分がよくないですね。逃げたってことは、あの謎の人物は見つかったら後ろめたい何かをしていたんです。少なくとも胸のうちにやましい思いはあった」

「そうだね。しかもあれだけ素早く反応した渚子さんを出し抜いたんだ。あらかじめ逃走ルートを決め、いつでも逃げられる準備をしてなきゃ、ああはいかない」

「みんなに知らせますか」

「……いや、やめておこう。いたずらに不安の種を増やすのはよくない。今のところは僕らの心の片隅に留めておけば充分だろう」

「わかりました」

カップを干した僕らは、それ以上話すこともなくなってしまった。

ぼちぼち部屋に引き上げようか、と僕が言うと、彼女も、そうしましょう、と立ち上がった。吹き抜け階段を並んで上がる。

そうして二階に差しかかったところで、僕らはもう一つ小事件に出くわした。

どこからともなく男性同士が会話する声が聞こえてきたのだ。辺りに人の姿はなかったから、すぐに発信源は三階と知れた。話しているのは、えーと……木野さんと……これは灰村さんか?

「——そんなこと、いくら聞かれても答えられないな。そもそも僕とあの子の間には何もないんだから。話しようがないよ」

「いや、でも、こっちはこの目で見てるんです。二人きりでいる場面を何度も。あの時の雰囲気はなんていうか……やっぱり普通じゃなかった」

「そりゃ演者と二人で話し込むこともあるさ。僕はプロデューサーだからね。雰囲気云々は君の印象論でしかないでしょ」

「し、しかし……」

「ふーむ。テレビカメラマンとして、君の腕は買ってたんだけどねえ。ゴシップが撮りたいだけなら、いっそパパラッチに転向したらいい。ってことで、いいかげん解放してくれるかな。それじゃ」

「話はまだ終わって……木野さん！」

　ばたん！

　最後は勢いよくドアが閉められる音。

　僕は思わず渚子さんと顔を見合わせる。

　盗み聞きと思しき被害に遭った直後、今度は僕らが盗み聞きのようなことをしてしまっていた。しかしこれは不可抗力だったと弁解したい。僕らは決して自ら聞き耳を立てていたわけではないのだ。今の会話は、特に終わりの方は熱が入ったのか、普通の話し声よりかなり大きな声で交わされていた。もし僕ら以外に二階の階段口や廊下を歩いている人がいたら、同じように内容は筒抜けだったろう。

　間を置かず、誰かが三階から下りてきた。予想通り、それは灰村さんだった。

　うかつな振る舞いをしたという自覚は、話していた本人にもあったようだ。彼は僕らの姿を認めると、とがめるより先にばつの悪そうな顔を作った。

「ああ、小口と手鏡か……確か現場の再検証に行ってたんだったな。お疲れさん」

「お、お疲れ様です」

渚子さんがおずおずと頭を下げる。

「どうだ、探偵と助手のコンビは何か見つけたのか？」

灰村さんは珍しく軽口のようなものを飛ばしてきた。

僕と渚子さんは再び顔を見合わせてしまう。

軽口はまだいい。何より気になったのは、先ほどの一件をあからさまにスルーしようとしている彼の態度だった。

「いいえ、めぼしい成果は得られませんでした」

今度は僕が短く答えた。そして迷ったけれど、続けて、

「あの、灰村さん……今、通りがけに聞こえてしまったんですが、木野さんと何か話していましたか」

あえて、そう切り込むことにした。

灰村さんはいよいよ明らかに視線をそらし、

「まあ、ちょっとな」とだけ返すと、そのまま口を閉ざしてしまう。

……ふむ、明らかに怪しい。が、やはり会話の相手は木野さんだったか。これは確定、と。しかし情報は増えていないな。どうする？

「立ち聞きのような形になってしまったのは申し訳ありません。……ですが」僕はもう一歩だけ踏み込み、誘いをかけてみることにした。「プロデューサーとカメラマンだけで内密の話――番

組の進行中ならかまいませんが、この状況下だとあまり印象がよくないですね。明かすのをためらう内容となるとなおさらです。しかも最後の方、何か口論みたいになっていませんでしたか？　争いの火種になりそうなことなら、やっぱり聞き流すわけにはいかないんですが」

そこまで言い募ると、灰村さんは少しの思案の後、ようやくすっとぼけるのをやめた。

「……確信はあったんだがな」

「確信？」

僕のおうむ返しに、灰村さんは真顔でうなずく。

「ああ。だが、確証は得られなかった。のらりくらりかわされて終わったよ。結局俺はまた何もできなかった。彼女の救いになるようなことは、何も——それだけのことだ」

それだけ言えばわかるだろうというように、彼はそれきり押し黙ってしまって。

さっぱり要領を得なかった。

僕が灰村さんに抱いていた印象は、一言で言えば「無骨なカメラマン」だ。隣で呆けている渚子さんと違って、彼は職人肌というか、裏方気質というか、やるべき仕事を実直にこなす仕事人というイメージ。故に普段から口数は少ないし、話す時は簡にして要を得た口ぶりが特徴だった。

それがどうだろう。先ほどからの会話は、彼が発するにしては内容にとりとめがない。そのくせ一言一言にやけに感情が乗っている気がする。

そこで、僕は思い出した。

花火さんの死体を発見した直後のこと。無残な亡骸を前にして、灰村さんは確かこうつぶやいたのだ。

——俺の、せいだ、と。

「すみません、さっきからおっしゃってる意味が――」

渚子さんが困惑気味に言うのを、僕は右手で制した。それから、

「花火さんに関すること、なんですね？」

今一度、灰村さんに語りかけた。

彼がゆっくりと顔を上げる。久しぶりに真正面から目が合った気がした。たたみかけるならここしかない。

「ほんの些細なことでもけっこうです。花火さんについて、何か知っていることがあるなら教えてください。彼女の死の真相を解き明かしたい――その想いを今、島にいる全員が共有していると僕は信じています。……もちろん、憎き犯人を除いてですが。

灰村さん、あなたはこの想いを共有している側ですよね？」

彼はしばらくの間、こちらを真っすぐに見返したまま沈黙していた。

しかし、やがて根負けするように息を吐き出すと、

「……わかったよ」と応じた。

灰村さんはさっと辺りを見回し、

「話をするのはやぶさかじゃない。が、せめて河岸《かし》を変えよう」

目だけで合図して、足早に階段を下りていく。

僕と渚子さんは最後に一瞬だけ顔を見合わせ、すぐにその背中を追った。

セブン・シーズ・ハウスを出て、灰村さんは林の方に進路を取った。

彼につき従う形で、三分ほど黙々と歩いただろうか。まばらだった木立の間隔が少し密度を増

してきた辺りで、灰村さんはおもむろに口を開いた。

「このまま歩きながら話そう。今から言うことは念のため、もうしばらく他言無用で頼む」

僕と渚子さんがこくりと応じると、彼は前を向いたまま話し始めた。

「俺はカメラマンとしてテレビの現場を渡り歩いてたから、実は松浦花火と仕事をするのは今回が初めてじゃない。どころか、両手で数えても足りないくらいだ。同様に奴との現場もな。だから俺はいち早く感づくことができたんだ。二人の間にあるいびつな関係に」

横合いからうかがった灰村さんの目には驚くほど剣呑《けんのん》な光があった。

僕は直感する。愉快でない話が始まる。

しかしその前にまずは前提を確認しておかなければならなかった。

「ちょっと待ってください。奴、というのは？」

僕が聞くと、灰村さんは口を歪めて、吐き捨てるように言った。

「木野天秤だよ」

……やはりそうか。ほとんど察しはついていたが、悪しざまに呼び捨てが返ってくると、心臓がきゅっと縮む思いがする。

隣では、渚子さんが困惑の色を一層濃くしていた。

「奴の噂、知らないか？　手鏡も？　……まあ、ぺーぺーだもんな。業界じゃ割合有名な話だ。敏腕プロデューサーがその権威をかさに着て、女性に性的な行為の強要やいやがらせを繰り返す――要はセクハラ疑惑だよ。本当はこんな軽い言葉を使いたくないがな」

「あの木野さんが……？」渚子さんが額に手をやる。「確かに雰囲気は軽いですけど、仕事には真摯で、根は誠実な方だと思っていました。彼が、そんな……信じられません……」

「俺自身、確かな証拠をつかんでるわけじゃない。プロデューサーの成功を妬んだ業界人が広めた流言だって可能性もある。ただ、火のないところに煙は立たないって言うだろ？　それに何より……俺はこの目で見てもいるんだ」

「見た？」と僕。「何をです？」

「松浦花火が、カメラのないところで奴に何度も——何度も執拗に絡まれている場面をだ！

……なぜ野放しにしたのかって？　奴のやり口は憎らしいくらいに巧妙だった。決して手は出さない。言葉選びも慎重に考え抜かれ、計算しつくされている。仮に現場の様子を写真に収めたり、会話を録音しても、なんとでも言い逃れができるようにしてあるんだ。しかし、それらが総体として機能することで、言外の文脈が生まれる。目をつけられた女性はいつの間にかどこにも逃げられなくなっている。追い込まれ、追いつめられ、挙句奴の言いなりになるしかなくなる——そういう罠《わな》なんだよ。

俺が何もできない間に、松浦花火が奴の企画に呼ばれる回数だけが着々と増えていった。悔しいことに奴の企画はことごとく当たった。女優の人気を押し上げることにも一役買ったんだろう。しかし俺は……それが根拠のない憶測だとしても、木野天秤に疑惑の目を向けないわけにはいかないんだ……」

灰村さんの声は徐々にくぐもっていき、唐突に途切れた。

辺りには葉ずれと、草を踏む三人の足音だけが残った。

「……初めて聞く業界の裏話が、めちゃくちゃダークなやつで震えてます」

衝撃の余韻の中で、僕はなんとかそれだけ口にした。

灰村さんはちらと肩越しにこちらを見やる。

「爆弾発言のつもりだったが、意外に反応が薄いな。推理作家はさすが冷静……というか、単に俺の思い込みだと？」

「いえ、ショックはショックでしたが……今までの違和感を解消する、あるいは行間を埋めてくれる情報だったので、割とすとんと胃の腑に落ちました。もちろん、何もかもを鵜呑みにするわけにはいきません。ただ、僕は昨晩、花火さんが木野さんに絡まれる、まさにその現場を目撃していますし。そのやり口は今、灰村さんが語った通りでした。どうとでも言い逃れができる状況、悪行を示す決定的な証拠はどこにもない。それなのに、花火さんは彼に黙ってつき従う無抵抗状態でした。彼女はひどくおびえた様子で……その時僕自身、二人の間にただならぬ関係を感じたというのが正直なところです」

「それじゃ、やはり奴が花火を殺したのか⁉　それなら動機も充分だ。花火が奴の要求を突っぱねて、それにかっとなったとか。あるいはこれまでのことを全部ばらすと言われて、口封じのために――」

「それは断定できません」ここははっきりと釘《くぎ》を刺しておかねばならないところだった。「先ほど三階で何が起きていたのか、今の話を聞いて大体わかりました。灰村さん、あなたはセクハラ疑惑を端緒に木野さんを問いつめ、それと今回の殺人を結びつけることで彼をしょっぴくつもりだった」

「……そうだ」

「決め打ちはよくありません。それについては木野さんの言うことの方が正論です。木野さん犯人説は現状、ただの印象論に過ぎない。証拠が見つかるまでは、彼とてあくまで容疑者止まり。そして容疑者ということであれば、この島にいる全員が平等にそうです」

しばし黙然としていた灰村さんが、そこでくたびれたように息を吐いた。

「……わかってるさ、奴を摘発する証拠がないことくらい。ただ、どうにもやるせなくてな。動かずにはいられなかったんだ。今でも過去のことを振り返っては、もしかしたら、と考えちまう。俺がもし行動を起こしていれば、また違う未来があったかもしれない。この悲劇だって食い止められたのかもしれない。そうやって、自分で自分を責めるのを止められないんだ」

――俺の、せいだ。

花火さんの死体を発見した直後、灰村さんは無残な亡骸を前にしてこうつぶやいた。

一介のカメラマンが抱く思いにしては、少々大袈裟と言わざるを得ないだろう。けれど灰村さんは、輝かしい女優の活躍をカメラに収める傍らで、その裏にあるどす黒い疑惑とひたすら葛藤し続けていた。胸に秘め、抱え込み、悶々《もんもん》とし続けたまま……今回の事件を迎えてしまった。

他人事ではない、と思った。

救えなかったと、何もできなかったと、自分勝手に後悔の十字架を背負い、懊悩《おうのう》している――それは、僕だって同じだったから。

「お気持ちは……わかります」

僕のつたない同情に、灰村さんは苦笑で応えた。

「いや、今の愚痴は余計だった。忘れてくれ」

その時、ぱっと視界が明るくなった気がした。会話に集中していてまったく周りを気にしていなかったけれど、どうやら林を抜けたようだ。先頭の灰村さんが立ち止まったので、続く僕と渚子さんも足を止める。

そこは開けた高台のような場所だった。斜面の向こうには紺碧《こんぺき》の海が広がっている。爽やかな風が吹き抜け、汗ばんだ体を心地よく冷やしていった。

　灰村さんは頭をかきながら向き直った。

「……だらだらと迂遠《うえん》な話を垂れ流すのもそろそろ終わりにするか。最後に言っておくとだな、小口栞、俺はお前さんの昨晩の証言――木野の奴がおびえる松浦花火を強引に引き連れた、ってのを全面的に信用する立場に立ってる、それを伝えておきたかったんだ。俺はあの証言を聞いて、犯人は奴で決まりだとほぼ確信した。で、てっきりお前さんも決め打ちで動いてるものかと思ったが……そっちはあくまでフェアに真実を解き明かそうとしてるみたいだな」

「ええ。フェアは推理作家の金《きん》科《か》玉条《ぎょくじょう》ですので」

「そういうものか。まあ、いいさ。俺は引き続き個人的に奴をマークするつもりだが、事件との拙速な関連づけは控えるようにするよ。お前さんは事件の調査を続けるんだろ？　奴に関する疑惑の線を除くと、俺にはさっぱり事件解決の糸口が見えない。だからお前さんが松浦花火を殺めた犯人を突き止めるに当たって、もし俺にできることがあれば言ってほしい。ぜひ協力できたらと思う。これも伝えておきたかったことだ」

「……ありがとうございます」

　そうやって、ひとまず腰を折る僕――だったけれど。

　正直に言うと、思うところはいろいろあったのだ。灰村さんの弁を、そして彼自身を、全面的に信用していいのだろうか、とか。

　それでもまあ、手に入った一連の情報は価値あるものだった。彼に裏があったとしても、真相究明に協力的な態度を示している以上、対立の必要はない。今のところは素直に感謝の言葉を返しておこう。

「それにしても……灰村さんは本当に花火さんのことをよく見ていたんですね」

　渚子さんがしみじみ言う。

「そりゃカメラマンだからな。被写体の観察は基本中の基本だ」灰村さんが、今度はＡＤの方に向き直った。「余計なお世話かもしれないが、手鏡も奴には用心しておいた方がいいと思うぞ。今回の事件に関係なく、元々スタッフにも手を出してたって聞くからな」

「あー……私なんかがそういう対象になるのかなって思いますけど、お気遣い感謝します」

「お前はあっけらかんとしてるのに、妙なところで自己肯定感が低いな……。それはともかく、長々と連れ回して悪かったな。ちょうど行き止まりまで来たことだし、戻るとするか」

　灰村さんが言うのを合図に、僕らはぞろぞろと元来た道を引き返す。

　話題が尽きた帰りの道中は、三人ともほとんど無言だった。

6

　館に着く頃には午後三時半を過ぎていた。

　僕はそこでスタッフらと別れ、一度自室に戻った。

　汗をかいた体でベッドに上がるのは気が引けたけれど、疲労が勝った。リラックスした姿勢で少し考えを整理するつもりが、そのままどろみの淵へと落ちていく——。

　気づくと、部屋の中がすっかり薄暗かった。

　電気をつけようとして思い出す。今、館は全面停電中だ。日が沈みきれば、闇はさらに深さを増すだろう。

明かりがつかなくたって死にはしない。正直そんな風に高をくくっていたところがあった。けれど今、改めて思い知らされる。暗闇は人のマイナスな感情を増幅させるのだ。閉まりきらない蛇口のように、不安が、恐怖が、疑心が、ぽたぽたと漏れ出し、胸の内に黒く染みを作っていく。精神の摩耗に耐えなければならない。苦しい夜になりそうだった。

僕は暗順応を待って、部屋を出た。

闇に溶けつつある廊下を渡り、階段に差しかかったところで、一階から届く柔らかな光に気づく。

一階には渚子さんとうるるさんがいた。レンブラントの絵画のように、彼女たちのいる場所だけが浮き上がって見えると思ったら、ダイニングテーブルにいくつものろうそくが灯っている。どうやら二人が手分けしてしつらえてくれたらしい。

「どう？　非常時の対応にしては、なかなかどうしてロマンチックじゃない？」

うるるさんが得意げに卓上を指し示す。

僕は素直な感想を述べた。

「うん、驚いた。番組の演出みたいだ。しかもいい香りがする。アロマキャンドル？　この燭《しょく》台《だい》もやたら凝ってるし」

「『キャンドルナイト』の企画が予定されてまして」渚子さんが一仕事終えた顔で補足する。「おっしゃる通り、元は番組の演出用なんです。せっかくなので活用しちゃいました」

不安定な炎の揺らめきは、蛍光灯やLEDよりもむしろ心を落ち着かせた。

いつもの席に座り、ぼんやりと橙色の灯りを眺めていると、そのうち残りの面子《メンツ》もぽつぽつと上階から下りてきた。

一応、日没をめどに集まって、事件について話そうということになっていたんだっけ。いや、そんなことを律儀に覚えているのは少数派かもしれなかった。単に灯りにつられたか、それでなくても時刻はそろそろ午後七時、夕餉《ゆうげ》の頃合いでもあった。人間はバイオリズムには抗《あらが》えない。悲しみに暮れても腹は減るのだ。

僕自身、朝、昼とまともに食事を取っていなかった。それを思い出すと、今まで忘れていた空腹感が急に押し寄せてくる。

そこですっとキッチンに立ったのは渚子さんだった。人が集まり始めたのを見て、手際よくインスタントのスープを作ってくれる。

今朝がたの配置ですっかりテーブルが埋まる頃には、各人の前には湯気を立てるカップが置かれていた。

「ありがたい。遠慮なく頂戴するよ」

言いながら、木野さんが真っ先に手を伸ばす。今やすっかり疑惑の彼だが、振る舞いは変わらず自然体で余裕ありげに見えた。

僕も手近なカップを取り、口に運ぶ。

しばらく一同は無言でスープをすすっていた。

やがて、

「あまり期待しないで聞きますが……あれから事件について何か気づいたり、考えが浮かんだ方はいますか？」

今回も口火を切ったのは桂君だった。

反して、テーブルを囲む面々の反応は鈍い。

このままでは始まる前から会が打ち切られそうだったので、僕はそろそろと手を挙げた。渚子さんと出向いた現場検証とそこで交わした密室の議論について、簡単に共有しておこうと思ったのだ。

最初のうちは、聞き手もそれなりに興味を持ってくれているようだった。けれど、話が進むにつれて相づちは減り、合いの手はなくなり、こちらに対する集中力はみるみる失われていった。収穫のなさが、語り口からも察せられたのだろう。

「話をまとめると、つまり……お手上げってこと？」

そして繰り出される、サリーのあまりに無慈悲な一撃。

「いや、あきらめたわけじゃないよ！　……でも、はい、密室を解く手立てについては今のところノーアイデアです」

場に落ちる沈黙。

いたたまれない空気。

僕に続いて意見を述べようという人も現れてくれない。

午前中は進行役を務めてくれた桂君までもが、今はだんまりを決め込んでいる。なんだか冷たいな。勇気を出して発言したんだから、何か感想くらい言ってくれてもいいのに——って、あれ？

「……ねえ、大丈夫？」

僕の違和感を、うるるさんが先んじて言語化した。

よく見ると、桂君はただ黙っているのではなかった。うつむき加減で、かつろうそくの淡い灯りの中だからわかりづらかったけれど、顔色がひどく悪い。目をきつく閉じ、眉間には深いしわが寄っている。こめかみに手を当てているところからすると……頭痛に耐えているのだろうか？　手元に寄せたカップも、彼だけ中身がほとんど減っていない。明らかに様子がおかしかった。

「桂君？　桂君ってば」

「……ああ」

　何度か呼びかけてみて、ようやく反応があった。

　呂律が若干怪しい気がした。薄く開いた目にも輝きがない。

「すまない。すこしぼーっとしていたみたいだ」

「ぼーっとしてたって……ちょっといい？」うるるさんが率先して椅子から立ち上がり、桂君の額に手を伸ばす。「……熱い」

「平気だよ」

　桂君はすぐに首を振って触診から逃れたけれど、うるるさんはめげない。

「悪いこと言わないから、熱はちゃんと測った方がいいわ。救急セットはどこにあったかしら」

「ああ、それなら」我妻君が階段の方を指さす。「ルーターが置かれてた二階の花台、あの引き出しの中だ。初日に腹の具合が悪くてさ、そこから胃薬を拝借したんだ。確か、昔ながらの体温計も入ってたはず」

「そんな大ごとじゃないって」

「でも、何もないわけない」

　なお言い募るうるるさんに、桂君は小さく笑顔を作った。

「少し疲れが出ただけさ。寝れば治る」

　うるるさんは明らかに無理の感じられるその表情をしばらく見つめていたけれど、ややあって、

「……わかったわ」うなずき、テーブルにばんと両手を置く。「じゃあ、せめて早く休んで。お願いだから」

切実な視線に、さすがの桂君も気圧されたようで。

「……オーケー。言う通りにするよ」彼はゆるゆると立ち上がった。「花火の弔い合戦だなんて勇んで犯人探しを持ちかけたくせに、自身の体調管理すらままならなくてお恥ずかしい。普段は風邪も一切ひかないし、健康診断の結果も医者のお墨つきが出るほど良好——体が資本の役者としては誇りの一つだったんだが……。今日は一足先に失礼させてもらいます。頭痛が引いたら論点を整理しておきますので」

律儀に一礼し、きびすを返す桂君。

そうして二階へ進路を取る二人。……二人？

「いや、なんでうるるさんがついてくの？」

僕がすかさず指摘すると、彼女は平然と、

「いや、ここは私がつき添うしかないじゃない。夜通し枕元で看病を——」

「それはいい」

桂君が振り向き、うるるさんの言葉を遮った。

「え？　待って。私、桂君が心配で——」

「いいから」

「……はい」

桂君は若干おぼつかない足取りながら、一人で階段を上がっていった。

呆然と立ち尽くすうるるさん。どこにも行き場のなくなった彼女は結局、またとぼとぼとテーブルの所定の席に戻ってきた。

「最後、下心出さなきゃかっこよかったのに――って、痛っ！」

　間髪容れず肩パンが飛んできた。

「雉《きじ》も鳴かなきゃ撃たれなかったのに」うるるさんが言い返してくる。「傷心の女の子にかける言葉は考えた方がいいわよ、しおりん」

「すぐ手が出るの、本当よくないよ……」

　不毛なやりとりの後、またどこからか椅子を引く音が響いた。

「あの、私も先に部屋に戻っていいかな？」サリーだった。「このろうそく、すごくきれいなんだけど……私、香りに敏感な体質で。ちょっと合わなくてつらいんだ」

「あ、そうだったんですか。普通のろうそくもあったんですが、よかれと思って……気づかずにごめんなさい」

　こうべを垂れる渚子さんに、サリーが慌てて手を振る。

「ううん、謝らないで。スープもありがとう、ごちそうさま」

「二階まで送るよ」

　サリーに先んじて立ち上がり、我妻君がさりげない調子で申し出る。

「あ、えーと……」

　言われた彼女はしばしブルーの瞳をきょときょとと動かした。今しがた目の前で起こった出来事もある。特にうるるさんの方をちらちら見やりながら迷っている様子だった。

　しかし最終的には、

「うん……ありがと」と申し出を受け入れて。

二人がそろって階段に向かう。

いい雰囲気だったのに、そこでうるるさんが「あ」とわざとらしく声を上げた。

「用心してね。情事中のカップルは殺人鬼の格好の標的だから」

サリーが真っ赤な顔で振り返る。何か言い返そうとしているようだけれど、口をぱくぱくとさせるばかりで肝心な言葉が出てこない。

「心得てるよ」助け舟を出したのは我妻君だった。「昨日は俺が不注意だった。今日はさっさと自室に引っ込んで、何もかも忘れて爆睡するさ。……いや、そりゃまあ、本音を言えば今夜だってサリーと一緒にいたい気持ちはやまやまだ。でもさ、今の段階じゃ、俺が殺人犯じゃないってこと、サリーに証明する手立てがないんだよな。二人でいても逆にサリーをおびえさせちまう。だったら俺はそんなこと、絶対にしないよ。この魂に誓ってな」

「ぐ……」

さすがのうるるさんも喉に何かつまらせたような音を出した後、二の句が継げなくなった。真っすぐでてらいがない彼には、ちくちく刺すタイプの攻撃が通用しないのだ。

サリーは黙したまま、我妻君にしずしずと寄り添っていた。どうか末永く幸せになってほしい。

二人の背中が二階の闇に消えていく。

不意に、がたんっ、とテーブルに衝撃が走った。今度は何かと思えば、うるるさんが乱暴に席を立ったのだ。すさむ気持ちはわからないでもなかったけれど、度重なる八つ当たりは勘弁してほしかった。

「どこ行くの？」一応聞いておく。

「どこでもいいでしょ！　……シャワーよ！」

「真っ暗だから気をつけてね」

「うるさい陰キャ！」

「陰キャは関係ないじゃん……」

なんだか予期していなかった展開だ。

殺人事件が起きて、初めて迎える夜。

クローズド・サークルもののミステリでは往々にして、このタイミングである論争が起きる。

凶行のあった館でいかにして夜を過ごすべきか、という、あれだ。

正直に言うと、僕はそのお決まりの流れに対して、一人で勝手に身構えていた節があった。

「――『みんなでひと固まりになって夜を明かすのが、最も安全では？』」その時、隣に座る渚子さんが僕の思考を読んだようにつぶやいた。「こういう場では、誰かがそんなことを言い出すのかと思いましたが」

僕はうなずき、

「うん。『殺人鬼となんて一緒にいられるか！　俺は部屋に戻る！』とかね」

顔を見合わせ、苦笑する。

現実にはそんなせりふは飛び出さなかったけれど、結局ひと悶着の末、それぞればらばらに夜を過ごす成り行きになりそうだった。

時計を見ると、まだ午後八時になったところだ。

みんなで身を守る方法について、僕がもっと積極的に提言すべきだったろうか。

事実、犯人は意図的に島の電力を断っているのだ。花火さん殺しの露見を遅らせるためにそうした可能性もあるが、犯人の計画は、目的は、未だ完遂されていないということもあり得る。僕が何より恐れているのはそのパターンだった。

　つまりは、連続殺人。

　犯人が第二、第三のターゲットを狙っているかもしれないという線だ。

　出たよ作家の妄想癖、お前の書いている三流ミステリじゃあるまいし……いっそそんな風に笑い飛ばしてもらえたなら、どんなにありがたいか。僕だってこれ以上、人が殺されることなんて考えたくもない。でも絶対にないとも言い切れないのだ。それを回避するには、交代で見張りを立て、雑魚寝でもなんでもするよりほかにない。

　……しかし。

　実際問題、体調のすぐれないメンバーがいる中で、見張り合って夜を明かすのも現実的ではないのだった。二階の部屋も、三階の部屋も、鍵はしっかりかかる。ならば、施錠した自室から極力出ないで夜を明かす――結局、それが今できる中で最も安全だし、気も休まる方策だと思うに至った。

　そのうち、灰村さんも立ち上がる。

「灰村さんも部屋に？」

　尋ねると、彼は、

「ああ、そのつもりだが……その前に。それぞれ自室で過ごすにせよ、さすがに懐中電灯ぐらいは一人一個持っておくべきだろう。俺も欲しいしな。手鏡、物置部屋に人数分くらいはあったか」

「ええ、おそらく……あ、皆さんに配りに行くなら手伝いますっ」

　さっさと階段を上がっていこうとする灰村さんを、渚子さんが追いかけていく。

そうして。

リビングダイニングには二人が残された。

僕と――木野さんの、二人が。

途端、卓上の空気が薄くなったような気がした。

ぴりっとした緊張感が肌を刺す。鼓動が早まっていくのを感じる。

どこかの機会で、彼とは再び対峙しなければならないと思っていた。

しかしまさか、こんなに早くその時が訪れるとは。

木野さんは依然、腹の底の読めない微笑を崩さない。朝と同じ、誕生日席に当たるテーブルの短辺に深く腰かけ、右手でカップを回している。

午後に得た情報を基に、何か投げかけてみようか――そう考え、即座に思い直す。まだだ。まだこちらのカードを切るタイミングじゃない。やぶ蛇になったら元も子もないじゃないか。今だと、いつ、誰が戻ってくるかもわからないし……リスクが高すぎる。

ただ、無言でこの場をやり過ごすのも惜しかった。せっかくの巡り合わせだ。些細なことでも、それこそたった一言だっていい。彼から何かを引き出しておきたい。

「……木野さん」

僕が意を決して呼びかけると、彼は残ったスープを一気にあおってから、応えた。

「なんだい？」

「どうしても気になっていることがあるんです。しつこいと言われそうですが、『クローズド・カップル』の推理劇の件です。劇中でも花火さんは密室で殺害されたという設定でした。あの筋書きを書いたのは木野さんですよね？　今や幻となった解決編――せっかくなのでこっそり明かしてくれませんか。劇中の密室トリックとはどのようなものだったんですか？」

　木野さんは目を見開いた後、からかうような甲高い声を上げた。

「ちょっとちょっと、待ってくれよ小口君。まさか推理作家ともあろう君の口から、そんな言葉を聞くことになろうとはね。わかってるかい？　君のやろうとしてることは端的に言って無粋だし、もっと言えば非道だ。要は推理小説の途中をすっ飛ばし、解決編だけ読んでネタをさらうのと同じことなんだからね。その罪深さを本当にわかってるかい？」

「背に腹は代えられませんよ」僕は少々語気を強め、真面目なトーンで応じた。「何せ現実に密室殺人が起きているんです。虚構のトリックだって事件解決の参考になるかもしれない」

「あのね、小口君。たとえば密室殺人事件を追う刑事がいたとして、彼らは似た状況のミステリを参考に解決を目指すのかな？　そうじゃないでしょ。現実と虚構の区別はつけよう――これを言うのは何度目か知れないけれど、理解してもらえないのならこっちも繰り返し繰り返し諭すまでだ」

　なるほど。意地でもはぐらかしたいらしい。もう少しだけ、揺さぶりをかけてみよう。

「僕から言わせれば、木野さんがそこまで真相をひた隠しにする理由がわかりません。ネタを割ると困ることでもあるんですか？」

「そりゃ、トリックを温存しておけば、また別の企画に応用できるからね。推理作家に話したら、ちゃっかり自分の作品に流用されちゃうかもしれない」

「そんなに自信があるトリックなんですか。しかしそうなると、ますます木野さんへの疑いを深めざるを得ません。木野さんはあらかじめセブン・シーズ・ハウスを舞台にした密室トリックのアイデアを持っていた――これは一種のアドバンテージですよ。犯人候補として、これだけで他より一歩抜きん出ることになる。なぜなら普通、高度な密室トリックなんて土壇場の即興で思いつけるものじゃないからです」

「それっぽっちの理由で僕が怪しいと？　さすがにそれはどうかと思うね」木野さんはやれやれといった調子で首を振りつつ、とうとう腰を上げた。「何か個人的な感情で僕に難癖をつけてるようにしか聞こえない。さしずめ昨晩のあれを引きずってるんだろうけど……少しばかり残念だ。君にはもう少しまともな頭脳を期待していたよ」

壁に大写しになった彼の影がきびすを返す。いくつかのろうそくの炎が揺らめき、また元通り直立する頃には、リビングダイニングには僕一人が取り残されていた。

……ふむ。

吹っかけたのは、とっさに思いついた話題だった。先ほど現場の再検分について話した流れもあって、密室の検討が頭の隅に引っかかっていたのだ。まあ、ずっと気になっていたことでもあったし、勢いにまかせてストレートに尋ねてみた。

結果、木野さんは、おじゃんになった推理劇の真相を明かさなかった。というか、会話を煙《けむ》に巻くことで、それをどうにかして隠そうとしたようにすら感じた。

こうした行動を引き出せたことはむしろ、劇中のトリックが単純に暴露されるよりも興味深いし、意義深いことのように僕には思えた。彼の裏の顔、本当の狙い——そういうものを暴く意味においては。

ある仮説が浮かぶ。

それは疑念と言い換えてもよかった。

——そもそも『クローズド・カップル』の推理劇に、まともな解決編なんて用意されていたんだろうか。

無茶苦茶なようでいて、でも意外にありそうに思えた。

木野さんにとっては、推理も、解決も、さして重要ではなかった。彼にとっての推理劇とは、とにかく設定ありきの「客寄せパンダ」で——いや、それすらもカモフラージュで。

思考が一段飛躍する。

突如眼前に、今までまったく見えていなかった景色が現れた。

——彼の本当の狙いは、ある私欲を満たすことにあったのではないか。

そして、推理劇はそのために、たったそれだけのために、もっともらしくあつらえられた「隠れ蓑《みの》」だったのではないか。

そもそもだ。

推理劇を展開するにしても、番組の顔たる看板女優を早々に退場させる必要なんてどこにもないじゃないか。木野さんがこの先、『クローズド・カップル』にどんなてこ入れを用意していたのかはわからない。けれど、少なくともこれから数回の放送分において、花火さんの登場シーンはほぼ皆無となったはずだ。視聴者の飢餓感を煽《あお》るトリッキーな演出として解釈できないこともないが、やはり相応にリスキーだし、どこか不自然な感じがする。

では、なぜそんな企画を立てたのか。その真の狙いとはなんだったのか。

わざわざ人気女優をキャスティングした上で、体よく彼女を撮影の拘束から解く——それで木野さんが得られるメリットは何か。僕には一つしか思いつかない。

彼は画面の中、つまり虚構の世界から花火さんを連れ出したかったのではないか。

画面の外、つまりこの現実世界で、彼女と二人きりで過ごす時間を増やすために。

いくら木野さんに権力があり、やり手だったとしても、女優とお忍びで孤島に何日も泊まり込むのは現実的に言って不可能だ。だから、木野さんはそれを可能にするべく一計を案じた。こそこそと密会なんかするからばれるのだ。ならば、最初から一緒に孤島に行くと喧伝すればいい。そういう企画を立てればいい。それを番組として成立させてしまえばいい――。

理屈というか、発想の根源だけ抜き出せば、それはエドガー・アラン・ポーの有名な短編に通じるところがある。隠しておきたい秘密を、あえて隠さずにおくことで盲点を突く、あれだ。しかし、それをこんな大スケールで実行に移した例については……僕のデータベースにもヒットするものがなかった。

ただ――この推理も、今のところ裏づけとなる確証はないのだ。

机上の空論。川端康成《かわばたやすなり》先生風に言えば、天国の詩か。

とはいえ。

木野天秤なら、単なる番組の私物化を、新規性・話題性のある企画として成立させることも不可能ではなかった気がするのだ。

世間から賞賛を集め、批判の目をくらませる。自分の優位な立場を使って、数多《あまた》の女優や関係者――あまつさえ花火さんさえも、その毒牙にかけ、薄汚い欲を満たすためだけに利用する。

それが事実なら、そんな男はいっそ――、

「…………」

まったく、反吐《へど》が出そうだった。

それから間もなくして、僕も部屋に戻ったけれど、その夜はまるで眠り方を忘れてしまったみたいにうまく寝つけなかった。

三年×組にて　Ⅲ

——どさっ。

夕暮れの校舎裏。

私に突き飛ばされる格好で、華奢な少女はコンクリートの地面に倒れた。

もみ合いから解放された私は最初、自分の腕に怪我がないか、制服の袖が破れたりしていないかを心配していた。上がる息を整えてから、軽く全身をチェックする。よかった、異状はなさそうだ。

そうするうち、あまりに静かなのが気になった。仰向けに倒れた彼女の方へと恐る恐る近づいていく。

「え……ちょっと。ねえ、大丈夫？」

彼女は返事をしなかった。それどころか、身じろぎ一つする様子がない。

はやる心臓を抑え、私は傍らに屈み、彼女の顔をのぞき込んだ。美しく整った顔が、今はばさばさとした長い髪によって完全に覆い隠されていた。表情はおろか、目を開けているのか、閉じているのかさえ判然としない。

「嘘」

私は迷った末にまず口の辺りの髪をかき分け、そこに自分の耳を近づけてみた。

呼吸が感じられない。

私はすぐに体を起こし、彼女の肩をたたきながら何度も呼びかけを繰り返した。続いて上腕の辺りをつかんで揺さぶろうとして——思わず取り落とす。ぐにゃりと脱力しきった体は、水風船のように手応えがなかった。

「……は？」

いやいやいやいや。意味わかんないんだけど。ねえ、何？　なんなのこれ。え、もしかして。

——死んだ？

改めて、倒れた彼女を俯瞰《ふかん》する。

死んでいる？　わからない。わからないけれど、でも、違う——私は悪くない。だって、元はと言えば、向こうが先につかみかかってきたのだ。こんなの、おかしい。こんなこと、絶対に……。

認めたく、なかったのに。

その場に膝を突く。

呆然とした思いで目を落とす、自分の手のひら。

そこには確かに残っていた。

目の前の彼女を、あらん限りの力で押しのけた時の感覚が。

あ、やばい。

そう思った瞬間、目の前の一切が暗転した。

同時に、ぐるりと世界が一回転して——。

——どさっ。

全身をたたきつけるような痛みに、私は目を覚ました。

「……っ！」

あれ……ここ、は？

かすむ視界の半分がフローリングの床で占められていた。

横ざまに倒れている。彼女じゃなく、私自身が。

腕を動かすと、体には薄いブランケットがまとわりついていた。ようやく鈍い頭が状況を理解する。どうやら私は寝ぼけてベッドから転げ落ちたらしい。

「……なんて、べたな」

笑いにならない笑いが、唇に端の方にだけ浮かんで、すぐに消えた。

きしむ体をなんとか起こし、立ち上がる。

瞬間、すえた臭気が鼻を突いた。自分の体から臭ったのか、それとも満杯になったごみ袋が発生源か。その区別すらもう、私にはつかなかった。

カーテンの閉め切られた薄暗い自室をぼんやりと見回す。

最後に部屋から出たのはいつだったか。三日前？　五日前？　一週間前？

わからない。

わかるのは、そう——あの出来事が夢でなかったことだけだ。

あの日。

私がクラスの男子に校舎裏で告白された日。

そして、入れ替わりに現れたクラスの女王に絡まれた日。

前段もほどほどに厄介だったけれど、むしろ後段の方がたちが悪かった。

告白の一部始終をのぞいていた女王は、どうやら彼のことが好きだったらしい。

あの子には逆らわない方がいい——集団におけるパワーバランスの形成上、要請される暗黙の了解というか、共通認識というのが、女子には往々にしてある。

彼女はルックスもずば抜けていたし、実際、男女問わず人気があった。クラスは彼女を中心に回っていた。爪はじきにされないためには、彼女と良好な関係を築いておくことが絶対条件だったのだ。

だから、私もそのルールに則り、粛々と日々を過ごしてきた。

……あの瞬間までは。

男子に告白された私に対して、彼女は言った。

——なんであなたなの？

——私の方が、前から彼のこと好きだったのに。

——はっきり言って全然つり合ってないんだけど。

——一人だけ抜け駆けしないで。邪魔しないでよ！

私はこんなこと望んでいない。

勝手に逆恨みをされて腹も立った。

成り行きでもみ合いになり、そして私は思わず彼女を突き飛ばしてしまったのだ。

幸い——彼女に怪我は一切なかった。

気が動転していた私はあの時のことをよく覚えていないのだけれど、周りにいた人がすぐに異変に気づいてくれたらしい。ずいぶん長い間、微動だにせず倒れているような気がした彼女。しかしそれは私の思い込みだったようだ。後から聞いた話では、彼女は意識もはっきりしていて、念のため医務室に運ばれたけれど、異常はまったく見当たらなかったという。

正直、ほっとした。

多少のわだかまりはありつつも、お互いに謝り合って、それで手打ちだと思っていた。

けれど。

翌日から、世界は一変した。

校舎裏での一件があちこちに拡散しており、しかも歪んだ伝わり方をしていたのだ。

私は一方的に悪者に仕立て上げられた。

彼女は元々クラスの人気者だった。魅力も、人望も、私に勝ち目はない。それにしても……あまりにあまりな仕打ちだったと思う。

私は身勝手な暴力を振るった女だと、大勢の人に決めつけられた。

一部の人はさらに勝手な物語をつむいだ。私に告白してきた男子が本当に好きだったのは、実はあの彼女だったというのだ。私はその間に割り込み、彼をたぶらかして二人の仲を引き裂いた泥棒猫ということになっていた。ここまでくると、もはやわけがわからない。

彼はといえば、今のところ沈黙を守っているようだった。それも仕方がないと思えた。こんな状況で何を言おうが、多勢に無勢だ。

考えてみれば、彼も気の毒だ。彼はただ純粋に、意中の相手に告白をしただけ。それを私が一方的にうとましがり、なのに返事は濁して……事はここまでこじれた。そういう視点で見ると、私は面倒事に巻き込まれた側であると同時に、巻き込んだ側でもあるのかもしれなかった。その事実が、また私をひどく情けない気持ちにさせた。

私はいよいよ孤立した。一度、レッテルが貼られたが最後、立ち居振る舞いの全てにけちがつけられ始める。あることないことについて責められ、自分を否定される。私は何を正し、何について謝るべきなのか。何をどうしたら許されるのか。何もわからなくなった。

ある朝、家を出ようとしたら吐き気がして動けなくなった。

それ以来、私は薄暗い部屋に引きこもっている。

「………」

もうひと眠りしよう。何もかも忘れて。

そう思って、私はブランケットと一緒にベッドの上に舞い戻る。

と、スプリングに沈めた腰が何か硬いものに触れた。例によって、充電の切れかけたスマホだった。

メッセージアプリの通知は切っていた。寝よう、と頭では思っているのに、世界とつながる小窓に自然と手が伸びる。気力は無くても、どうでもいいニュースやＳＮＳに私の心はからめとられてしまう。気づけばいつものように、検索窓にクロカプと打ち込んでいた。

クロカプ。若者を中心に人気を博す恋愛リアリティーショー。

その放送は現在、一時休止となっていた。

最新話は確か四話だったか。

——過熱する恋愛模様！　そして、ついに起きる衝撃の事件！　あの人気女優に一体何が？

過去一強烈な引きでその回は終わっていた。その後、「撮影中のトラブル」が発表され、次回更新は未定、というわけだ。

見たいわけでは決してないのに、私は視聴者の反応をあさるのをやめられないでいた。

〈次回予告の……これ、花火ちゃんだよね？〉
〈花火ちゃんどうしたんだろう〉
〈なんか不穏。大丈夫かな〉
〈いや、不人気キャラ急に出しゃばりすぎでしょ〉
〈てか、なんで放送止まってんの？　制作陣はちゃんと説明しろよ〉
〈リアルでなんか問題出てんな、これ〉
〈あの陰キャが花火ちゃんに手出してもめた説〉
〈あいつやらかしたんか〉
〈ないわー〉
〈クロカプ面白かったのに〉
〈消えてくれ、まじで〉
〈つーか、あいつシンプルにぶさいくじゃね？〉
〈死んで謝罪するべき〉

そこにあふれるのは、根拠のない中傷と、容赦のない罵詈雑言《ばりぞうこん》。
悪意が無限に増殖していく様を見せつけられているようだった。
すぐに耐えられなくなり、スマホ画面をオフにする。けれど、もう遅かった。

第四章

1

激しいノックの音で、沈みかけていた意識が無理やり引き上げられた。時計を見ると、時刻は午前六時。頼んでもいない、早朝のモーニングコールだった。

それだけでも心臓が跳ねたというのに、

「栞！　俺だ！　陽だ！　開けてくれ！」

どんどんという騒音の合間に切迫した声が混じる。……我妻君？

僕は跳び起きる。慌ててベッドから下り、目をこすりながらドアを開ける——と。

「うおい、急に開けるな！」

戸板に体を預けるようにしていた我妻君が、勢いそのままにこちらに倒れ込んでくるところだった。

「——っ！」

半覚醒の僕は真正面からまともにタックルを食らって。

衝撃の余韻が去ると、視界には天井が広がっていた。

お腹には我妻君の体重、背中にはしたたかに打ちつけた痛みが広がって、呼吸がしづらい。

「うう……あれだけノックしておいて、開けるなはないよ……」

「す、すまん……」

下にクッション役がいたせいか、我妻君のダメージは軽微だったらしい。しなやかな四肢を操って、一足先に立ち上がる。「立てるか?」と差し出された手をつかみ、ようやく僕も自分の足で重力に打ち勝った。

「……ぐう、なんか背骨がきしきしする」

「栞、それどころじゃないんだ!」

いや、それどころかどうかは僕に決めさせてほしいんですけど……。そんな抗議が出かかるが、彼の緊迫した表情に気づいて引っ込めた。

「もしかして……何か、あったの?」

「落ち着いて聞いてくれ」彼はごくりと生唾を飲み下した後、「……砂浜で死体が見つかった。出ちまったんだよ、二人目の犠牲者が」

――そんな。

恐れていた事態が、現実になってしまった。

また一人、殺された。

闇夜に乗じて、殺人犯は再び跋扈《ばっこ》した。

黒い人型の影が、暗い廊下をひたひたと歩くイメージが脳裏をよぎり、手足の先の熱が一気に逃げていく。そいつは、僕の部屋の前で立ち止まる。息を殺し、巧妙にドアの錠を解き、ノブに手をかけて――。

直前まで無防備に眠りこけていた自分を張っ倒したくなる。襲われていたのは僕だったかもしれないのだ。

今さら体が震えそうになるのを必死にこらえた。

「……今度は、誰が」

僕はそれだけなんとか絞り出す。

しかし、そこで奇妙に我妻君は言いよどんだ。

「それがさ、多分……いや、あの人でほぼ間違いないんだけど、その……」

「多分？　我妻君は実際に死体を見てないの？」

「いや、見た。見たんだけどさ、言い切っていいもんなのかどうか……。あの人でしかあり得ない、理屈で考えたらそうなんだ。それはそうなんだけど……」

……？　彼は何が言いたい？　さっぱり要領を得なかった。

やがて我妻君は、

「……ええい！　とにかく来い！」と唐突にきびすを返す。僕は頭に疑問符を浮かべたまま、慌てて支離滅裂なバンドマンの後を追った。


事件現場に赴いてみて、我妻君が言葉を濁した意味がわかった。

彼はセブン・シーズ・ハウスから小道を下るルートを取った。

そうしてたどり着いた砂浜にあったのは、倒れ伏した人間の体。よれたワイシャツとチノパンを身につけており、中肉中背の……おそらく男性の体つきと見える。しかし、わかるのはそこまでだった。

それには、首から上が存在しなかった。

二つ目の死体は、首を切り落とされた、いわゆる首なし死体なのだった。

「これは……ひどい」

降り注いだような、おびただしい血が砂地に広がっていた。首から下、残された身体の容態も悪夢めいて直視しづらい。腕はばんざいのなりそこないみたいに肩上に伸び、脚も膝が曲がっている。その場で弱々しくもがいたような、はおうとしたみたいな跡が辺りの砂に残っていた。むごい。あまりにもむごたらしい光景。

でも、それでいてなんだろう。

ともすると、そこにあるのは人の死体ではなく、ただの奇妙なオブジェなのではないか——そんな錯覚にとらわれそうになる。

あまりに非現実的な現実に、脳がエラーを起こしていた。あるべきものが欠けた不格好さが、できそこないめいた滑稽さが、ますますそれを作り物のように見せる。

これならまだ、蛍光ピンクの血糊に彩られた、推理劇の「死体」の方がそれらしいとすらいえるかもしれない——。

「木野さん……だよね?」

その時、サリーが誰にともなく尋ねた。

いけない。僕はまた、意識を彼岸へやっている。頭を振り、なんとか目の前の現実をとらえ直した。

改めて見て、確信する。サリーの言う通りだ。主に体型と服装から、この死体は木野さんであると判断するしかない。

そもそも今この砂浜には、昨日までの生存者が木野さんを除き勢ぞろいしている。僕を起こしに来た我妻君、問いかけを発したサリー、それから桂君、うるるさん、渚子さんに灰村さん。

僕は順々に各人を見やってから、もう一度死体に目を落とした。

「……木野さんが殺されたんだ。間違いない」

早朝のビーチに嘆息が広がった。

「……連続殺人」桂君がうわごとのように。「考え得る最悪の事態だ」

眉間を強くもむ彼。横目でうかがうと、その顔色は昨日よりさらに悪そうだった。体調は大丈夫なのだろうか。いやまあ、朝っぱらからこんなものを見せられたせいで、誰もが少なからず気分悪そうな表情ではあったのだけれど……。

僕は自分の足元に目を向けた。現場は砂浜。犯人の足跡が残っていれば重要な証拠になると期待したけれど、これは空振りに終わった。この浜、砂質のせいか、どうやらはっきりとした足跡が残りづらいようなのだ。そのくせ、ここ数日の往来の痕跡は中途半端に残っているし、すでに今朝慌てて駆けつけた人々によって踏み荒らされているところもあったりして、何一つ有益な情報が読み取れなくなっていた。

となると、今から最優先ですべきことは――、

「うるるさん」

「却下」

コンマ数秒で、僕の呼びかけはあえなく拒絶された。「……えーと、僕まだ何も言ってないよね？」

「あんたの言いそうなことなんかお見通しよ。どうせあれでしょ、私に検視しろって言うんでし

よ」

「おお、話が早くて助かる」

「嫌よ！　こんな気味悪い死体見るの！」

「頼むよ。君にしか頼めないことなんだ」

「そんなこと言われても嫌なものは――」

「お願いします。この通りです」僕はそっぽを向く彼女に正対し、深く深く頭を下げた。「どんな些細なことでもいい、今はとにかく手がかりが必要なんだ。君の腕の確かさを、ここにいる全員が見込んでる。僕もできる限り手伝うから。だから……お願いします」

　うるるさんは腕を組んだまま、しばらくの間つんとわかりやすく首をそらしていた。ご丁寧に目までつむって。しかしやがて、片目だけ開けてこちらの様子をうかがいだす。僕が折れないと見ると、心底めんどくさそうに顔を歪めた後、観念したようにため息をついた。

「はあ……わかったわよ。やればいいんでしょ、やれば！」

　……よかった、なんとか粘り勝てた。ここでうるるさんに出張ってもらわないことには話が始まらないからな。

　覚悟を決めた彼女はやっぱり頼もしかった。今まで渋っていたのが嘘のように豪気な足取りで死体に近づいていく。

　手伝うと言ってしまった手前、僕もつき従って歩み出た。うるるさんの半歩後ろから、今一度現場を俯瞰的に眺めてみる。

　木野さんはうつ伏せに倒れていた。

　砂地が血を吸ったせいだろう。波打ち際からは離れているのに、その一帯だけがいつまでもどす黒く濡れているのが不気味だった。

彼の体から離れてしまった首は、今のところ目に見える範囲には見当たらない。代わりに死体から数メートルの場所にある物が転がっていた。

斧だ。

見覚えのある斧。

虚構の殺人劇、そして現実に起きてしまった第一の殺人――その両方において施錠されたドアを破るのに活躍した、あの斧だった。刃の部分にはべっとりと血と肉がこびりついている。

「まあ……凶器はあれで確定よね。確か玄関の用具箱にしまわれてたはずだから、誰でも持ち出すことができた」

うるるさんはそれだけ言ってから、死体の傍らにしゃがみ込んだ。

今まで首切りにしか目がいっていなかったけれど、改めて見ると木野さんの背中には大きな裂傷があった。傷の幅から推測するに、件《くだん》の斧で切りつけられたものと見てまず間違いない。

「この傷、相当深いわ」うるるさんは口元を手で覆いながら所見を述べる。「出血の量も、首からよりこっちの、背中から噴き出した方が多いんじゃないかしら。両の脇腹から滝のように血が流れ落ちた痕跡が残ってる」

彼女の言う通りだった。木野さんの体の下に残る血だまりは、胴体を源泉に、広背筋のなだらかな傾斜を滑り落ちる形で広がっていた。上半身が派手に血に染まる一方、傷のない下半身に残る血汚れは比較的少なかった。

「ということは」と僕。「背中への一撃で木野さんは倒され、そしてそれがほとんど致命傷になった。首を切ったのは……とどめ、だったのかな」

もちろん首周辺の地面にも派手に血は広がっていた。しかし斬首処刑では、そこから噴水のように血が吹き出るという話も聞いたことがある。首への攻撃が初撃だとすれば、この量の出血じゃ済まないだろう。

「首を切った理由なんてわかるわけないし、わかりたくもないけど……犯人の攻撃の手順はそれでほぼ間違いないと思う」うるるさんは言ってから、死体の首のつけ根、その辺りの砂地を指さす。「ここ、深く斧が突き刺さって、砂をえぐってる。犯人は倒れた木野さんに上から真っすぐ斧を振り下ろし、首を切り落とした。そういうことになる」

なるほど、納得の理屈だった。

うるるさんはそれから、唇をぐっとかみしめ、首の傷を観察しだした。

「断面はきれい……と言えるのかしら。こんなものを『きれい』と形容してしまうのはどうかと思うけど。ただ砂地に残った斬撃と合わせて考えても、少なくとも犯人は何度も斧を打ちつけたり、のこぎりのように押したり引いたりみたいなことはしてない。ほぼ一撃で、一息に、首を断ち切ったようね」

それを聞いた我妻君が背後から声を上げた。

「首を一太刀でって……相当な力がいるはずだよな?　犯人は男か?」

「それは早計じゃないかしら」

うるるさんが言うのに、サリーが続いた。

「そうだよ、陽。火事場の馬鹿力って言葉もあるし、逆に……見て、あれ。先生の細腕。モデルの私がうらやむ細さだよ」

「なるほど」桂君が深くうなずく。「力のあるなしを単に性別で判断するのは賢明じゃないな」

「栞さんは女子中学生と腕相撲しても負けそうです」挙句渚子さんまでがそんなことを言い、
「よしんば勝ったとしても、変な力が入って腕を痛めそうだ」最後は真面目な顔で灰村さん。
陰キャの胸の内が斟酌《しんしゃく》されることはなく、何事もなかったかのようにうるるさんの検視は続いた。

　彼女は次にハンカチを取り出し、自身の手を包むと、死体の肩に触れ、上腕をつかみ、最後に手指を握った。

「肩、上腕には硬直が出てる。でも末端の方はまだね。おおざっぱに見て、死後三～五時間経過ってところかしら」

　うるるさんは言って、すっと一度木野さんの体から離れた。それからこちらに視線を飛ばし、死体を顎で示す、という動作を何度か繰り返す。一応、僕にも確かめろと言っているようだ。おっかなびっくり彼女のした動作をなぞると、言う通りの感触。自身の知識にも照らしてみて、彼女がはじき出した犯行時刻に大きな誤差がないことを認めた。

　今の時刻は午前六時半。つまり木野さんが殺されたのは昨夜の一時半～三時半頃となる。またしてもど深夜の犯行。有力な証言が得られる可能性は低いと思われる。

　捜査は早くも難航の気配が漂っていた。

　うるるさんはその後もぐるぐると死体の周りを二周ほどしながら、気になる箇所を確かめていた。けれど、やがて力なく体を起こし、疲れたように額の汗をぬぐう。

　僕は見かねて、
「ありがとう、できるところまでで充分だから」と声をかける。

　彼女は生返事で応じた後、ほとんど独り言の体で、

「……どうもこの死体、絵面のインパクトの割にとらえどころがないのよね」とうなる。「消えた首によほど決定的な証拠でも残ってたのかしら……あら？」

そこでうるるさんは何かに気づいたようだ。再びしゃがみ込み、「これ、見て」と死体のある一点を指さす。

示された先にあったのは木野さんの右手だった。よく見るとこの右手、地面に伏せられていない。握手するような形、とでも言ったらいいか。要は小指と手の側面に支えられてバランスが保たれており、角度によっては手のひらや指の腹までよく見えるのだ。

だから彼女はそれに気づけたのだろう。

「指の関節に、これは……切り傷？」

僕は確認するように口に出す。

その傷は人さし指と中指にあった。それぞれの指の腹のすぐ下、第一関節のしわにぴったりと沿うようにして細い赤の筋が走っている。にじみ出た血が砂浜までつながるように垂れて固まっていた。

「妙な傷じゃない？」

うるるさんは声の調子をワントーン上げて言葉を重ねる。

けれど、正直に言うと僕にはどうもぴんと来なかった。首の切断、背中の裂傷――それらに比べたらあまりに些細な痕跡。手がかりと呼ぶのもはばかられる代物に思える。

「妙……なのかな」

煮え切らない返答をしたら、うるるさんは反応の薄さにむっとしたようで、

「じゃあ想像してみなさいよ」と挑戦的に突きつけてくる。「この傷、どんな風にしてついたと

思う？」

「え？　えーと、そうだな……木野さんが襲われた時、身を守るためにとっさに手を挙げて、そこに斧がかすったとか」

「……嘘でしょ？　推理作家は朝が弱いのかしら。もう少し真面目に考えて。彼は背後から襲われてるのよ。深夜に砂浜をふらふら歩くわけがないから、恐らく被害者はなんらかの形で犯人に呼び出されたんでしょうけど……背中にクリーンヒットした斧の一撃を見れば、襲撃が不意を突いたものだったことは歴然。防御する暇なんてなかったわ。もっと言えば、斧でついた傷だとしたらもっと傷口が深く、大きいはずよ」

……全部おっしゃる通りです、はい。

問答に興味を引かれたのか、一同も寄ってきた。

指の傷をのぞき込んだサリーが、うーんと首をかしげる。

「確かにうるるの言うことはもっともだけど……だとしたら犯人の攻撃とは無関係、つまり事件とは直接関連のない傷ってこともあり得るよね。そもそも事件が起きる前についてた傷かもしれないし」

「……いや」とすかさず反駁《はんばく》したのは桂君だ。「砂浜に血が垂れ落ちている。事件以前に出血があったのなら、何かしらの処置を施しているのが自然だ。よって傷は襲撃の前後、というか最中についたものと考えてほぼ間違いない」

相変わらず声に張りはなく、舌も回りきっていない気がしたが、筋は通っていた。

サリーはしかし納得がいかない様子で、

「そうだとしても、それがなんだっていうの？　私には正直、これが注目すべき手がかりとは到底思えないけど。だって、砂浜の尖った石とか、貝殻とか、あとシーグラスだっけ？　そういうものに偶然触れて、切っちゃっただけかもしれないでしょ」

「……偶然？　これが偶然の産物だって？」

「おい圭太郎！　くどいぞ！　言いたいことがあるならもったいぶらずに――」

「陽、頭に響くから大きな声出さないでくれ。今から順に話す。つまり……うるるがその傷に着目したのはこういう理由だろう？」桂君は小刻みに震える自分の手のひらを示しながら説明を始めた。「傷は右手の人さし指と中指、それぞれの第一関節のしわをぴったりなぞるようについている。普通、人の手指は中指が一番長く、木野さんも見たところそうなっているが、すると当然、それぞれの指の第一関節の位置はずれる。人さし指と中指のしわは一直線には並ばない。この二つの傷は、一つのきっかけで同時にはつかないはずなんだ。人さし指か、中指か、どちらか一本だったら話は偶然で終わる。しかし二本の指に、別々のタイミングで、こんな妙な傷がついたのだとしたら……それが生じうる状況を推測することで、事件の取っかかりにできるかもしれない」

「さすが、圭太郎君！　私が言いたかったのはずばりそういうことよ。以心伝心ね！」

はしゃぐうるるさんの陰で、僕はようやくその傷の不可解さを認識し、何度もうなずいていた。なるほど、しかと心に留めておく。後で詳細に検討する項目としよう。

うるるさんが細かな傷にも気づく目ざと――いや、注意力に長《た》けた人で本当に助かった。僕は改めて彼女に丁重に検視の礼を述べる。

　さて、一通り調べられることは調べた気がするが、他にさらっておくべき疑問点はあるだろうか。あるとすれば、

——首、か。

首切りこそがこの事件の眼目であり、謎の焦点であることは疑いない。しかし、その首が今、この場から失われていることこそが問題なのだった。

ん、そういえば——。

「そういえば」と僕は思考を声に乗せた。「切られた首はどこにいったんだろう。犯人が大事そうに持っているとは思えないけど……」

「探してみるか……いや」我妻君が横から提案しかけて、自ら否定した。「島のほとんどは林だ。人目につかずに埋められそうな場所はそこら中にある。海に捨てられたとしたらとっくに藻屑《もくず》だし……」

「手間をかけても成果は薄そうですね」

渚子さんが眉をハの字にしながら。

確かにしらみつぶしは現実的じゃなさそうだ。そこにいる全員が二人の意見に同意した。

しかし——単に捨てるだけならなぜ犯人は首を切ったのか。話は結局そこに立ち戻ってしまう。

その問いはある意味、首のありか以上に特定が困難と言えるのだけれど……。

「……一旦、戻るか」

灰村さんが絶妙なタイミングで言い、各々がうなずいた。

死体は引きずっていくわけにもいかないので、ここに置いていくことにする。

僕らはのろのろとした足取りでセブン・シーズ・ハウスへと引き返した。

2

九人で島に渡ったはずだった。

今、リビングダイニングに集まるのは七人。何度数え直してもその数字は変わらない。

単純な引き算によって、否《いや》応なしにたたきつけられる現実。

二人が欠けてしまった。

二人も欠けてしまった。

一人は、密室で絞め殺されて。

一人は、無残に首をもがれて。

漆島殺人事件の被害者名簿には、花火さんに続き、木野さんの名が刻まれた。死体は増え、それなのに犯人は今ものうのうと逃げおおせている。

……事件は終わっていない。むしろ始まったばかりなのかもしれなかった。名簿の末席が木野さんであり続けるとも限らない。まだ何人もの名がそこに書き連ねられる可能性だってあるのだ。

僕は身震いを止められなかった。

「……B班が到着するのが先か」沈黙を裂いたのは、サリーの絞り出すような声だった。「それともみんな殺されちゃうのが先なのかな」

「気をしっかり持つんだ、サリー」我妻君がすぐさま優しく声をかける。「船は必ず来るよ」

「来るっていつ？　教えてよ！　私たちはいつまでこんなところでおびえながら待ってなきゃいけないの？　だって、花火の次は木野さん――殺人鬼が私たちを皆殺しにする気だったら？　今も機会をうかがってるかもしれない。いざとなったら自分以外の全員、片っ端から襲って回るかも。殺されてからじゃ遅いのに！」

「それは……」

「……ごめん、よくないね」ヒートアップしかけたところで、サリーが素直にこうべを垂れた。

「八つ当たりしたって何も変わらない」

そこで渚子さんがおずおずと手を挙げる。

「浜から見た波の高さは少し落ち着いていました。沖の状況まではさすがにわかりませんけど……連絡が途絶えてすでに一両日が経過していることもあります。本土でもおそらく、ロケのための渡島から捜索目的に対応が切り替わっているはずですし、この一日、二日のうちにも救助はやって来るんじゃないでしょうか。私の希望的観測ですが……」

あと一日、二日。短いと見るか、長いと見るか。

相変わらず先は見えず、手探りの局面が続いていた。が、打ち沈んでいる場合ではない。恐怖に飲まれ、萎縮し、歩みを止めてしまったなら、それこそ犯人の思うつぼだから。

僕は桂君の方をうかがってみた。

仕切りたがりの彼。その彼が今もなかなか口を開こうとしない。憔悴《しょうすい》の色は一座の中でも一際濃く見える。

僕は意を決し、深呼吸を一つ。

推理劇において、そして第一の事件において、彼が担った議論の進行役を僕が担おうと思った。

「おびえながらでも、救助を待ちながらでも、できることはあるはずだよ」貧弱な声帯を震わせ、少しでも力強く聞こえるように一語一語をテーブルの上に放つ。「こんな状況で悲観するな、という方が無理だとは思う。それでも、僕らにはまだ思考する力が残ってる。考えよう。誰が木野さんを殺したのか。もう誰一人、犠牲者を出さないために。肉体的にも精神的にもへとへとだと思うけど、もうひと踏ん張り、力を貸してほしい。どうか、お願いします」

数瞬の間、交錯する視線。

やがて。

うなずきが、方々から返ってきた。

「おう、当たり前だ！」我妻君は豪気に言い、

「まあ、必要な手順よね」うるるさんは澄まし顔で姿勢を正す。

桂君は、「問題提起は俺の役目だったのに……先を越されてしまったな」と弱々しく苦笑していた。

……よかった。

空気の読めない出しゃばり、勘違いの探偵気取り――そんな風にしらけた目で見られるのではという不安もあった。

勇気を得て、僕は椅子に深く座り直す。

「それではまず、基本的な事項を確認させてください。今朝、木野さんの遺体を最初に発見したのは誰ですか？」

「俺だ」

答えたのは灰村さんだった。

「経緯を教えてもらえますか」

「ああ……と、そうだな、どうせだから昨晩の行動から話すか。どうせ例によってアリバイが問

題になるんだろうし」

　話が早くて助かる。

「ぜひ併せてお願いします」

「オーケー。昨晩は停電して初めて迎える夜だったな。おかげでそれぞれが自室に戻るのも早かったわけだが……あれは午後八時頃だったか。館内を歩く明かりもままならないと気づいた俺は、懐中電灯の所在を手鏡に尋ねた。結局連れ立って二階の物置部屋に取りに行くことになり、そのついでに二人で出演者陣にも配り歩いたんだ」

　ふむ、と聞きながら、僕は不意に飛び出した「出演者」という響きに懐かしさを感じている自分に驚いた。カメラの前で右往左往していたのがすでに遠い昔のようだ。久しぶりに手首に巻かれた黄色のミサンガをちょいと引っ張ってみる。思うことは同じのようで、俳優の彼やバンドマンの彼、モデルやグラビアアイドルの彼女たちも、無意識に手首のミサンガに手をやっているのがおかしかった。

　灰村さんは続ける。

「その時すでに自室に戻っていたのは、桂圭太郎、我妻陽、青垣外サリーの三人だったと思うが、全員ノックしたらすぐに出てきて、懐中電灯を受け取った。……ああ、そうだ。この時、途中で木野プロデューサーも階段を上がってきたんだ。『おやすみですか』『うん』『暗いのでお気をつけて』とか、その程度の会話を交わして、彼にも懐中電灯を渡した。一階に下りると、小口栞が一人でリビングダイニングに残っていた。ちょうど同じタイミングで、恋塚うるるもシャワーから上がってきた。懐中電灯が行き渡り、そこにいる全員がもう自室に戻るって言うんで、テーブルの上のアロマキャンドルを手分けして片づけた。全部終わったのが八時四十五分くらいか。それからすぐ四人で固まって階段を上がり、小口、恋塚とは二階の廊下で、手鏡とは三階の部屋の前で別れた」

　灰村さんの供述は、僕の記憶とも一致していた。

「自室に戻ってからは？」

　そう促すと、灰村さんは両手を広げて、

「手厳しいな、探偵は。言わずともわかるだろうに。朝まで部屋で一人、アリバイは皆無だよ。犯行推定時刻は午前一時半〜三時半だったか？　その時間に限らず、夜間は一切部屋から出てないが、それも言ったところでって感じだな。

　さて、朝の行動だ。ほとんど寝つけずに夜を明かした俺は、空が白んできたのを見てこれ幸いと外の空気を吸いに出た。浜に向かったのは海の状況が気になったからだ。はたして迎えの船は来られるのかどうか……考えることはみんな同じだな。まあ結局は首なし死体に出くわして、のんびり海を眺めるどころじゃなくなったわけだが。慌てて館に引き返し、寝ている面々をたたき起こした、とこういうわけだ」

「なるほどですね」

　僕は深く考えずにうなずいてしまったのだけれど、正確にはこの後細かな補足が入った。

　灰村さんが死体を発見した時、実は早起きした我妻君もちょうど浜に下りていくところだったらしい。灰村さんは近づいてくる彼を呼び寄せ、二人でその死体が木野さんのものであると当たりをつけた上で、手分けして館内の人々を起こして回ったという。そういえば僕を起こしに来たのは他でもない我妻君だったな……。

　僕は自分で自分の頭をぽかりとやった後、より慎重に各人の昨夜のアリバイを聴取していった。

その結果、わかったこと。

それは灰村さんが語った一連の内容に、この場にいる全員の動きが集約されているということだった。

彼の証言には偶然にも館の総員がまんべんなく登場していた。しかも証言に各人が登場した時点こそ、それぞれが事件前に姿を確認された最後の瞬間だったのだ。

桂君、我妻君、サリーは懐中電灯を受け取った時点。

うるるさん、渚子さん、僕は灰村さんと別れた時点。

以降は全員が全員、朝まで部屋から一歩も出なかったと証言した。

故に犯行推定時刻――どころか午後九時前から朝方まで、およそ誰にもアリバイは存在しない。

結論、木野さんの殺害は誰にでも可能だった。

第一の事件に続き、深夜の犯行だから薄々こうなることは予想していたけれど……やはり徒労感はぬぐえなかった。

しかも今回はアリバイ確認に定点カメラが封じられたことも痛手だった。逆に言えば、犯人は昨夜、照明もカメラもない状況のメリットを大いに享受したことだろう。

「……やっぱり昨日、発電機が壊されたのはこのためだったのかな」と僕。「第一の事件の犯人が、次の事件をスムーズに遂行するべく布石を打った」

すると即座に、我妻君が同調を示した。

「だよな。それ以外はちょっと、手間と得られるメリットがつり合わないと思う。こんな狭い島でまったく別の発生源から二つの事件が生えてきたって考えるのもしっくりこない。一連の事件は同一犯によるもの――断定はできないけど、素直に考えたらそんな気がする」

特に異論が出ないことからして、その他の各人も意見を同じくしているらしかった。

さて、改めて聴取で得られた事実を総合して考えると、図らずも生前の木野さんを最後に目撃したのも灰村さん（＋渚子さん）ということになりそうだった。

とはいえこれも、日付が変わる何時間も前の遭遇だ。犯行推定時刻の幅を縮めるには及ばず、推理に与える示唆は乏しいと言わざるを得ない。

以上、アリバイ確認で整理できたことの全てだった。

停滞しそうになる議論に、僕はなんとか棹《さお》をさそうと試みる。

「何か、他に気づいたことがある人は？　些細なことでもいいので、なんでも出してみてください」

「あ……それなら」

「うるるさん？」

「気づいたことっていうより、共有しておいた方がいいかもって思うことなんだけど」彼女はそう前置きしてから、顔の前で人さし指を立てた。「第一の事件で、なぜ、どうして松浦花火が殺されたのか——つまり犯人の動機って結局今まで曖昧なままになってるわよね。でも私、木野プロデューサーが殺された理由については、現時点で少なくとも一つ心当たりがある。なぜなら、彼にはある疑惑があったから」

どくん、と心臓が跳ねた。

まさか。

ある疑惑。

黒い醜聞。

昨日、僕と渚子さんは灰村さんから聞かされていた。

――奴の噂、知らないか？

――業界じゃ割合有名な話だ。

彼の、言う通りだったのか。

少なくとも、うるるさんはその件について承知しているらしかった。

「疑惑？」

聞き返すサリーはぴんと来ていない様子。

うるるさんはしばし表現を選ぶような間の後、言った。

「ええ。いわゆる……セクハラ疑惑よ。私が所属してるアイドルグループの仲間、それから別事務所の友達、複数人から話を聞くことがあった。今セクハラと言ったけど、実際はそういう関係を迫られたりとか、かなりえぐいところまで追い込まれた子たちもいたみたい。ただ、やり口が狡猾《こうかつ》で隙がなくてね。おまけに木野プロデューサーは業界で確固たる地位を築いてた。逆らうこともできず……結局みんな泣き寝入りするしかなかったようなの。そんな話を聞いてたから、私、『クローズド・カップル』に起用されてからは相当気を遣って彼との距離を保ってたわ。幸いなことに、そもそも私は彼のタイプじゃなかったみたいだけど」

灰村さんからのみ、伝え聞いていた木野さんの悪評。それが今、うるるさんの証言によって強く濃く裏書きされた。

「まじ、かよ……」

嫌悪感に顔を歪ませているのは僕だけじゃなかった。

テーブルの向こう側。天板にこぶしをたたきつけながらつぶやいたのは我妻君だ。

「……いや、思い返してみれば、俺もそんな噂、マネージャーから聞いた気もする。でも、あるわけねーって思ってた。根も葉もないゴシップか、じゃなきゃ悪質なデマだって、そんな風に流してた。だってよ……現実にあっちゃならねえだろ、そんなこと——あ」

彼はそこで思い出したように言葉を切り、隣のサリーを振り返ると、彼女の両肩を正面からつかんだ。

「ふあっ」

「おい、サリー！　サリーはあいつに変なことされなかったか？　なあ！」

「わ、私は、大丈夫！　プロデューサーとは今回が初対面だったし。それに……私、基本お偉いさんにも愛想よくできないから。なんなら微妙に避けられてたかも」

「そっか……何もないなら、よかった」我妻君は安堵の息を吐き、それからはたと考えを巡らせ始める。「ってことは、木野さんを殺した犯人は彼の毒牙にかかった被害者ってことか？　……いや、もしサリーが汚されてたら、俺はただじゃおかなかった。犯人は自分から復讐を肩代わりするつもりで犯行に及んだ可能性もある」

「……待って、陽」サリーが何かに気づき、みるみる顔を青ざめさせた。「この撮影現場に被害者がいたとしたら、それはきっとあの子——花火だよ！　花火は木野さんから性的な嫌がらせを受けていて……そうか、そこから何かのはずみで関係がこじれたんだ！　花火は木野さんに殺された！　その場合、さっきは疑問視された複数犯のパターンが連鎖で起こる可能性も出てくるよね？　つまり、木野さんを手にかけたのは——」

「——やめてくれ！」

そこで鋭く叫んだのは桂君だった。久々に聞く声に、全員の目が一斉にそちらに向く。

彼は余裕なくセンターパートの髪をかき上げ、本調子でない喉を何度か小さく鳴らしていた。そして至極ゆっくりと、刻みつけるように言葉をつむいだ。

「……俺も木野プロデューサーの噂は聞き知っていた。そこから考えれば、今言った推理は充分あり得る一つの帰結といえるだろう。その線でいくと、砂浜で彼を殺した筆頭容疑者は花火に執心していたこの俺ということになるか。疑われるのはやむなしと思う。だから、せめて……そのおぞましい物語をこれ以上口に出して、わめき立てるのだけはやめてくれないか」

桂君の悲痛な調子に、サリーがしゅんと縮こまる。

うるるさんがおろおろと、

「ご、ごめんなさい。別に、圭太郎君を傷つけるつもりでこの話を始めたわけじゃなくて……」

「木野の疑惑は誰も言わなきゃ俺が言い出してた」太い腕を組み換えながら、灰村さんが口を挟む。「界隈じゃそれなりに知れた話だ、どうせ避けられなかった」

……よくない流れだ、と思う。

うるるさんの暴露からこっち、議論の軸が動機に傾いてしまっていた。センシティブな内容だし、各々のメンタルゲージも消耗が激しい。これ以上、殺伐とした雰囲気になるのは避けたかった。

「……この話題は一旦区切りにしましょう」僕は言い、やんわりと軌道修正を試みる。「今回の事件の背景に、木野さんの裏の顔が深く関わっている可能性は高そうです。でも犯人の動機を『これだ』と決めつけ、推理を推し進めるのはやはり乱暴かと。動機は事件の重要なファクターである一方、結局は人の心のあや。犯人を限定する客観的論拠にはなり得ない。なのでこれはひとまず置いて、また別の角度から事件についての意見を募りたいと思います。何か考えのある人はいますか」

そんな風に尋ねてみたけれど、答えは返ってこなかった。

少しして、渚子さんが手を挙げる。

「思ったんですが……皆さん、昨日からちゃんと食事を取られてますか？　用意した非常食もあまり減ってません。今朝も朝食がまだです。あまり食欲は湧かないと思いますけど、気持ちを切り替える意味でも、何か簡単に口に入れた方がいいんじゃないでしょうか」

なるほど、一理あると思った。剣呑な雰囲気をリセットするのにもちょうどよさそうだ。

僕が音頭を取るまでもなく、すぐにぽつぽつと賛成票が集まり、場の流れは早々に固まった。

ただ桂君だけは、

「……俺は遠慮する。突然叫びだしてすまなかった。一服して頭を冷やしてくる」

そう言って立ち上がると、椅子とテーブルに何度か体をぶつけながら、そのまま玄関を出ていってしまう。

「あ……待って！　圭太郎君……！」

うるるさんもすかさず腰を上げた。が、結局後を追うことはなかった。昨晩つき添いを拒絶されたことが頭をよぎったのか。

そうして、リビングダイニングには六人が残された。

「桂さんにこそ、無理してでも少し食べてほしかったんですけどね。……とりあえず、サンドイッチか何か作ろうと思います。少々お待ちを」

そう言って、キッチンに消えていく渚子さん。

僕は一瞬、彼女の背中に手伝いを申し出ようかと考え、結局つと視線を玄関に戻した。

――彼と二人きりで話す絶好のタイミングかもしれない。

そう思うと、いてもたってもいられなくなった。

僕は立ち上がり、

「……ちょっと、お手洗いに」

そう言い置いて、リビングを出る。

嘘をつく必要はなかったかもしれない。ただやはり話の途中に横槍が入るのは避けたかったのだ。

僕は静かに玄関のドアをくぐり、外に出た。

3

林や海岸の方まで遠出してしまっていたら面倒だったけれど、いの一番にのぞいた館の裏手に桂君はいた。たばこを吸う彼はやはり絵になる。

「……栞か」

桂君はこちらに気づくと、口内の煙と一緒にそれだけ吐き出した。

「隣、いいかな？　ちょっと外野抜きで話がしたくて」

そんな風に切り出してみたけれど、返事はない。それでも拒絶の雰囲気はなさそうだと判断し、僕は壁にもたれる桂君の傍ら、壊れて用をなさなくなった発電機に浅く腰かけた。彼はちらとこちらを見、やはり何も言わなかった。

しばし横並びで眼下の海を見やる。

「あのさ、桂君……」

呼びかけたはいいものの、その先の言葉が思うように出てこない。

挙句、

「桂君は……セカンド・アルバムの名盤って何だと思う？」

「は？」

「あ、いや」しまった。会話の糸口を見失い、わけのわからない質問をしてしまった。「ごめん、あほなこと口走った。我妻君にバンド名の由来を尋ねた時、そんな話をしたんだ。それがなんかフラッシュバックしちゃって。今のは忘れて——」

「——『ブラック・メタル』」

「え？」

思わず桂君の方を見ると、彼もちょうどこちらを向き、うなずきを返すところだった。

「個人的な趣味の分野からになるが……セカンドの名盤を一枚挙げろと言われたらヴェノムの『ブラック・メタル』に一票だ。何せアルバムのタイトルがそのままジャンル名として定着してしまったくらいだからな。いわゆるメタルの始祖ということでいえば、それはブラック・サバスになるだろうし、彼らのセカンドも無類の傑作ではあるんだが、その後もしもヴェノムが現れなければ、今日のブラック・メタルも、デス・メタルも、スラッシュ・メタルも存在しなかったかもしれない。メタルの広がりと発展という観点で見た時、その歴史的影響は計り知れない」

え、やばい、全然わからん。

というか今までにない異様なテンションだった。思いがけず変なスイッチを押してしまったらしい。

「あ、えーと……桂君、メタル聞くんだね。なんか意外かも」

とりあえず処理できた情報の中から判断し、それだけ返す。興味ないのがばればれな上、ハトロン紙よりも薄っぺらな感想になってしまった。

「………」

これまで以上に気まずい沈黙が流れる。

唐突に、今度は桂君がマルボロメンソールの箱を差し出してきた。

「吸うか?」

ばつの悪さをごまかすような意味もあったのだろう。しかし僕はそれを丁重に辞した。

「ありがとう。でも、未成年だから」

「そうか」

彼は短くなったたばこを携帯灰皿に押し込み、続けて二本目をくわえる。火をつけながら、ついに切り込むような口調で問いかけてきた。

「犯人候補の単独行動を怪しんでついてきたんじゃないのか? それとも世間話から入って、事情聴取でも始めようって魂胆?」

僕は慌てて首を振った。

「そんな大仰な意図はないよ。僕にとっては、潔白を知ってる自分自身を除いて、まだ全員が全員平等に疑わしい。ただ……木野さんが殺された今、彼と花火さんのラインから事件をたどることは必要なんだろうと思って。そうなると、桂君にはどうしても聞いておきたいことがあった。ダイニングじゃしづらい話も、ここなら二人きりだ。今から尋ねること、話せる範囲でいいから聞かせてほしい」

桂君は黙っている。

　僕はそれを都合よく諾と受け取り、続けた。

「あまり時間もかけられないから、単刀直入にいくよ。桂君、君は——花火さんのことを、本当はどう想っていたのかな？」

　彼の片眉がぴくりと動いた。

「……どういう意味だ？」

「どういう意味も何も、言葉通りの意味だよ」僕は気圧されないよう腹に力を込め直す。「桂君はこの島で常に、それこそカメラのあるなしにかかわらず、花火さんに真っすぐな恋愛感情を向けているようだった。でも、なんていうのかな……その一途すぎる真っすぐさが実はずっと気にかかっていて。だってそれって、一切の演技もなく、みじんの虚飾もなく、本心のままで『クローズド・カップル』の撮影に臨んでたってことでしょ？　そんなこと、あり得るのかなって。たとえば僕みたいに恋愛ショー初挑戦、お芝居未経験の出演者にとって、素の自分をさらけ出すというのは取り得るべき手段の一つかもしれない。まあ僕の場合はそっちにも振り切れず、ただカメラの前でおろおろすることしかできなかったわけだけど……君はそうじゃない。今をときめく人気俳優だ。君は撮影中から今までずっと、花火さんへの想いを演じ続けている——もしかしたら、そういうこともあるんじゃないかと思ったんだ」

　桂君は口をすぼめ、フィルターから煙を吸い上げる。細く白いため息の後、言った。

「……一つ聞かせてくれ。撮影中はまだしも、花火が亡くなった今、俺が偽りの恋愛感情を演じ続けることにどんなメリットがあるっていうんだ？」

「同情心を煽ることで、心理的に疑いを向けられにくくしようとした、とか。花火さんの遺体を前に、思いがけない永遠の失恋を嘆く男——これはなかなか表立って糾弾しにくいところもある」

「糾弾しにくい、だって？　本気で言っているのか？　そんな感傷的な考えで俺をかばおうとした奴なんて一人もいなかったろう」彼は呆れたように首を振る。「むしろ愛憎は表裏一体の紙一重だ。かわいさ余ってなんとやらって言葉もある。想いの強さや関係性の深さは、疑い合いの中ではむしろ不利に働く。実際に今、花火と木野プロデューサーを結ぶ容疑の線が、俺にまで伸びてきているじゃないか。滑稽なメロドラマを演じることは一時しのぎの手段にすらならない。むしろ逆効果だってことは少し考えれば誰だってわかる」

……ふむ。明快な反駁《はんばく》だった。

やはり無理のある推論か。まあ最初から薄い線だとは思っていたけれど。

僕はこのアプローチを早々に放棄することを決めた。

「……ごめん、趣味の悪い想像だったね。非礼を謝るよ。正直、自分でも強引だと思いながら吹っかけたところもあった。ただ、桂君のストレートすぎる感情表現が気になってたのは本当で、それになんとか解釈をつけようと絞り出した仮説だったんだ」

再びたばこに口をつけようとしていた彼の動きが、不意に止まる。次の瞬間、その唇が自嘲の形に歪んだ。

「……いや、栞が指摘しようとしたこともわかる。確かに、普通は何か裏があると思うだろうさ。仮にも役者ともあろうものが、自分の恋心をカメラの前であけすけにさらすはずがない。その疑念は当然のものだ。だがな——こと今回に限っては、それが実際のところだったんだよ。俺が『クローズド・カップル』の撮影に当たり気をつけたのは、たった一つのことだった。すなわち、演じないことだ。ただただ素の自分としてカメラの前に立ち、純度百パーセント、芝居一切なしの感情をぶつけようと臨んだんだ。だから撮影中も撮影外もない。表も裏も最初から存在しない。ただそれだけのことだったんだよ」

「な……」

とっさに言葉が出なかった。

それは想像だにしない種明かしだったから。

「まさか、本当に素だったの……?」

「役者失格——そう言われたら返す言葉もないな。まあそれでいけば、俺は駆け出しの時分にはとっくに気づいていた。この仕事が、自分に向いていないってことに。だってそうじゃないか……撮影現場で女優に一目惚れしてしまう奴に、俳優が務まるはずがない」

一目惚れ、って——まさか。

「その女優が、花火さん」

彼は肯定の代わりにたばこの先を上下に揺らす。形を変えた紫煙が、その刹那だけ亡き女《ひと》の横顔に見えた気がした。

「叶わない恋だというのは、その時の彼女の態度でわかった。だが、幸か不幸か、彼女との共演の機会はその後も何度か訪れた。俺はその度に本心を押し込めて、与えられた役に入りきろうとするんだが……どうにも折り合いがつかず、芝居が濁る。自分の心の弱さ、役者としての才覚のなさに何度も打ちのめされたよ。

『クローズド・カップル』のオファーを受けたのはそんな折だった。俺はこの巡り合わせに特別なものを感じた。そして思ったんだ。今回は本心を隠さずさらけ出してみたらどうか、と。ドラマや映画じゃ不可能だが、恋愛リアリティーショーならそれができる。素の自分で彼女にぶつかって、それでも脈なしとなれば、さすがに踏ん切りもつくだろう――そんなけじめのような気持ちもあった」

「けじめ……」

「だが、それも所詮きれいごとだ。俺のしたことは単なる公私混同、独りよがりな自己満足の行為に他ならない。視聴者、スタッフ、出演者、その全員を身勝手に巻き込み、何より彼女――松浦花火に対して不誠実なことをした。番組にかこつけて、現実とも虚構ともつかない場所で気持ちを推し量ろうとしたんだから。……なのに、本当に謝るべき彼女はもういない」

　桂君の悔恨。それを聞いても、僕は気の利いたせりふどころか、相づち一つ満足に返せない。

　彼は携帯灰皿を取り出すと、しばらく宙にさまよわせていた吸いさしのたばこをその中に押し込んだ。それから今度は、煙の代わりにやり場のない気持ちを吐き出すかのごとく、僕に尋ね返してくる。

「なあ、栞。お前も花火は木野プロデューサーに殺されたと見ているのか？」

「いや……それはまだ断定できないと思う」僕はあくまで正直に答えた。「花火さんと木野さんの間に何があったのか、これについてはまだ疑惑止まりだ。もし仮にそうやって説明をつけたとして、すると今度は木野さんを殺したのは誰かという謎が立ちはだかる。今のところ、桂君に代理の復讐の動機があるとされてるけど、さすがにこれは決め手にはならないよ。……あ、でもせっかくの機会だし、桂君から見た木野さんの印象を聞いておきたいかも。出演者の中では仕事で関わった機会も多いんじゃない？　もちろん無理にとは言わないけど」

「動機は決め手にならないと言っておきながら、やはり多少は疑っているんじゃないか」彼は口ではそう言いつつ、そこまで気分を害した風でもなかった。動揺一つ見せず話し始める。「まあいい。嘘をついたって仕方がないから正直に言うが、俺も木野プロデューサーにはあまり良い印象を持っていなかった。セクハラ疑惑は業界で噂になっていたし、それ以外にも過去に何度か一緒になった仕事で、彼のダーティーなやり口はいろいろ見てきたからな。正直言って、彼との仕事はどれも良い思い出がない。数字や実績としては大成功だったかもしれない。しかしその裏で傷つき、追い込まれる誰かが必ずいたように思う。だから別に容疑から逃れようとして言うわけじゃないが、買っている恨みは枚挙にいとまがないだろうな。それこそ誰が隠れた動機を持っていてもおかしくない」

「なるほどね」

「………」

そこで彼は何か考え込むように押し黙ってしまって。

「どうかした？　何か気づいたことでも？」

「……いや、なんでもない。また詮ない後悔をしていただけだ。俺は今プロデューサーのことを悪しざまに言ったが、よく考えたらそんな資格はないのかもしれないと思ってな。俺自身、結局全て見て見ぬふりをしてきたわけだから。芸能界で生き残るためには仕方がない——そんな風に言い訳をしながら、メディアやエンタメの被害者となった人たちの声に耳をふさぎ、目をそらして通り過ぎてきた。そういう自覚がないと言えば嘘になる。そういう意味では、俺も加害者の一人なのかもしれない」

なんだか妙に内省的な述懐だった。

気持ちがこもっているようではあったが、これが彼の本音かどうかは正直わからない。ごまかしで煙に巻こうとしているのかもしれなかったし、単に思わせぶりに語ることに酔っているだけの可能性もあった。

　けれど。

　僕には、終わりの見えない殺人の連鎖が、彼からこうした告白を引き出したように思えてならなかった。

「桂君がそこまで背負い込むこと、ないと思うけど」

　僕が言うと、桂君は唇の端を無理やり持ち上げて笑った。

「慰めの言葉をありがとう。ただこの後悔は、この先もきっと消えることはないと思う。……うん、こうした遺恨はきっと、灰村さんあたりも感じているんじゃないかな。彼も木野プロデューサーとそれなりに仕事をしてきたんだろう。その中で釈然としないものを感じながらも、胸の内に押し込めてきたことがあるはずだ。いつか彼と腹を割って話してみようか。案外意気投合したりして」そこで桂君は、ふとした記憶をたぐるようにつけ足した。「これは勝手な印象だが……灰村さんもどこか花火に対して特別な思い入れを持っていたように感じるしな」

「……特別な思い入れ？」

　僕は思わず聞き返す。

　桂君はうなずいて、

「灰村さんは花火のことをよく見ていた気がする。それは、カメラマンが女優にレンズを向ける、みたいなことではなくて……なんと言えばいいか。とにかく、もっとこう、切実なものだったはずだ。俺自身も彼女に視線が吸い寄せられていたからよくわかる。別にそこから彼に容疑を向けたいわけじゃない。動機論からの飛躍は結局、自分の首を絞めることにしかならないからな。だからこれは……そう、ただただ純粋なシンパシーだ」

そうして彼はしゃべり疲れたような表情で沈黙した。

……ここへ来て、また無視できない証言が出てきた。

――俺の、せいだ。

不意に、灰村さんのせりふが耳の奥でこだまする。

灰村さんも花火さんに対して特別な感情を持っていた？

彼は言っていた。自分は木野さんの悪行に感づきながら、何もできなかった。そのことを悔やんでいると。しかしその無念は、一介のカメラマンが抱えるにしては仰々しすぎるものだったのも確かだ。その源が、実は個人的に抱える強い想いにあるのだとしたら……情念は最後、代理の復讐にまで行き着いたかもしれない――。

木野さんが殺された今、これについてはもう一度どこかで灰村さんに問いただす必要がありそうだった。

「…………」

まあ、それはそれとして。

唐突に始まった桂君の述懐は、示唆に富む内容ではあったものの、最後はどこかとりとめのない感情の吐露のようになり、やにわに立ち消えてしまった。

躁鬱《そううつ》とまでは言わないけれど、桂君が心の均衡を崩しつつある様子に僕は少し不安を覚える。彼の精神はいよいよ本格的に身体の不調に追いつめられているのではないか。気づけば顔色は紙のように白く冷めきっている。体に力が入らないのか、時折舌足らずになって話が聞き取りづらくなることもあった。彼は今、想像以上にぎりぎりの状態なのかもしれない。

一対一の会話はもう充分だろう。できれば密談にしたかったが、それももう今さらだ。さっさと二人連れだって帰館した方がよさそうだな。

そんなことを考えていた、まさにその時だった。

体勢を変えようとしたらしい桂君の上体が大きくかしいだのだ。

「桂君！」

僕はとっさに発電機から降り、腕を伸ばす。すんでのところで彼を支えることができた。

「……すまない。助かった」

「こちらこそ、立ち話が長くなっちゃったね。……ねえ桂君、やっぱり体調、悪化してない？一度横になるなりして、落ち着いて休むのもありだと思うけど」

さすがに心配になって提案してみる。

彼は「いや……」としばらく渋っていたが、結局、

「……栞の言う通りかもしれないな。さっきからどうにも思考がまとまらない。これじゃ議論の輪に戻っても足手まといになるだけだ。情けないが……ダイニングの面々にも断って、少しだけ部屋に引っ込ませてもらうよ」

桂君の足取りは介添えが必要なほどではなかったけれど、僕は念のため歩調をそろえ、彼の隣を表玄関まで歩いた。

4

ダイニングに戻ると、テーブルには外出前にはなかったサンドイッチの皿がでんと登場してい

た。しかもすでに三分の一ほどが片づけられている。

「あ、ごめん。先食べてた」

手に持ったサンドイッチを掲げるサリーに、僕は「構わないよ」と返す。僕らが二人でいたことについて、テーブルの各位から表立って追及の声は上がらなかった。

　しかし、桂君が部屋で休むことを告げると、

「……ねえ、本当に大丈夫？」うるるさんがせき止められなくなった不安を吐き出すかのようにつめ寄った。「昨日からしつこいと思うけど……やっぱり心配なの。私、ちょっと診ようか？そりゃこんなところでちゃんとした診療ができると思ってないし、そんな大層な知識もないけど、今出てる症状を和らげるアドバイスとかならできるかも」

「ありがとう。だが、気持ちだけ受け取らせてくれ。体調管理すらおぼつかず、緊急事態にこの体たらく……これ以上迷惑に迷惑を重ねたくないんだ」

　桂君は静かに、しかし断固とした口調で言って、時計に視線を移した。

「今の時刻は……九時半か。これから一、二時間だけ仮眠をとることを許してほしい。少なくとも正午までには、カメラの前にも立てるくらいのコンディションで戻る」

　有無を言わさず、彼は二階に消えた。

　うるるさんはたっぷり一分ほど呆けたのち、黙って席に着くと、それからやけのようにサンドイッチにかぶりついた。

「せめて一切れくらい腹に入れていけばよかったのにな」と我妻君がぽつり。

「寝て起きたら少しは食欲も出るかもしれません。その時また何か作りますよ」渚子さんは言ってから、着座する僕の方に向き直ると、「栞さんも、ほら。なくならないうちにどうぞ」とサン

ドイッチの載った皿を示した。

正直に言うと、僕もあまりお腹は空いていなかった。けれど、せっかく作ってくれたものなので、勧められるままにとりあえず三切れほどを適当に胃に収める。具には缶づめの食材を工夫して盛り込んであり、味は文句なくおいしかった。

皿の上が片づくと、コーヒー党らしいサリーが立ち上がり、率先して人数分のコーヒーを淹れた。

供されたカップを黙然と傾ける各人。

食事休憩はつつがなく終わろうとしている。

しかし。

棚上げにされた殺人事件の検証はなかなか再開されなかった。というか、なんだろう。そもそもそういう空気ではなくなってしまったというか……。

桂君が自室に引き上げたことで、どこか集団から求心力が失せてしまった感じがあった。

それでなくても、欠席者がいる中での議論というのはどうしたってやりにくい。議題が暴き合いや責め合いの性質を持つとなるとなおさらだ。僕がこの場を仕切ることもできないではなかったけれど、たとえば不在の彼をやり玉に挙げる流れがヒートアップしてしまった時、うまく軌道修正ができるだろうか。正直自信がなかった。

互いにそうした雰囲気を察し合ったのか。誰からともなく意見が交わされ、結果、僕らは桂君が戻ってくるまでの間、おおよそ正午までを各々自由に過ごすことに決めた。

降って湧いた自由時間。

しばらくは全員が全員、出方をうかがうように、あるいは暇を持て余すかのように、漫然とダイニングの椅子の上に残っていたけれど、僕はあることを思い立ち、真っ先に腰を上げた。

「あの、僕、木野さんの部屋を調べてきたいと思います。何か事件解明の取っかかりになるものが見つかるかもしれません」

「……別に構わないが」応えたのは灰村さんだ。「探索は二名以上で行うのがいいと思うが、どうだ。身の安全を図るためと、あとは証拠隠滅を防ぐためだ」

「あ、そうしたら私がお供します」

洗い物が終わった渚子さんが聞きつけ、はいはいと手を挙げながら近寄って来る。断る理由はもちろんない。

再び即席の探偵と助手のようになった僕らはそろって三階へ。

鍵がかかっていたら万事休すだったけれど、木野さんの部屋のドアは抵抗なく開いた。

プロデューサーの私室。彼の脳内をのぞくような期待を持って臨んだにもかかわらず、室内の様子は拍子抜けするほど普通だった。

部屋全体は無難に整頓されており、置かれている調度もベッド、机、ワードローブなど、他の部屋と変わりがない。物でごった返しになっている方がまだ張り合いがあったと思ったくらいだ。唯一、パソコン周りの機器はさすがに立派だったけれど、停電下で無用の長物と成り果てていた。まあ、起動できたところでおいそれと中身が見られたはずもないが。

何よりも落胆したのは、いくつか残っていたメモやノート類、そのどれもが悪筆で書きつけられていてほとんど判読できなかったことだ。正直、木野さんの部屋から事件解決の直接的な証拠が出てくるとは、はなから考えていなかった。むしろ期待していたのは、『クローズド・カップル』に関わるちょっとしたアイデアとか、没案とか、そういう類のものが見つかることだったのだ。この恋愛リアリティーショーに込められた意図、仕かけが、なんらかの形で事件ともつながっている——僕はそうにらんでいた。

が、結局はヒントになりそうなものすら見つからず、僕はほとんど意地になってシャーロック・ホームズよろしく床にはいつくばっていた。

「さすが栞さん、入念ですね」

すでに半分あきらめた様子の渚子さんの声が上から降ってくる。

僕はバギーデニムの裾に埋もれた彼女の足元に向かって返答した。

「収穫なしじゃ戻れないからね。木野さんの首くらい見つけて帰らないと」

「それ、本気で言ってます？」渚子さんは僕の冗談にはまともに取り合わず、「それにしても、まさかでした。本物の首なし死体をこの目で見ることになろうとは……夢想だにしませんでしたよ。ミステリでは定番のモチーフとされていますが」

「確かに」僕はいよいよ観念して立ち上がった。「首切りミステリの主眼はその理由だ。なぜ、わざわざ死体の首なんて切り落としたのか。今回の事件も、犯人は何がしかの目的のために首を切ったはずなんだ。まあ、現状はさっぱりなわけだけど」

うーん、と渚子さん。

「首切りの理由ですか……何作も読んだはずですが、ぱっと例が出ませんね」

「そう？　まず王道といえばこれ、というのがある。身元隠しのため、だ。つまり被害者を断定させない、あるいは誤認させるために首を切るというパターン。これを応用することで、死体をすり替える、被害者と加害者が入れ替わる、なんてトリックが使われたりする」

「ああ、その可能性なら、私も死体を見た時に真っ先に思い浮かびました。でも今回の状況においては――」

「そう、ほぼ考慮する必要がない。なぜなら今回の事件は生存者八人のうち、一人が殺され、残りは七人、その全員の所在が明らかだから。死体を誤認させる相手先がないんだ。余分な死体も手に入れようがないしね。結果、首が切ってあったとはいえ、それが木野さんであることは明らかだった。カモフラージュになってないんだから、なんの効果も生まない」

　渚子さんはあからさまに肩を落とす。

「さすがにフィクションは参考になりませんか」

「まあ、挙げられるだけ挙げてみようよ」と僕。「他に考えられるのは、そうだな、恨みや憎しみを晴らすために過剰に死体を傷つけたかった」

「なるほど、それはシンプルです」

「ただ、これもちょっと引っかかるところがあって。首をすぱっと一太刀、犯人はそれで満足がいったんだろうか。あの斧があれば死体をミンチにすることだってできただろうに。斬首処刑を模したということもあるかもしれないけど……ただ、そもそもこの場合、わざわざ首を持ち去る必要がないんだよね」

　そうでした、と渚子さんはこぶしを手のひらにぽんと置き、

「現場に首は残っていないんでした」

「そう。だから首を手に入れること、それ自体が目的だったのかも。武将の首を切るみたいに、戦果のしるしとしたかったとか。あるいはさっきの憎しみとは逆に、犯人は被害者に愛情を持っていて、死体の一部がどうしても欲しかったとか」

「むう……つまり犯人は、生首なんて取り回しのしにくい、かつ決定的な証拠を今も手元に置い

ているということでしょうか」

う。鋭い指摘だ。

「……考えにくい、か」

「いや、可能性はゼロじゃないと思いますけど。衝動的に手に取って、今は放棄しているかもしれないですし。あるいは元から一時的にだけ置いておくつもりだったのかもしれません」

僕は思考を整理し直す。

「……情動的な理由は身もふたもないところがあるね。他にも宗教的・呪術的な意味合いなんかは素養がなければくみ取りようがない。やっぱり犯罪の隠蔽に関わる、合理的な理由に絞って考えてみようか。となると、メジャーなのは死体の運搬、秘匿を容易にするために切ったというパターンかな」

「でも」とすかさず渚子さん。「死体の首から下はそのまま現場に残されていました。動かされてもいませんし、隠されてもいません」

「うん、おっしゃる通り……一応、ばらばらにする途中でなんらかのアクシデントが起きた場合というのがあり得るけど、これもうまくないね。じゃあ、やっぱり犯人は首にこそ用があったんだろう。そういうことで考え直してみると、可能性が高そうなのがこのパターン——頭部に残ってしまった証拠を隠したかったという場合だ」

「うんうん、今まで挙がった案の中でもすんなりと納得がいきます。ただ、思うんですが……これが捜査する側にとって最も厄介なパターンですよね。だってこの場合、犯人は木野さんの首を絶対に見つからないように処分しているはずです。私たちはこの証拠を永久に得ることができません」

僕はうなずく。

「そうだね。渚子さんが砂浜で言った通り、僕ももう首は見つからないだろうなと思ってる。……さて、代表的な首切りの理由としてはこんなところかな。あと、これはいかにもミステリ的な発想だから、おまけと思って聞いてほしいんだけど、切り出した首をトリックの構成要素として使うパターンがあるよね。たとえば死体の首をあたかも生きているように誰かに見せて、死亡時刻を誤認させるアリバイトリックに使うとか。あとは首をおもりだったり、凶器だったり、何かの代替物に使う。あるいは逆に首のない胴体の方を、人を人とも思わないような、驚くべき用途で使ったりとか――」

「ストップです、栞さん。品性に欠ける内容を早口でまくし立てるやばい人になってます。よかったですね、ここにいたのがミステリに理解のある私で」

そんな風に突っ込まれてしまった。

さて。

少しばかり立ち話に夢中になりすぎてしまった。

僕はもう一度だけ部屋をぐるりと見まわした後、「一旦戻ろうか」と提案する。

渚子さんがうなずき、僕らは部屋を後にした。

木野さんの部屋から出て、階段に至るまでの数歩の間に、僕がそれに気づいたのは偶然だった。

「どうかしましたか？」

突然立ち止まった僕に渚子さんが尋ねてくる。

「……開いてる」

「え？」

「花火さんが寝かされてる部屋のドアだよ。少しだけ開いてる」

僕は指し示す。件の部屋のドアと、ドア枠の間にはわずかな隙間がのぞいていた。

「あれ、本当ですね」

「昨日の現場検証の後……」僕は記憶を呼び起こしながら、ドアに近づいた。「立ち聞きしていたと思しき何者かを追って、僕らは花火さんの部屋を飛び出した。でも結局、この辺りで急ブレーキをかけたよね。そいつの逃走ルートがつかめなかったから。その時、僕はこの部屋のドアを丁寧に閉め直したんだ。隙間なく、きっちりと。間違いないよ」

渚子さんも首をひねりつつ、近寄って来る。

「……あの後、誰かが花火さんの部屋に入ったってことですか」

「完全に閉じたドアが勝手に開いてくるほど、立てつけの悪い箇所がこの新品のコテージにあるとは思えない」

「何か理由があって入室したのかもしれませんが、黙っているのは感心しませんね」そこで渚子さんは思いついたように。「あ！　もしかしたら、部屋に出入りしたのは昨日の立ち聞き犯かもしれませんよ。あの時、私たちがいて中に入れなかったから、別のタイミングで侵入し、何か用をなした、とか」

確かにあり得る話だった。

「念のため、もう一度確認しておこう」

薄く開いたドアのノブをつかみ、僕らは再び花火さんの部屋へと踏み入った。

ぱっと見た感じ、室内に昨日と変わった様子はなかった。動かされたり、持ち去られたりした物もないようだ。

ベッド周りもそっくりそのままだった。昨日、物音に驚いた僕が慌てて置いた花火さんのスマホもあの時のまま。遺体に手出ししようと思ったら、シーツやら何やらに必ず痕跡が残るはずだが、そこにみじんも変化はない。

僕ら以外に、誰かがこの部屋に入ったはずなのだ。少なくとも、なんらかの意思を持ってドアが開かれたことは間違いない。なのに……これはどういうことだろう。

そこで、ふとあることが気になった。匂いだ。昨日と比べて部屋の中の死臭がことさら強まっているという気はしない。けれど、何かもっと別の香りが空気に混じっているのだ。何かひどく甘ったるいような――。

「琹さん」

鼻をひくつかせていた僕の肩を、渚子さんがたたいた。それからベッドを真っすぐに指さす。示された方に目を凝らし、僕はようやく気がついた。

ちょうど花火さんのお腹の辺りだろうか。白いシーツの上に置かれているものがある。それ自体も白く透き通るような色をしていたため、同化して見えづらくなっていたのだ。

二人でベッドに歩み寄り、僕はそれに顔を近づけた。

「これは……ヤマユリ?」

花には詳しくないけれど、特徴的な大きな花弁、そして甘く強烈な芳香から当たりをつけた。漂っていた匂いの源はこれに違いない。

「遺体に寄り添うように置かれたユリの花」と渚子さん。「要は供花ということなんでしょうか」

僕は、うーん、と形だけうなってみる。

「部屋に侵入した何者かが衷心からこれを手向けた……断定はできないけど、そういうことなのかな。あまりにきれいすぎる気もするけど。かといって、別の可能性をこれ一つから深読みするのも危険だよな」

「わざわざみんなの前で報告して、誰がやったのかと尋ねるのも野暮ですよね。それで事件解決に弾みがつくとも思えません」

結局、僕らはこれについても今のところは騒ぎ立てないことに決めた。

釈然としない思いを抱えつつ、部屋を出る。僕は今度もきっちりとドアを閉めることだけは忘れなかった。

5

リビングダイニングにはなおも桂君を除く全員が残っていた。

中で一人だけ立ち上がり、何やらせかせかと手を動かしているメンバーがいる。

灰村さんだ。

私物のボディバッグを持ち出してきたようで、その中に懐中電灯やロープ、飲料水、携行食などをつめ込んでいる。周りの人らはそれをぼんやりと眺めているという構図だった。

「外に出かけるんですか?」

僕が声をかけると、

「山狩りならぬ、島狩りだそうよ」

件の彼より先に、手近のうるるさんが小声で言った。なんとなく揶揄するような響き。

「そんな大仰なものじゃないが」灰村さんは淡々と切り返す。支度の手は止めないまま。「ただ体を動かしていたいと思っただけだ。今だから言えるが……俺はセクハラ疑惑の件から松浦花火を殺した犯人は木野なんじゃないかと昨日の段階から疑ってた。その木野が無残に死んで、俺にはもう何がなんだかわからない。それでも正午まであと二時間もここでじっとしてるくらいなら、事件解決に少しでも関わることをしよう、ってな。それで漆島全土をもう一度見て回っておこうと思ったんだ。小さな島だ。時間的にもちょうどいいだろう」

「事ここに及んで、潜伏者の可能性を疑ってるんですか？」

僕は思わず尋ねてしまう。

灰村さんはその時ようやく、ボディバッグに落としていた視線を上げ、僕と目を合わせた。

「無駄骨だと言いたげだな。だが、この島に俺たち以外の人間が絶対にいないとなぜ言い切れる？」

「そ、それは……」

「そう木野が断言したから？　普通に考えたらそうだから？　推理作家が聞いて呆れるほど薄弱な根拠じゃないか。言わせてもらうが、俺はロケハンだの、下準備だのでさんざん漆島を歩き回ってる。だからここにいる誰よりも、この島が無人島だと承知してるくらいさ。だがな、それは逆にいえば強固な先入観を持ってるってことだ。撮影のために上陸してからこっち、俺はほぼ館と砂浜の往復しかしてない。お前さんらも似たようなもんだろう。それなのに、この島には最初に渡った九人の他には誰もいないと、頭から信じきっちまってる。……はたして、本当にそうか？　二時間歩いて回るだけでそれがある程度はっきりするんだ。自分の目で見た確かさをもって、可能性を一つつぶせる。単なる骨折り損にはならないはずだ」

「でも現実問題として、人が何日も見つからず身を隠しておける場所がこの島にありますか？僕には林の茂みくらいしか思いつきませんが、それとて頼りなさすぎるでしょう」

「実は、俺自身も今まですっかり忘れてたんだが……この島には砂浜から岩場を伝って行った先、小さな入り江がある。俺の記憶が確かなら、そこには岩の裂け目みたいな格好の洞窟があったはずなんだ」

「……それ、まじすか」

我妻君が聞き返すのに、灰村さんはうなずきで応える。

「他にも林の木のうろだとか、ちょっとした崖や段差の陰だとか、見落としてるところがないとはいえない。それも実際に見てみなきゃわからないことだ」

……ううむ。

ここへ来て、入り江の洞窟という初耳の情報が出てきたのには驚いたけれど……だからといって僕は、灰村さんほど真剣にロビンソン・クルーソーの存在を信じる気には到底なれなかった。いやまあ、彼もさすがに漂流者の存在は想定していないか。見込んでいるのは、今回の事件を起こすために計画的に島に渡った人物Xあたりかな。しかしそれにしたって、漆島は自家用ボートでこっそり乗りつけられるような場所じゃない。船をチャーターすれば必ず足がつくし、準備に訪れたスタッフが帰らずに居残ったら、それこそ気づかれないはずがないだろう。

偶然にしろ、計画的にしろ、やはりここに僕ら以外の人間がいるとは考えづらい。それは入り江の洞窟や隠れられる場所の有無にかかわらずそうなのだ。

存在しない何者かに一連の事件の糸口を求める——それは、少々酷な言い方をすれば、現実逃避とだって大差ないのではないか。やるなら止めはしないが、積極的に関わりたいとはあまり思えなかった。

ダイニングテーブルに着く面々も、大方僕と似たようなことを考えているのだろう。灰村さんの提案に対する反応の薄さと、その微妙な表情を見ればわかる。

「積極的な賛同者はいないようだな」灰村さんはさして気にする様子もなく言った。「まあいいさ。俺が勝手に決めたことだ。元より全員を無理に巻き込むつもりもない。……ただ、さっき探索は二名以上でやるのがいいと言った手前、単騎じゃ少しばかり出て行きにくいな。別に一緒に洞窟に潜れとは言わない。散歩がてらつき合ってくれる者がいたらありがたいんだが」

ん、待てよ……と僕はそこで思い直した。

先ほど桂君との会話で新たに生まれた疑惑があったのだ。

灰村さんは未だ花火さんへの特別な想いを秘匿している可能性がある。この探索も、彼女の弔いのためという強い気持ちに駆り立てられてのものだとしたら、一応の納得はいく。一度彼と差しで話し、この件について探りを入れておくのもいいかもしれない——。

しかし僕が手を挙げるより先に、

「……では、私が」

気を遣って渚子さんが名乗り出た。

二人はダイニングを抜けていき、ほどなく玄関の扉の閉まる音が響く。

出遅れてしまったか。胸にちょっともやもやが残った。

直後、

「洞窟探検なんて正気？」うるるさんが大袈裟に肩をすくめてわめいた。「この島にまだ姿を現してない登場人物なんかいないわよ。そんなの最初から自明でしょ」

それ、うるるさんが言うか――という突っ込みは、もうする気力も起きなかった。

突っ立ったままだった僕は、とりあえず手近の椅子に腰を下ろす。ダイニングに残っているのは僕を含めて四人。悲しいかな、空いている席はいくつもあった。

「何もしてない、宙ぶらりんの状態が耐えられなかったんだろうな。仕事人らしく、目的を持って体を動かしていたかった。その気持ち、俺はちょっとわかる」ややあって、そんな感想を述べたのは我妻君だった。「島の探索なら一応事件に関連する行動だし、自分と周りを納得させる名分も立つ――そんな風に考えて、ああ振る舞ったんだろ。灰村さんもさすがに心の底から潜伏者を狩り出せるとは信じちゃいないと思うぞ」

それらしい灰村さんの思考のトレースに驚いたが、我妻君の冷静な分析はそこまでだった。足を投げ出したかと思うと、声調がのんびりとしたものに変わる。

「……しっかし、漆島に人が入っていける洞窟があったなんてな。別の意味で驚いた。知ってたら滞在中、一度はのぞきに行ってたな。意外とこの島、探索スポットとかいろいろあったのか？　そうなら恋愛リアリティーショーの撮影に島丸ごとを使ったのはなんていうか、贅沢だけどちょっともったいなかったな。いっそ無人島開拓バラエティーを撮る方が盛り上がったかも」

「あはは、言えてる」とサリー。ひとしきり笑った後、ふうとため息。「ていうか私たち、つい二日前までここで恋愛リアリティーショー撮ってたんだよね。なんだかそのこと自体がもう夢の中の出来事みたい」

「そうね……って二日前？　違うわサリー、その時にはもう、いわゆる普通の恋愛リアリティーショーは打ち止めになってた。厄介な『事件』がもう始まってたわ」

うるるさんが皮肉げに指摘すると、我妻君が手を打って、

「ああ、例の推理劇か。確かに俺たちは二日前の朝、密室の中に蛍光ピンクの血糊にまみれた花火を見つけたんだった。……いや、改めて考えると、やっぱりできすぎな感じがするな。まるであの偽物の死体が、翌日の本物の死体を呼び寄せたような……」

不謹慎と思ったのだろうか、我妻君は途中で言葉を濁す。

しかし、彼の感じた思いはきっと、誰の胸にも去来したものだ。

こじつけや妄想などではない。

二日前の朝――推理劇が幕を開けた、あの時。

まさにあの瞬間にこそ、運命の歯車は狂いだしたのだ。

「――虚構の恋愛、虚構の殺人」歌うような節回しで、うるるさんが再度口を開く。「今考えても悪趣味に悪趣味を重ねた遊戯よね。それでも出演者として、『クローズド・カップル』の撮影中はそのおふざけに全力で乗っかってやろうって思ってた。……だけど、やっぱりそれは禁忌だったのよ。恋愛と殺人をいたずらに取り合わせて、もてあそぶことはね」

「どっちも劇薬だもんね。混ぜるな危険、か」

追従する僕に、うるるさんは、

「ただ厄介なのはね、水と油とも言い切れないところなのよ」とつけ足す。「恋愛と殺人――両者は突きつめれば、相手を自分のものにしたいという支配欲に通じるところがある。だから根っこにある衝動はごく近しいのかもしれない」

「……なんか実感こもってる」

サリーが言うと、うるるさんは苦笑混じりに、

「まあ、小中学生の頃からこの業界にいるといろいろあってね。……あれは事務所の研究生時代

だったかしら。私、熱狂的なファン——いわゆるガチ恋の子につきまとわれたことがあるの。ストーカーって言っちゃえばそれまでだけど、その時住んでた部屋まで特定されてね。ある夜、チャイムの音にドアを開けたら、目の前に包丁を突きつけられた。『大好きだから一緒に死んでほしい』って言われたわ」

思わず絶句してしまう。僕だけじゃなく、サリーも、我妻君も、一様に息をのんでいた。

唐突に打ち明けられたのは、衝撃的な実体験だった。

しかし当の本人の語り口は落ち着いている。滔々《とうとう》と、必要最低限の事実を述べるように彼女は続けた。

「帰宅の途中、なんとなく後をつけられてる気はしたの。だからちょうどマネージャーにＳＯＳを出してたところだった。すぐに警察と一緒に駆けつけてくれたから、刃傷沙汰には至らずに済んだんだけどね。でもその一件で身に染みて感じたのよ。ああ、好きって感情ほど厄介なものはないんだな、って」

不意に、僕の脳裏に『クローズド・カップル』撮影中のある記憶がよみがえった。

それは推理劇が始まるよりもっと前。砂浜でのバーベキューの途中にうるるさんに連れられて、二人で話した時のことだ。

——ティーンの時分から人気商売やってるとね、好意って感情がひどく厄介な代物だってこと、身に染みて感じてるの。

——だんだん想いを寄せるのも、寄せられるのもおっくうになる。

彼女は確かにそう語っていた。あれは、そういうことだったのだ。

うるるさんは、好意がはらむ一種の暴力性を知っていた。

だからこそ、ファンとの距離感を慎重に測った上で、あのいかにもなキャラを演じていた。

だからこそ、管理された中で行う恋愛ごっこをこそ、全力で楽しもうとしていた。

「なんの比喩でもなく、私は恋慕う感情によって殺されかけた。そういう自身の体験に照らしても、恋愛と殺人って煎じつめれば似たような性質のものなのかもって」

うるるさんは問わず語りをそのように結んだ。

「……要は、好意が転じて振り切っちゃう、って話だよな」少し経ってから、話を引き継いだのは意外にも我妻君だった。「それでいくと、実は俺も一つ思い出したことがある」

「え？　我妻君もストーカーにつきまとわれたことがあるの？」

僕が聞くと、

「んー、またちょっと違うんだけど、共通する部分もあるっていうか。それに自分の話じゃないんだ。これは俺の妹の話。今、高校生なんだ。どこから話すべきか……栞はコクハラって言葉、知ってるか？」

「コク……ハラ？」急な出題に面食らう僕。「ハラはハラスメント、でいいのかな？　なんらかの嫌がらせってことだろうけど、コクの方がちょっとわからないな」

なんとなく流行り言葉の匂いがして、僕はこの中で一番若手のサリーに視線を送る。

「コクは告白だよ」彼女はこともなげに言う。「告白ハラスメントってこと」

「さすがサリー。一応補足すると、告白ってのは、想いを寄せる相手に『好きです』って打ち明ける、あの告白な。それ自体が迷惑だっていうわけだ。脈がないのがわかりきってるのにわざわざ告白なんかしてくるな、ってことらしい」

「へ、へえ……なかなかきつい言葉だね」

なんだろう、この、ありもしないトラウマをえぐられる感じ。

確かに、一般的に告白というのは、お互いの関係が構築された上での確認作業だという話を聞く。しかしその論法でいくと、片想いは相手に気持ちを打ち明けることすら許されないということにならないか？　それはちょっとあんまりな気もする。

「俺も最初聞いた時はなんだそれって思ったよ。でも、自分の妹がコクハラとしか言えない被害に遭って、けっこう深刻な問題かもって考えを改めた。うちの妹はまったく話もしたことのない男子に突然告白されたらしい。それでもちろん振ったんだけど、その後もことあるごとに繰り返し繰り返し告白されたっていうんだ。最終的にそれは何十回って数に及んだ」

「う、怖っ」サリーが鳥肌の立った腕をさする。

「それだけ向こうの想いも強かったのかもしれないけど、やってる身勝手はうるるの話に出てきたストーカーと似たようなもんだ。実際、妹は身の危険さえ感じてた。でも周りは案外その男子に同情的でさ。相談しても『つき合ってやればいいじゃん』みたいな。それどころか『もてるからって調子に乗ってる』なんて、次第に妹の方が攻撃されるようになって……結局あいつ、今学校に行けてないんだ」

「……かわいそうね、妹ちゃん」

うるるさんが沈痛な面持ちで告げる。

……なるほど。コクハラという響きがやけに軽い印象を与えるが、この場合、実際に起きていることは明確な加害だ。

「思い入れがあるからこそ、執着が生まれる。それはやっぱりどうしようもなく真実だと思うんだ。俺に言わせれば、恋愛と殺人は似てるっていうより、裏表っていうか、鏡写しって表現が近い気がするけど……両者に共通する部分っていうのは、きっとその辺りなんだろうなって思う」

我妻君が言い、それが一応の話の結論のようになった。

恋愛と殺人。

『クローズド・カップル』の撮影の振り返りから、なんだか思いもかけない方向に話が転がっていた。が、しかし、これは意外と今回の事件にも通じるファクターなのではないか——そんなことをふと思う。

恋に落ちることも一種の事件なら、殺人はある意味で究極の告白といえるかもしれない。

漆島殺人事件の犯人も、被害者に何かそういった想いや執着を抱いていた……のか？

手がかりとは到底言えない、それはまったく勘に頼りきった着想だった。それでも念のため、僕はこの思いつきを胸に留めておくことにする。

「……なんか考えさせられちゃった。うるるの話も、陽の話も」

やがてサリーが難しい顔で漏らす。

「まあ、恋愛に限って言えば、それは本質的には健全な行為・感情だし、良い面の方が多いはずだけどね。好きな人のために頑張れるとか、普段できないことにも勇気を出せるとか、それは本来プラスのエネルギーよ。むしろこじれちゃうのがイレギュラーっていうか……だから悲しいんだけどね」うるるさんは湿っぽい空気を振り切るようにぐっと伸びをし、それから時計を見やった。「それにしても意外な面子で、意外な議論になったって感じよね……ちょっと真面目くさって話しすぎた気もするけど。さすがにこんな調子であと一、二時間もしゃべってたら気が滅入るわよ。一旦区切りましょ。えーと、十時十五分か。今からならまだ少し眠れるかも。せっかくだから、私はこの辺りで一度失礼させてもらおうかしら。昼までまだ時間あるけど、お三方はどうする？」

そう問われ、顔を見合わせる三人。

サリーは少し考えた後、うるるさんにならい、自室に引っ込む意を示した。

僕はといえば、渚子さん一人に面倒な役を押しつけてしまったことが実はずっと気にかかっていた。館内にいてもどうせつらつらと事件のことを考えるだけだ。考え事なら島内を散策しながらでもできる。むしろ外の空気を吸い、足を動かしながらの方が頭も回りそうだと思い直した。

それで、今からでも灰村さんの後を追ってみると言ったところ、意外にも我妻君から同行の申し出があった。なんだかんだ例の洞窟が気になっていたらしい。

うるるさんとサリーにしばしの別れを告げる。僕は我妻君と二人、懐中電灯と水だけ最低限携え、暑い太陽の下へと躍り出た。

6

「おお、本当に入り江になってる！　琹も早く来いって！」

先を行く我妻君が声を上げる。

そんなこと言われましても……。

僕は時折波に洗われる岩場で牛歩を進めるのに必死だった。

我妻君の背中はとうに見えなくなっている。彼は軽快な足取りで、すでにあの張り出した岩壁を回っていってしまったからだ。生来の身体能力の差に打ちのめされそうになりながら、僕は一歩一歩を着実に踏み出すことに全神経を集中させた。

スニーカーはとうにぐしょ濡れだった。二、三度すっ転んで尻もちをつき、うち一度は潮だまりに落っこちたせいで、シャツとパンツも濡れそぼっている。まさかここまで冒険じみた道程だとは……。早くも若干の後悔を抱えつつ、僕はようやく到達した岩壁に手を突き、恐る恐る向こう側に回った。

　すると、途端に視界が開けた。

　そこにあったのは、初めて見る砂浜だった。漆島のメインビーチを十分の一くらいに縮小した、こぢんまりとした三日月型の渚。

　波とたわむれていた我妻君がこちらに気づき、大きく手を振ってくる。

「すごいな、ここ！　プライベートビーチだ！」

　無人島の浜なんてどこもプライベートビーチなわけだが、野暮なことは言うまい。確かにそこには隠れ家的な風情があった。アクセスの悪さがネックで使えなかったのだろうが、撮影場所としてはメインビーチよりもむしろ映えそうな感じさえある。

「えーと……で、洞窟は？」

　僕は当初の目的を思い出し、我妻君に尋ねてみた。

　見える範囲にそれらしいものはない。

　我妻君も肩をすくめ、

「見当たらないな。ここはまだ通過地点なのか？　……あ、ほら。波打ち際を横切った先。砂浜の端からもう少し先に進めそうだ」

　彼が指さした方向を目指し、二人砂地を行く。

　砂浜の端まで来ると、足元には礫《れき》や岩が多くなり、すぐにまたごつごつと歩きにくい岩場が現れた。

こんなところをまだしばらく進むのか——。

うんざりしかけたその時だった。

前方にぽつねんと一人立つ人影が見えた。

華奢なシルエットは成人男性のそれではない。ということは……。

「渚子さーん」

呼びかけると、遠目からでも彼女のきょとんとした様子が見て取れた。

「……あれ、栞さんと我妻さん？　お二人もいらっしゃったんですね」

眼鏡のつるをつまんだ渚子さんは、ワンテンポ遅れて僕らの姿を認める。

「例の洞窟を一目見ておくのも悪くないと思ってさ……って、おお！　これがそうか！」

我妻君が感嘆を吐くのにつられて、僕も渚子さんの傍らの岩壁に目を移す。

そこには、ぽっかりと口を開ける暗闇があった。分厚い岩が一カ所だけ大きくえぐり取られている。まるで巨人が手なぐさみに手を突っ込んだかのようだ。

「へえ……これは」

思わず声が漏れた。

正直に言うと、僕はもっとちゃちなものを想像していたのだ。しかしそれはイメージよりも確とした、立派な洞窟だった。

横幅は三、四メートルはあるだろうか。高さも余裕があり、僕が上に手を伸ばしても天井に届かなそうだ。ここからでは洞窟の入り口付近しか見通せず、ある程度の奥行きの深さも感じさせた。

「灰村さんは中に？」

僕が聞くと、渚子さんはうなずき、

「最初は二人で入ったんです。でも灰村さんの探索が入念すぎて、最奥部から一向に引き返す様子がないので、私だけ先に出てきちゃいました。……って、栞さん、私の顔に何かついてますか？」

「あ、いや……」

僕は小さな気づきを曖昧に濁した。別に今じゃなくてもいいか、と思ったのだ。ひとまずは洞窟の中をのぞいてみることにしよう。すでに我妻君は勇んで懐中電灯をオンにしている。

僕らは横並びになって洞窟内に足を踏み入れた。

数歩進んだだけで、空気がひんやりとしたものに変わった。足元は一面濡れており、ところどころのくぼみには水もたまっている。奥に向かってゆるやかに下りの傾斜がついている感覚もあった。足を滑らせないように慎重に行かなくては。僕は右手、我妻君は左手を洞窟の壁に突いて進む。何か気づいたことがあれば、些細なことでもお互いに報告し合うことを決めていた。

十メートルほど進むと、道が大きく右にカーブを描いていた。これは事前に渚子さんに聞いていたので焦ることはない。ここを曲がると、ほどなく行き止まりになるという。

洞窟内はここまで崩れそうなところもなく、広々としていて、誰かがここを根城として使っていたと想像したくなるのもわかる気がした。だが今のところ、潜伏者の存在につながるような手がかりは見当たらない。

というか、むしろ逆だ。単純な事実とそれに基づいた理屈でいけば、ここに何者かが潜んでいた可能性というのは、僕にはやはりどうにも——。

——と。

考え事をしていたら、進行方向から光が飛んできた。

僕は慌てて急ブレーキをかける。

「ん……ああ、なんだ。お前さんらも来たのか。手鏡一人にしちゃ妙な足音だと思って警戒したが」

ちょうど最奥部のカーブに差しかかるところで灰村さんと行き会った。今までも彼の懐中電灯の光がちらちらとひらめくのは確認できていたが、いよいよ探索を終えて引き返すところらしい。お互いの持つ光源がまともに交錯し、僕らは目をしばたたかせながら言葉を交わす。

「どうも。せっかくなので、自分の目で洞窟を確認しておこうと思って」と僕。「ずいぶん入念に調べてたみたいですが、何か発見はありましたか」

あまり期待せずに聞くと、あにはからんや、灰村さんは不敵な笑みを浮かべて。

「ああ、甲斐あってな。岩の出っ張りの陰にこんなものが落ちてたんだ」

そう言って、手に持った物体をこちらに示す。

最初、それはくしゃくしゃにした紙のように見えた。しかし表面には懐中電灯の光を跳ね返す光沢がある。ビニール？　いや——。

「お菓子の袋——スナックバーの包みですか」

まさか、と脳に火花が走った。

「嘘だろ……それって」

我妻君も隣で目を丸くしている。

「確認してみればいい。しかもまだ新しい」

突き出されたものを僕と我妻君で子細に眺める。フレーバーはシンプルなプレーンタイプ。それにしてはやけに甘い匂いが漂っていたが、そんなことはどうでもいい。重要なのは残っていた食べかす、賞味期限の記載などから判断して、それが確かにごくごく最近に消費されたものだとわかったことだ。

「おいおい、まじかよ」

我妻君の興奮気味のつぶやきに、灰村さんが同調する。

「俺も驚いたよ。素直に考えたら、このスナックバーの包みは洞窟に隠れていた何者かの食事の痕跡だ。これはひょっとしたら、ひょっとするかもしれんぞ。この島に、俺たちの知らない潜伏者が――」

「潜伏者はいませんよ」

灰村さんが言い切る前に、僕は空気を読まずに言い放った。

会話がぴたりとやみ、洞窟内をしばし静寂が満たす。

指摘が唐突すぎたか。二人がフリーズしたまま動かないので、僕は続けて補足した。

「はっきり言いましょう。この期に及んでなお洞窟にひっそりと身を隠していた怪人物の存在を疑っているなら、今すぐその考えは捨て去ってください。それだけは絶対にあり得ない。断言できます」

「……なぜ言い切れる？」

灰村さんがようやっと絞り出すように尋ねてくる。

僕は人さし指を下に向け、

「気づきませんでしたか？　この洞窟、入り口から奥の方まで地面がずっと濡れているんです。

ところどころにあるくぼみには水たまりもできていました」

「は？　いや、そんなことは知ってる。しかしそれは潜伏者を否定する理由にはならないだろう。平らなところにマットでも敷けばしのげることだ」

「そんなことを言ってるんじゃありません。問題は、この水がどこからやってきたのか、ということです。僕と我妻君はここまで壁を伝って歩いてきましたが、水が流れ込んできている箇所はなかった。天井から水が滴ってきた覚えもありません。気づいたことは些細なことでも報告しようと決めていたのでこれは確実です。唯一最奥部だけはまだ確認していませんが、先ほど全員が黙った瞬間も洞窟内はかなり静かで、水音のようなものは一切しませんでした。そもそもこの洞窟、入り口から奥に向かって地面がゆるやかに下っているんです。なので最奥部から水が湧いていたとして、入り口付近まで地面がまんべんなく濡れることはない」

「い、言われてみれば、確かに。……待てよ。ってことは」

「我妻君もぴんと来たみたいだね。地面を濡らした水がどこからやってきたのか。考えられる可能性は一つしかない――海だ。この洞窟は満潮時に海水が入り込む場所にあるんですよ。この洞窟は見た目は立派だけど、その実、潜伏にはまったく向いていない。誰もこんなところを隠れ場所にできたはずがないんです」

　灰村さんは、なぜこんな簡単なことに気づかなかったのか、というようにしばし憮然となった後、

「……違いない。全部、言う通りだ」と吐き出した。それから自らが握った銀色の包みをまじまじと見つめ、「じゃあこのスナックバーは……どこから来たんだ？」と問う。

　僕はそこで、洞窟に入る前の小さな気づきを思い返した。

「実は一瞬だけ、灰村さんの自作自演も疑ったんですけどね。でも今灰村さんが浮かべている当惑は本心からのものに見えます。であれば、もう決まりですよ。この人騒がせな事件の犯人は――」


「――ごめんなさい！」

洞窟の入り口で、今しがたの騒動について知らされた渚子さんが勢いよく腰を折り曲げた。その後も水飲み鳥のようにぺこぺこと頭を下げながら、

「そのスナックバーの包み、私がここまで来る道中に食べたものです。私、さっき自分の分のサンドイッチを作り忘れてて、探索の前になんでもいいからお腹に入れておこうと思ったんです。ごみはポケットの奥の方に突っ込んだつもりでしたが……洞窟内を歩いている時に落としてしまったみたいです」

「やってくれたな……」

灰村さんは目を閉じ、眉間にしわを寄せている。久々に浴びる太陽のまぶしさもあるのだろうが、その表情はADのぽかに対する呆れを多分に内包していた。

「ご、ごめんなさい……」

「まあまあ、彼女も反省してるみたいですし」

これ以上雰囲気が悪くなってもあれなので、僕は適当に仲裁に入ることにする。

「それにしてもすげーな、栞。最初から全部気づいてたみたいだ」

そんな風に褒めてくれる我妻君に笑みを返してから、僕は渚子さんにだけわかるように口元を指さすジェスチャーをした。

謝罪のお辞儀から直った彼女がこちらを見て、不思議そうに首をかしげる。やがてゆっくりと自分の口元に手を持っていき――ぽっと顔を赤らめた。

そう、僕は我妻君の言う通り、最初から気づいていたのだ。

彼女の口元に、粉のような食べかすがついていることに。

だからスナックバーの包みを見た瞬間、驚きよりも脳内で記憶がつながる感覚があった。潜伏者の幻影に惑わされず、冷静に目の前の出来事を処理できたのだ。……まあ、渚子さんが「私の顔に何かついてますか？」と聞いてきた時、「ついてる」とすぐに教えてあげればよかったんだけど……。

ともかく、だ。

「謎の十人目」の存在を仮定した場合、絶好の隠れ場所と目された洞窟――しかしそこは絶対に潜伏不可能な場所だった。それがわかっただけでも大きな収穫だ。

灰村さんはまだ少し名残惜しそうに洞窟の入り口を見やっていたけれど、やがて言った。

「まあ、実際に足を延ばして見にきた甲斐はあったってことだな。同じ要領で林の方も一通り当たってみるか」

7

僕らはそれから二手に分かれて林を探索した。

漆島を大きく半分に分け、北側を灰村さんと渚子さん、南側を我妻君と僕が担当する。

「あえて今まで踏み込まなかった木深いエリアを重点的に回ってほしい」と灰村さん。「木のうろとか、崖や張り出した地形の陰になった部分とか、風雨をしのげそうな場所を見つけたら要注意だ。遺留物や痕跡がないかよく観察して、一応何もなくても報告してほしい」

了解、と分かれたところまではなんだか捜索隊っぽかったが、実際やったことはせいぜいちょっとしたハイキングだった。

木深いエリアといったって、この島に鬱蒼《うつそう》とした樹海があるわけじゃない。林には常に太陽の光が明るく入り込み、少々分け入ったところでせいぜい木立や茂みの数が増えるくらいだ。しばしの間身を隠すならともかく、拠点にして何日も潜伏できそうな場所は皆無だった。ましてや人が潜り込めるほどのうろをたたえた大木なんて一本も見つからなかった。

都合よく地形が入り組んだスポットなんてもっとなかった。漆島にも多少の起伏はあるけれど、どこも決定的な死角にはなり得ない。それでも島の南側の端に向かって道なき道を進んでいくと、行き着いたのは灰村さんから打ち明け話を聞いた際に訪れた高台だった。開けた空き地は海に向かって切り立っており、上にも下にも隠れ場所はない。島の最も奥深くでこれなのだ。歩き回れば回るほど、この島はゲリラ戦に向いていないな、と思った。

一通り分担エリアを回り終えた後、両隊は合流した。

「いやー、すっかり漆島の自然を堪能したぜ。……あれ？　そういう趣旨の集まりじゃなかったんでしたっけ」

「……皮肉のつもりか？」

我妻君がわざとらしくとぼけるのに対し、灰村さんが突っかかる。しかし後者の彼もため息をつき、

「まあ、発見がなかったのは島の北側も同じだ。探索に出る前、『単なる骨折り損にはならない

はずだ』とうそぶいたが、それなりにくたびれたな」

傍らで渚子さんが汗をぬぐう。

すっかり高くなった日が僕らを照らしていた。時刻はなんだかんだすでに十二時半を回っていた。

「確かにそれなりに疲労感はありますが……徒労感はないですよ」僕は意識して明るい調子で一応のフォローを入れた。「実際に足を使ったからこそ、見て回ったからこその実感は得られました。もう言い切ってしまっていいんじゃないでしょうか——漆島に潜伏者はいない、と。四人がかりで二時間島を歩き回ったことによる、それは成果です」

僕の言葉に、灰村さんを含む全員がうなずいた。散策の最中、事件に関する考察はあまりはかどらなかったけれど、こうした共通認識を得られただけよしとしよう。

……さて。

僕はそこでしばし思考を巡らせた。せっかくの機会だ。引っかかっていたあの件についてもここで片づけてしまおうか。

ナイーブな話ではあった。しかしまたどこかで二人きりになってから問いつめるより、この雰囲気で言及してしまう方がいいのかもしれない。

僕は腹を決め、おもむろに切り出した。

「すみません、このタイミングでなんですが……もう一つ、この場ではっきりさせておきたいことがあるんです。よろしいですか」

三人が怪訝な顔をこちらに向ける。

僕はうち一人を真正面から見据え、語気を強めた。

「灰村さん。昨日もした質問を改めてします。『花火さんについて、何か知っていることがあるなら教えてください』……今度は包み隠さず、です。より具体的に質問のポイントを絞るなら『あなたと花火さんの関係について』と言い換えてもいい」

　渚子さんは瞬間的にはっとした表情をしたが、我妻君は話の流れをよく飲み込めないようだった。

　灰村さんは試すようにこちらを見ていたが、やがて、

「……なんのことだ」と静かに問い返してくる。

　僕は唾を飲み込んでから、本題に入った。

「灰村さんは昨日、僕と渚子さんにこっそり語ってくれましたよね。あなたは以前から木野さんのセクハラ疑惑を知っていた。花火さんがその被害に遭っているようだということも察していた。カメラマンとして両者と何度も現場を共にしていながら、何も行動を起こせなかったことを悔やんでいる——と。その内容は、それはそれで真実なのでしょう。しかしどうも納得がいかないところもある。あなたの花火さんに対する想いは、単なる職業人としての域を超えているように思うんです。

　これを面と向かって言うのは初めてかもしれませんが、僕は第一の事件の発覚直後、花火さんの遺体を目にした灰村さんが『俺の、せいだ』とつぶやくのを耳にしています。僕は昨日の灰村さんの説明で一度は納得しようとしました。それでも花火さんの死の責任を一身に背負うその後悔は、彼女と関わった無数のカメラマンのうちの一人が感じるにしてはやはり重すぎると、率直に思います。

　また、あなたは花火さんへの衷心を具体的な行動にも起こしていますね。今から少し前、僕と

渚子さんは木野さんの部屋を調べに行きました。その際、花火さんの部屋のドアが薄く開いているのに気づき、そちらにも再度調べに入ったんです。すると、花火さんが横たわるベッドの上に一輪のヤマユリが置かれていました。――あれを供えたのは灰村さん、あなたですね」

「そうだったんですか!?」

先に声を上げたのは渚子さんだった。

肝心の灰村さんはそんな風にはぐらかす。

「ヤマユリ?　一体なんの話をしてるんだ?」

「しらばっくれないでください。今しがたの『スナックバー騒動』で僕は気づいたんです。灰村さんは洞窟で拾ったスナックバーの包みを僕たちに向かって突き出した。それを観察している時、辺りにやけに甘い匂いが漂っていたんです。スナックバーはプレーンタイプ、包みにまで甘い匂いが残るようなフレーバーではありません。では、どこから匂っていたかといえば……あれは灰村さんの手から匂っていたんです。ヤマユリを摘み、手向けるまでの間に、花の特徴である強い芳香が手に移っていたんですよ」

我妻君がさっと灰村さんの手を取り、鼻を近づける。

「本当だ!　甘い匂いがする」

灰村さんは渋面を作り、我妻君の手を振りほどく。それから自分でも匂いを確かめ、ますます顔をくもらせた。

僕は続ける。

「まだ匂いが残っているということは、さしずめ今朝の早起きの際にでも摘み取ったのでしょう。推測が続きますが……灰村さん、あなたは実は昨日のうちにも一度、花を供えるために花火さんの部屋を訪れたんじゃありませんか？　しかしその時には現場検証をしている二人組——僕と渚子さんがいたからあきらめた。違いますか？

……我妻君がぽかんとしているので補足しましょう。実は僕ら、昨日の現場検証の終わり際に不審な物音を聞いてるんです。花火さんの部屋の前で息を潜めていた誰かが慌てて逃げ出す音です。渚子さんがいち早く反応したんですが、結局逃亡犯の姿をとらえることはできませんでした。しかしもっと早く気づくべきだった。この人物の正体は灰村さん以外にあり得ない」

「どうしてわかるんですか⁉」

　またしても渚子さんがいの一番に疑問を呈する。

「思い出してほしい。第一の事件のアリバイ検証が成果なく終わった後、僕と渚子さんは改めて花火さんの部屋を調べに向かったわけだけど……そのことをダイニングのみんなに事前に知らせはしなかったんだ。確か僕は『ちょっと確認したいことがあって』とだけ言って席を立ち、渚子さんが『助手にしてください』とついてきた。一階でのやりとりはそれだけだった。僕らが現場検証の報告をしたのはその日の夜だ。なのに現場検証の後、間もなく行き会った灰村さんは、『現場の再検証に行ってたんだったな』と既成事実のように僕と渚子さんに話しかけてきたんです。僕らが花火さんの部屋にいたことを、同じタイミングで居合わせた灰村さんは知っていた。目的は供花か、仮にそうでなかったとしても、花火さんの部屋への複数回の訪問それ自体が、灰村さんの執着を示す何よりの証拠です。

　僕は灰村さんが一方的に花火さんに想いを向けている可能性も考えました。が、昨日の『俺の、せいだ』という煩悶《はんもん》を合わせて考えると、あなたと花火さんの間には何かスタッフと演者を超えた結びつき、関係性が存在していたように思えてならないんです。——最初の質問に立ち返ります。花火さんに関することで、まだ話されていないことを明かしてください。灰村さんがこれ以上口をつぐみ続けるというなら、僕らはいよいよあなたへの心証を著しく下げざるを得ない」

僕が言い終わると、渚子さんと我妻君はそろって視線を灰村さんへと移した。

灰村さんはしばらくの間、何かに耐えるようにむっつりと押し黙ったままだった。

もう一押しが必要か、と僕が口を開きかけた時、

「……ここらが潮時かもな」灰村さんはかぶりを振り、観念したように吐き出した。「別にこの期に及んで隠し通すことでもない」

それから彼は懐から財布と思しき革のケースを取り出し、そこから一枚の写真を抜き取った。

差し出されたそれを、僕が受け取る。渚子さんと我妻君も横合いからのぞき込んできた。

けっこう年季の入った写真だ。写っているのは、小学校に入る手前くらいの女の子だった。はじけるような笑顔をレンズに向けている。

渚子さんが、はっと息をのんだ。

僕もすぐに思い至った。面影が、ほとんどそのまま残っていたから。

「これ……花火さん、ですね」

念のため確認すると、灰村さんは浅く首肯した。

「え、どういうこと？」我妻君が混乱したように。「なんで灰村さんが花火の子どもの頃の写真を？　あれ、もしかして花火は……灰村さんの娘だったのか!?」

「おいおい待て待て」とそこで灰村さんが呆れ顔で訂正する。「俺はまだ三十六だぞ。さすがにこの年ではたちの隠し子はきつい。……姪だよ。松浦花火は、俺の兄夫婦の娘なんだ」

そう……だったのか。

これはあれだ。ミステリでいうところの、見えないつながり《ミッシング・リンク》というやつだ。最も接点のなかった二人の間に、今、相関の線が通った。

衝撃の暴露に、僕らは口をあんぐり開けて灰村さんを見つめることしかできない。

代わりに彼が、そのまま目を細めるようにして昔語りを始めた。

「……若い頃の話をさせてくれ。俺がちょうど今のお前さんらくらいの頃だ。今のくたびれたなりからは想像できないかもしれないが、当時の俺はある夢を抱いてた——役者になりたかったんだ。親の金で地元の大学に行かせてもらっておきながら、講義なんてほとんど受けた記憶がない。演劇サークルにのめり込んで、舞台漬けの毎日だった。……さっぱり芽は出なかったがな。当たり前のように留年して、後に引けなくなった俺は、大学を退学して上京するって宣言した。いつまでも現実を見ようとしない俺に友人らは愛想をつかし、彼女にも別れを告げられた。両親には勘当を言い渡されたよ。

……それでも兄夫婦だけは違った。俺の夢を応援してくれて、最後まで背中を押してくれたんだ。写真のおちびちゃんも一緒になってな。なんだか妙になつかれちまって、意味もわかってないだろうに『私もおじちゃんみたいに役者さんになる！』なんて言ってさ。俺もその気になって、いつか夢を叶えた暁には胸を張って地元に凱旋しようと思ってた。結局……この写真を撮った日を最後に、兄夫婦とはまともに顔を合わせていない。東京で夢破れた俺は、故郷に帰る機会を永遠に失っちまったわけだ」

僕は写真の中の花火さんに目を落とす。

「でも……灰村さんは花火さんの道しるべになったんじゃないですか。彼女はその後、お茶の間の話題をさらう人気女優になった」

灰村さんは鼻で笑った。

「道しるべ？　そんな大層なもんじゃない。あれはあの子自身の天性だよ。確か都会に遊びに行った時にスカウトされたのがデビューのきっかけだったはずだ。どんなルートをたどったとしても、彼女はしかるべき場所とタイミングで才能を開花させたと思う。本物ってのはああいうのを言うんだ。……ただ、確かに胸の隅に勲章のような気持ちはずっとあったな。役者という職業を知るきっかけ、あるいは夢につながる小さな火種――そんなものを俺が彼女に与えられてたとしたら、それだけでもう報われる想いがしたもんだ。

　俺が役者をあきらめ、カメラマンの仕事に就いたのは二十七、八の頃だった。いよいよボロアパートで野垂れ死ぬかって瀬戸際に、よく面倒を見てくれたプロモーターに声をかけてもらって運よく職にありつけたんだ。最初のうちは、なんで俺がレンズを向けられる側じゃないんだってふてくされたもんだけど、じきに画作りの面白さに目覚め、天職と思えるくらいのめり込んだ。……で、あれは一通り仕事の手順を覚えて、それなりに現場で立ち回れるようになった頃だったか。俺がカメラを担当したあるテレビ番組に、中学生の松浦花火が出演したんだ。いやいや、まさかと思ったね。でも、顔立ちに幼少の頃の面影があって、すぐに確信した。向こうは裏方のおっさんが、まさか十云年前に会ったきりの叔父とは思いもしなかっただろうがな。もちろん、撮影が終わった後にも話しかけたりなんてしなかった。ただただ俺は……あのおちびちゃんが女優の道を歩み始めたという事実に感動していたんだ。

　勝手ながらあの子に夢を託したいと思った。俺がカメラマンという職業に導かれたのは、松浦花火という存在の最高の瞬間をとらえるためだったのかもしれない――そんな大層なことまで考えたりしてな。まあ、それはさすがに大袈裟にしても、それでも日に日に輝きを増す姪の活躍をとにかくこのまま撮り続けたいと思った。はたしてどこまで行けるのか、一番近くで見届けたいと思ったんだ。俺の願いはそれだけだった。……ただ、それだけだったのに……」

歯を食いしばるようなぎりぎりという音を最後に、灰村さんの独白は途切れた。

いたたまれない沈黙だけが、いつまでもその場に残っていた。

灰村さんはこの場で唯一の花火さんの肉親だった。

また、彼にとって花火さんは単なる姪ではなく、自身の夢や憧れを投影した特別な存在だった。

だからこそ。

――彼女、下ろしてやれないか。痛々しくて見ていられない。

灰村さんは吊られた花火さんを見て、即座にそう提言した。

――女優として、ふさわしい最期を全うさせてやるべきじゃないだろうか。

その言葉に込められていた想いの一端を、僕はようやくくみ取ることができた気がした。

ただ、どうにもわからないのは……。

ぐるぐる考えていると、不意に灰村さんが再び口を開いた。

「――『俺の、せいだ』」

「え？」

「俺はそんなことを言ってたんだな」

首に手を当てながら僕にそう投げかけてくる。

「……ええ。少なくとも僕にはそう聞こえました」

そう、僕が依然迷っていたのはそのせりふの解釈だった。今の話を聞いても、花火さんの死の責任を彼が背負い込む理由にはならないように思う。

灰村さん自身も複雑な表情でしばし黙然と思い悩んでいたが、そのうちにぽつりぽつりと話しだした。

「あの時はそれこそパニック状態で、何でそんなことをつぶやいたのか、今となっちゃ俺自身にも正確なところはよくわからないんだが……もしかしたら俺は、自分の片割れを失くしたような気になったのかもしれない。花火にきっかけを与えたと自負し、期待をかけ、挙句自分を投影した――こっ恥ずかしいことだが、それで何か責任めいたものを感じたところがあったんだと思う。それでなくても……俺にとっちゃ、たった一人の姪だったんだ。そんなかけがえのない姪が、目の前でセクハラ野郎に追いつめられてたんだよ。なのに俺は、たった一言声をかけてやることもできなかった。身を挺してかばうとか、木野の罪を暴くとか、そんな大層なことでなくてもいい。血のつながった『おじちゃん』として何かできたことがあったかもしれないのに……結局、棒立ちの傍観者のまま、こんなひどい最期を迎えさせてしまった。今回の殺人に直接関係があろうとなかろうと、やっぱり彼女が被った苦しみのいくばくかは俺のせい――そんなことを、やっぱり考えちまうんだよ」

……なるほど。

ずっと引っかかっていた言葉。

本人の口から説明されて、ようやく腑に落ちた。

「……お話、ありがとうございました。私的な事情に踏み込んでしまい、申し訳ありません」

灰村さんが一連の詮索で気分を害していたらきまりが悪かった。

けれど彼はむしろさっぱりした様子で、

「いや、俺もこうして話して、ようやく気持ちの整理がついた気がする。……ただ、あれだな、探偵は動機を犯人特定の決め手にはしないようだが、被害者の身内であることが判明して、俺の容疑はむしろ濃くなったんじゃないか」そんなことを言い出す。「殊勝な風に語ったが、俺が抱いてる木野への憎しみはつくろいようがない。姪の復讐を買って出たなんて、いかにもありそうな筋だろう」

露悪的な物言いは、強がりだったのかもしれない。

彼の言うことは確かにそうだった。事件の真相は未だ見えない。どころか、闇は一層深まったともいえる。

しかし頭を悩ませていたこまごまとした謎に決着がつき、これは一つの区切りだと思った。今後、よりクリアに事件をとらえられるということでいえば、意味はあったはずだ。

話の展開に翻弄され気味だった渚子さんと我妻君も、今は少しほっとした表情を浮かべていた。

さて、と。

思いのほか、屋外での立ち話が長くなってしまったな。

島中を歩き回ってからの、今のくだりだ。体も心もだいぶくたびれた。さすがに少し休みたいし、ひとまず館に戻ろうという話になる。

そうして一同、進路を定めた——その時だった。

風に乗って届いた声が、歩きだそうとした僕らの足を強制的に引き戻したのだ。

「——」

声？　……いや、違う。

「皆さん、今！」渚子さんが勢い込んで叫ぶ。「聞こえましたよね？　何か、短い悲鳴みたいな……おそらく女性のものです」

「サリーだ」

言うが早いか、我妻君が駆けだしていた。残った三人もすぐに後を追う。

悲鳴。確かに聞こえた。が、なぜ？　サリー？　彼女に一体何が……。

よもやの事態に思考が上滑りするが、とにかく今は足を動かすしかない。発信源は砂浜の方角と思われた。ならば幸いここからすぐだ。

僕らは団子になり、砂浜へと続く小道に入った。砂利を蹴散らし、転がるように下っていく。いくつかのゆるいカーブを曲がり、やがて視界が開けると――。

人影があった。昼すぎの陽光をきらきらと跳ね返すように、しなやかなブロンドが揺れている。サリーだ。

確信を得て、スピードを上げる。彼女は一人でそこにいるようだ。でもなんだ、あの体勢……座り込んでいるのか？

「サリー！」

我妻君が呼びかけると、彼女はこちらに気づき、顔を振り向けた。ただ応答したり、体で動きを示すことはなく、こわばった表情で口をぱくぱくさせるばかりだった。

サリーは小道のほとんど終点に尻もちをついていた。体の向きは僕らから見ると横向きで、どうやら小道の脇の草むらに何かを見つけ、驚き倒れたような格好だった。

「大丈夫ですか？」

駆け寄りながら、渚子さんが尋ねる。

「うん……私はなんともない」サリーは震えを抑え込むような口調で言い、それから草むらの方を指さした。「……それよりも、あれ」

僕は示された方をちらとうかがう。そばにいた我妻君と目配せしてから、二人せーので草むらをのぞき込んだ。すると——、

「く、首⁉」

なんと、そこに転がっていたのは木野さんの首だった。

ざんばら髪の隙間からのぞける苦悶の表情。それはまるで逃げ延びたところを討たれた落ち武者そのものだった。落ちくぼんだ目。半開きの口。生前の覇気はみじんも残っていない。かつての敏腕プロデューサーの尊顔が、今や血と砂にまみれ、朽ちるがままに放り出されていた。

「こんな場所にあったのか……」

灰村さんがうわ言のように言う。

こんな場所に。

確かに意外ではあった。もう見つからないと思っていた被害者の首が、まさか犯行現場のすぐ近くに転がっていようとは。

僕は一度体を起こし、砂浜の木野さんの死体を確認した。死体から今立っているところまでの距離はせいぜい十数メートルといったところだ。死体の近辺から雑に首を放り投げても届きそうな距離だった。丈の長い草に埋もれていたとはいえ、今朝の検分の際にこれが見つからなかったのが不思議なほどだった。

「……とりあえず、サリーが無事でよかった。立てるか？」

我妻君がひとまずサリーに向き直り、手を差し出す。彼女はそれをつかんでようやく立ち上がることができた。服の砂を落とし終わる頃を見計らって、

「そもそもどうしてこんなところに？」

我妻君が続けて聞くと、彼女はゆっくりと話しだした。

「私、みんなを呼びに来たの。正午には一階に降りてくるって言ってた桂君が起きてこなくて、うるるがちょっとヒステリックになってたから。それでとりあえず入り江の洞窟に向かおうと思って、この小道を下りてたんだ。でも急いでたらつまずいちゃって、草むらの方によろけたら……それとがっつり目が合ったってわけ。思わず悲鳴上げちゃった」

「圭太郎が起きてこない？」

我妻君が聞き返す。

またぞろ気になる証言が飛び出した。それが本当なら早いところ総員で館に戻るのが得策だが――。


僕は再び木野さんの首に目を落とす。

薄気味悪い生首。しかしそれは、手に入るはずがないとほとんどあきらめていた重要証拠でもあった。あまり気は進まないけれど、調べないわけにはいかないだろう。

「ごめん、館に引き返す前に三分……いや、二分三十秒だけ時間をもらっていいかな。せっかく見つけた木野さんの首だ。状態をざっと確かめておきたい」

僕は言い、返事を待たずに草むらに踏み出す。

髪をよけ、顔や頭皮を一通り改めてみる。けれど、生々しい首の断面以外に目立った外傷は見当たらない。その他、余計な付着物であったり、逆にあるべきものが除かれているような処置や細工の痕跡もなさそうだった。うるるさんならもう少し細かい点に気づくのだろうか。後で彼女には個別に意見を仰ぐとして……うーん。それにしても。

ますますわからなくなってしまった。

犯人はなぜ、死体の首を切ったんだ？

こんなものは隠したとは言わないから、結局首は捨て置かれたということになる。わざわざ切った首を草むらに転がして終わり？　理解できない。一体何がしたかったというんだろう――。

「……あれ？」

僕はそこで一つ、気づいたことがあった。

半開きになった口。そこからのぞける口内の様子に違和感があったのだ。

直接触れるのは気が引けたので、小枝を使ってこじ開け、中を確認してみる。

「……これ、見てくれ！　口の中が砂まみれだ」

僕は遠巻きに見守る観衆に向かって報告したけれど、反応はそろって冷たかった。

「それが何か……？」と渚子さん。「えーと……確か木野さんは、背中から斧の一撃を受けて倒されたと推察されましたよね。うつ伏せに倒れた時、砂浜の砂が口に入ったと、ただそれだけのことではないんですか？」

「あるいは」と灰村さん。「切り離された首が転がって、半開き状態の口から砂が入り込んだか。どっちにしろ大したことじゃないと思うが」

言われてみればその通りだった。

……いや、しかし、何かひらめきかけたはずだったんだ。なんだ？　僕はどこに引っかかりを覚えたんだ？

口内が砂まみれ。口蓋も、頬の裏も、舌の上にも砂が付着している。見えづらいけれど、喉の奥の方までまんべんなく――。

喉の奥の方まで？　まんべんなく？

僕は意を決し、口の側から見通せない部分を断面の方から攻めてみた。

首は喉の中ほどで切られている。だから首の断面に空いた二つの穴は食道と気管だ。確か脊椎側が食道だったはず。小枝を駆使してのぞき込むと、はたして食道には口から途切れることなく砂が流れ込んでいた。一方、食道とほぼ同径の気管には砂が入り込んでいない。

「……やっぱりおかしい」

説明がつかない。

理屈に合わない。

少なくとも僕はそう思った。

違和感。

死体に残った特徴。

特徴といえば……あの指の傷。

人さし指と中指の第一関節のしわをぴったりとなぞる、妙な傷。

あれはなぜついた？

犯人はなぜ首を切った？

口内を犯した砂が意味するところは？

…………。

……だめだ。

何かがつかめそうでつかめない。あと一歩のようでいて、でもこのままでは永遠に真相に近づけないような気もする。

まだ手がかりが足りないのか。それとも目の前にあるヒントに気づけていないだけなのか。

ただ、どこかで決定的な間違いを犯している、そんな嫌な確信だけがあった。

この事件の本質に、僕はまだ至れていない――。

「栞」不意に、肩に手が乗せられる感触がした。我妻君だった。「集中してるとこ悪いが、一旦戻らないか。考えは帰ってゆっくりまとめればいい。それより……サリーの話を聞いてから、どうにも嫌な予感が止まらないんだ」

セブン・シーズ・ハウスを不安げに見上げる彼。その言い分はもっともだった。

思考を切り替え、僕はうなずく。

「わかった。行こう」

首は一度置き去りにして、僕らは小道を駆け上がった。

8

「どれだけノックしても返事がないの！」

玄関をくぐるやいなや、外出組を待ち受けていたうるるさんの絶叫が響いた。

「遅くなってごめん。桂君だよね。サリーから事情は聞いたよ」

僕は意識してゆっくりと返答する。彼女の神経の昂《たかぶ》りを少しでも和らげようと思ったのだ。

「ねえ、うるる。やっぱりつい寝過ごしちゃってるだけとかじゃないの？」

サリーも改めて諭すような声音で言い募った。けれど、

「圭太郎君に限ってそんなことあり得ないわ。絶対何かあったのよ。おかしいもの」

うるるさんは頑《かたく》なだった。

――少なくとも正午までには、カメラの前にも立てるくらいのコンディションで戻る。

桂君は自室に下がる際、そう言い置いていった。その時の様子や桂君の性格からいって、彼が自ら宣言したことを反故《ほご》にするとは考えにくい。うるるさんの言いたいことはそういうことだろう。それも確かに一理ある。

時計を見れば、午後一時が近い。

ここで言い合っていても埒《らち》が明かないので、とりあえず一行は二階へと移動した。

桂君の部屋。ドアの前に到着した順に、代わる代わるノックと呼びかけを繰り返してみる。が、うるるさんの言った通り、室内からの反応は一切ない。後ろの人になるにつれ、ノックの音も激しさを増し、さすがに様子が変だと確信の度合いが深まっていく地獄の時間。推理劇も含めれば、経験するのはこれで三度目だ。いよいよ頭がおかしくなりそうだった。

もちろんノブを回してもびくともしない。内側から施錠されている証拠だ。

我妻君が焦りをにじませながら、

「……安否不明のままにはしとけないだろ。やむを得ない。押し入ろう」

「それでは、また斧の出番――」言いかけた渚子さんが首を振る。「あ、だめです。血まみれで砂浜に捨て置かれてるんでした」

「体当たりで押し破る他なさそうだな」

灰村さんが言い、我妻君と僕、つまりその場にいる男衆を目顔で集めた。

ドアの幅的に一度にぶつかれるのは二人までだろうということで、ローテーションを組み、僕らは自身の体を木の板にたたきつけた。さすがにドラマのセットのようにはいかず、十五回目くらいから数えるのをやめたが、その倍の回数はドアに突進を繰り返したのではないか。

肩がいかれそうになる寸前、ようやく金具がはじけ飛ぶような音が響いた。最後の一撃は僕と灰村さんのタッグだった。ドアが開かれたのはよかったが、枠から外れた戸板とともに勢いそのまま床に放り出される。

「ぐ、痛つつ……」

舞い上がる木くずと埃の中。

腕と膝を突っ張り、室内を見やった瞬間だった。

桂君の、焦点がぼやけた瞳と目が合った。

思わず四つんばいの姿勢で固まる僕。しかし彼はそれ以上に完全な静止状態にあった。桂君はベッドから床に、上半身からうつ伏せに転がり落ちたような無理な体勢のまま、こちらに顔を向けていた。髪はぐしゃぐしゃに乱れ、口からはだらしなく舌が垂れている。肌の色はもはや蠟《ろう》のように生気がなかった。

何度も振り払ったはずの最悪のイメージが今、目の前にあった。

桂君は事切れていた。

「そんな……嘘でしょ？　ねえ、起きて……起きてよ、圭太郎君！」

うるるさんが仰向けに寝かせた桂君の胸に顔を押しつけ、慟哭《どうこく》する。

「こんなの……嘘に決まってる。嘘よ……嘘……」

嘘、嘘、嘘。

それ以上は言葉にならなかった。

くぐもる嗚咽《おえつ》だけが響いていた。

ドアが破られるやいなや、床に転がる僕を押しのけ、桂君に救急処置を施したのはうるるさんだった。それがすでに意味をなさないことに、誰より打ちひしがれていたのも彼女だった。繰り返し吐き出す独白の虚しさは、彼女自身が一番よくわかっているのだ。だからこそ、余計にやるせない。

桂圭太郎君。

きざっぽくて、自信家で、最初は少しいけすかないな、と正直思っていた。

しかし端正で涼しげな目鼻立ちの裏に、一途で熱い想いを持っている男だった。

今朝二人きりで話す機会を得て、その印象はより強まった。あれからまだ数時間も経っていない。なのに。

彼は死んでしまった。

彼までもが、死んでしまった。

これでもう三人目だ。

悲しみと恐怖と無念さに胸が押しつぶされそうになる。

頭を抱えて、その場にうずくまりたくなってしまう。

途切れることのない死の連鎖。

これ以上、僕らに何ができる？　的外れな推理をして、詮ない言い合いをして、じたばたともがいて……それになんの意味がある？

「…………」

――いや。

僕は一度目をつむり、深い呼吸を繰り返すことで心を落ち着けた。

とにかく考えろ。考え続けるんだ。僕が十人並みにできることはそれだけなんだから。あきらめるのは死ぬ時でいい。思考だけは休めるな。

　気を持ち直した僕は、床に転がる桂君のスマホと鍵のついたキーケースを見やる。それから亡骸に身を寄せるうるるさんとその周囲で棒立ちになる人々を迂回し、部屋の窓まで歩いていった。

「おい、栞、何を」

　声を上げる我妻君に、僕は窓の方を向いたまま答える。

「鍵がかかってる。ドアの方はさっきここにいる全員が確かめた通りだよね。桂君のキーケースも室内にある。一応、念には念を入れて……」僕は来た道を引き返し、キーケースを途中で拾ってから、枠から外れたドアの鍵穴に鍵を差し入れた。飛び出たままのデッドボルトは変形してしまってスムーズに動かなかったが、鍵がすり替えられていないことは明白だった。「結論、この部屋もまた完全な密室状態だった」

「密室って……そんなこと確認してなんになるの？」サリーが困惑げに尋ねてくる。「今回のは、その……誰かに殺されたって感じじゃないでしょ？　だって倒れてる彼には、見たところ傷も出血もない。多分、体調の悪化が原因で……少なくとも事件性はないと思うけど」

「じゃあこの突然死をどう解釈する？　桂君は確かに体調を崩してはいた。しかしそれは軽度の心身耗弱といったようなもので……それがはたして、すぐさま命を左右する事態にまで発展するだろうか？」

「それは……」

「これは僕の感覚では充分すぎるほどの不審死だ。先の二件の殺人事件とも無関係とは思えない。だから——」僕は一同を見渡していた視線を、そこで一人に固着させた。「うるるさん、所見を聞かせてほしい。彼がいつ、なぜ帰らぬ人となったのか。可能な範囲で割り出すのに協力してほしい」

うるるさんは依然、桂君にすがりつくような格好でうつむき、黙っている。

僕は心の中でゆっくり十秒数えてから続けた。

「……酷なことを言ってるのは重々承知してる。だけど、僕らは桂君のためにも、ここで何が起きたかを正しくとらえておくべきだと思うんだ。桂君はこの島で起きた殺人の謎を解くべく、懸命に考えを巡らせていた。部屋で体を休めたのち、彼はきっと事件の調査なり、ディスカッションなりに再び取り組もうとしていたはずなんだ。なのに……志半ばで彼は斃《たお》れてしまった。しかもそのタイミングといい、状況といい、やっぱりどこか妙だ。桂君に何があったのか。そして漆島殺人事件がどこに向かおうとしているのか。彼の遺志を継ぎ、僕は真相究明に向かって手を伸ばし続けたい。そのためにも、うるるさん、どうか君の力を貸してほしい」

僕の声だけが虚しく反響した後、部屋にはしばし沈黙が満ちた。

さすがのうるるさんも心が折れてしまったろうか。その時は仕方がない。僕だけでもなんとかやるしかないな……。

そんなことを考え始めた時だった。かすかに聞こえる、衣擦《きぬず》れの音。

見ると、うるるさんが目元をぬぐっている。真っ赤に充血した目。しかし瞳の奥には、確かに気力の光が戻ってきていた。

「……下顎から首にかけて死後硬直が始まったところだわ。末端に硬直が及ぶまでにはまだかかりそう。ということは、死亡推定時刻は少なくとも二、三時間前と見られる」

「うるるさん……！」

やっぱり……彼女は強いな。いや、ただ強いのではない。今にも折れそうな心を無理やり奮い立たせて、愛する人が息を引き取ってしまってもなお、その人のために懸命に力を尽くそうとしているのだ。

僕も死体のそばに近づいていき、うるるさんの所見を確かめるべく観察を始めた。彼女の言う通り、人間の体で最も早く硬直が始まる首回りはすでに筋肉が固まっていた。逆に桂君が握りしめたこぶしはまだ指が動かせる。今の時刻は午後一時。死亡時刻が二、三時間前ということは、桂君が亡くなったのは午前十～十一時頃ということになる。彼が二階に上がっていったのは確か九時半頃だから……それからほどなく彼は絶命したのか。

僕らがもっと早くこの場に駆けつけていれば――桂君の死に直面した時、僕は真っ先にそのことを悔やんだのだけれど、仮に僕らが正午以前に館に戻っていたとしても悲劇はすでに起こった後だったことになる。まあ、それがわかったところで慰めになるどころか、余計やり場のない気分になるだけだったが、今はこうした事実を積み上げていくことが何より重要だ。

僕はうるるさんと二人、桂君の体を一通りチェックしていった。

「やっぱり外傷は一切見当たらないね」

僕はうるるさんに投げかけてみる。

彼女は難しい顔でうなりつつ、

「さすがに手がかりが少なすぎる、ってのが正直なところね……。専門的な検案も解剖も抜きに突然死の原因を特定するなんて、ほとんど当て推量の世界だわ。それでもなんとか理屈で解釈を導き出すとすれば……うーん、そうね……」うるるさんはそこでしばし考える間を置いてから、続けた。「まずもって突然死というのは、医学的には発症から二十四時間以内の死亡と定義されるんだけど、その原因の実に六割以上が心筋梗塞をはじめとする心臓疾患といわれてるの」

「そ、そうなんですか」

渚子さんが舌を翻すのに、うるるさんはうなずきで応える。

「心室で生じる致死的な不整脈——いわゆる心室細動が起こると、脳に血液が送り出せなくなる。やがて全身の臓器も虚血状態になり、死に至る、とこういう理屈よ。……でもね。心室細動を引き起こしやすい人には一定の傾向があって、たとえば慢性心不全の患者さんとか、要は元々心臓の機能が低下してる人に多いのよ。それでいくと、思い出してほしいんだけど、圭太郎君は普段からすこぶる健康体で、健康診断の結果は医者のお墨つきが出るほど良好だと言ってた。基礎疾患のない彼がいきなり致死的な不整脈を発症し、そのまま急死する……可能性はゼロではないけれど、正直ちょっと考えづらい。その他の脳疾患、消化器疾患による突然死についても然《しか》りよ」

その場にいた全員が、思わず聞き入っていた。

漠然とした違和感が、医学的な裏打ちによって言語化されていく。

「……病死じゃない、としたら」と僕。「彼は人為的に危害を加えられた、そういうことになるね」

「その場合、どんな方法が可能だったか」とうるるさん。「圭太郎君の体に外傷はない。かつこの部屋は完全な密室だったのよね。取り得た方法は……まあ、一つしかないんじゃないかしら」

やはり、そうか。

うるるさんがほのめかす着地点は、僕が状況証拠から立てた推論と同一だった。

彼女が話し終えた直後はまだきょとんとしていた面々も、やがてはっとした表情とともに顔色が青ざめていく。

やがて、我妻君が呆然としてつぶやいた。

「……毒を盛られた、ってことか」

「ええ。最悪に最悪を上塗りするような仮説だけど……残念ながら、現状最も可能性は高いと思う」うるるさんは言って、つと目を伏せる。「毒の混入経路もおおよそ当たりがつくわ」

僕らもつられて再び死体に視線を向けた。

桂君が作る握りこぶし。それは単なるげんこつではなかった。彼は死の間際、あるものを引っつかんでいたのだ。

手の内側でくしゃくしゃにつぶれているのは——マルボロメンソールの空き箱だった。

「……たばこ」と灰村さん。「なるほど。毒を盛るというと食事や飲み物に仕込むイメージがあるが、それだと無差別殺人を引き起こしかねない。犯人がターゲットを桂圭太郎一人に絞ってたんなら、そこが狙い目になるか」

「もしかして、彼は今わの際に気づいたのかな……自分が毒殺の標的になってたかもしれないって。その場合、たばこが怪しいってことにも」サリーがほとんど独り言のように。「私たちにそれを伝えるために、彼は最後の力を振り絞ってたばこの空き箱に手を伸ばしたのかも。でなきゃ死にゆく瞬間にわざわざこんなものつかまないし」

「でも……いえ、だとすれば、犯人はその毒物を一体どうやって手に入れたんでしょう？」渚子さんが惑いの色を浮かべつつ眉根を寄せる。「あらかじめ用意してくるといったって、人一人を死に至らしめる劇薬、一般人がおいそれと入手できるとは思えませんが」

「……いや。それについては、難易度はそこまで高くないと思うよ。毒は意外に僕らの日常にありふれたものだ」

僕が言うと、渚子さんは不思議そうに首をかしげる。

僕には一つ思い当たることがあった。記憶をさかのぼりながら続ける。

「例を挙げて話そう。昨日、何かの拍子にセブン・シーズ・ハウスの救急箱が話題に上がったことがあったよね。確か、体調のすぐれない桂君に検温を促す一幕だったと思うけど……あの時、我妻君が救急箱の中に『昔ながらの体温計』が入っていたのを見た、と言ったんだ。昔ながらの体温計——それって水銀体温計のことじゃないかな。ねえ、我妻君」

「ああ、そうだ。ガラス管の中に水銀が入ってる、あれだ」

「水銀……そうか、水銀中毒か」

灰村さんが横手を打つのに、僕は「そうです」と応じる。

「一般的に水銀中毒といって問題になるのはメチル水銀などの有機水銀で、水銀体温計に含まれる金属水銀はこれに比べると毒性は低い。しかし金属水銀も気化した蒸気を吸い込むと、中枢神経に甚大な障害を引き起こすんです。つまり島の外でも中でも容易に調達できる毒物が、現に存在していた。犯人が桂君の愛飲していた銘柄さえ知っていれば、事前に水銀を仕込んだたばこを用意しておき、すり替えるだけで毒を盛れた。極論、島に来てから彼のたばこに直接毒を仕込むことだって全然不可能じゃなかったんだ」

僕が知識のひけらかしを済ませると、その場には悲痛な沈黙が降りた。

桂君の死は、不幸な事故ではない。

第三の殺人——少なくとも現状その可能性が高いということ。

となれば、彼を殺めた犯人はこの中にいる。

誰が、なぜ。

疑心暗鬼の空気が、またぞろ深く立ち込めていく。

「……私が殺したようなものだわ」

不意な独白にどきりとした。一拍遅れて、それがうるるさんが発したものだと識別はできたが、その声調は再び暗く沈んでいた。

「今の推理作家の説明だけど、実は似たようなことを考えてた。入手のしやすさ、そしてたばこに仕込んだ時の作用を考えると、毒の正体が水銀であった可能性は高いと私も考える。で、それを踏まえた上で、圭太郎君の体調不良の様子を今一度思い返してみたんだけど……なんで気づかなかったのかってくらい、兆候はこれでもかと示されてたのよ！　視野狭窄《きょうさく》、運動機能の低下、手足・舌のしびれ——これらは全て、水銀蒸気を吸い込み、中枢神経を害した時の症状だわ。彼は毒入りたばこを何本も吸い、その蓄積で命を落とした可能性がある。私がもっと早く気づけていれば、適切な処置を施せていれば、こんなことには……」

「それは結果論だよ！」悔恨の陳述を、サリーが遮った。「うるるのせいじゃない。うるるが責任を感じる必要ない……」

サリーの言う通りだ。

体調不良の原因として真っ先に毒殺を疑うなんて、常人の思考じゃない。

だから、きっと。

仕方がなかった。

誰にも、どうしようもなかったのだ。

——本当に？

本当にそうなのか。

僕は何も見落としていない――そんな風に胸を張って言えるのか。

毒殺……毒……。

「…………」

僕は顎の下に右手を添え、沈思の姿勢に入る。

今一瞬、木野さんの生首と向かい合った時のような違和感を覚えた。

ごくごくかすかな引っかかり、というか。

毒。

その言葉を頭の中で反芻《はんすう》する度、脳みその奥深くで何かがちらちらと明滅する。

なんだろう。桂君の事件が起きるずっと前に、僕はその字面を目にしていた気がする。

いつ？　どこで？

無人島に来て、『クローズド・カップル』の撮影が始まって、虚構の推理劇がいつしか現実の殺人事件に取って代わって……。

――『クローズド・カップル』。

そうだ。やはりあのショーの中に、何か重大な鍵が隠されている。今改めてその確信が強く胸の内を満たす。

現実を侵食する虚構。

恋愛と絡み合う殺人。

あちら側とこちら側の境界線を、蛍光ピンクの血糊が塗りつぶして。

犯人が、犯人だけが、そのあわいを軽々と踏み越えていく――。

――まさか……！

無軌道な連想ゲームが、その時、思いも寄らないひらめきをくれた。

僕の思考を制限していたある先入観が、がらがらと瓦解していく。

さかのぼって、先の二件の事件の見え方までもが一変した。

僕は再度眠れる桂君を見やった。

彼は死の間際、最後の力を振り絞ってたばこの空き箱を握りしめた。それは僕らに毒殺を示唆するものだったかもしれない。ここに関してまだ断定は叶わない。けれど。

ならば、花火さんは。

そして、木野さんは。

絶《そ》命の瞬間に、何を見たのか。

まだ完全な絵解きとは言えない。

しかし、少なくとも。

「そうか——そういうことだったのか」

「え？」

打ち沈んだ顔、疲れ果てた顔、途方に暮れた顔が一斉にこちらを向く。

「うるるさんは僕なんかに同情されたくないだろうけど……もっと早く気づけていれば——それを言うなら、僕だってそうだ。証拠をより分け、つなぎ合わせ、解釈を見出すのにずいぶん時間がかかってしまった。もう遅すぎるのかもしれない。もう謎を解き明かす意味もないのかもしれない。それでも……考えて、考えて、考えた先に、ようやく一つ確かなものをつかめた気がする。今しがた、僕はこれが真相だと思える結論に行き当たった」

……。

…………。

たっぷり三十秒くらいの間があっただろうか。

「は？」うるるさんがぽかんと口を開ける。あまりの驚きに涙も引っ込んだ様子だった。「あ、あんた、それって、どういう――」

唐突な宣言なのは自覚していた。

実際、今この瞬間も、物問いたげな視線の束が肌を刺すようだ。

僕はそれを全て受け止め、むしろ跳ね返すようにして、言った。

「犯人が、わかったんだ」

三年×組にて Ⅳ

私は階段を上っている。

リノリウムにこすれる上履きの音は軽い。ただ、それは私の心の軽さを表しているわけではなかった。一刻も早く、この重苦しい気分から逃れたかった。その一心だけが、私の足を上階へと急がせていた。

ここは学校——これまでそう呼んできた場所。

いつにも増して、建物ががらんと空疎な感じがするのは気のせいじゃなかった。今日は日曜日。誰にも会わないようにこの日を選んで来たのだ。私は事前に管理人に連絡を入れ、裏口を開けてもらっていた。

私服で来て、先ほど誰もいない更衣室で制服に着替えた。七面倒くさいことを、と自分でも思う。けれど、手順というか、儀式というか、なんとなくそうすることがふさわしい気がしたのだ。

二階を抜け、三階へ。

私はどこで道を違えたのだろう。

私の何がいけなかったのだろう。

引きこもるようになってから、そんなことばかりをひたすら考えていた。

答えは出なかった。

ただ、私がした最悪の選択があるとすれば、それはきっと——昨日の通話だという気がした。

私は昨日、昼すぎに目覚めると同時に、あることを唐突に思い出したのだ。

——少し考えさせてほしい。

私は、自分に想いを告げてくれた男子にそう答えた。そうやってごまかしたまま、お茶を濁したまま……未だ彼になんの返事も返していないのだった。

それはあまりに不義理で、この上なく卑怯なことに思えた。

彼の顔を思い浮かべた瞬間、胸の奥がきゅっと痛んだ。と同時に、何かうずく熱のようなものを感じて、私ははっとする。

これはただの罪悪感？　それにしてはどこか妙だ。今までに感じたことのない心地だった。それに……不思議と嫌な感じがしない。

ふと純粋に気になった。

——彼は今どうしているのだろうか、と。

告白を受けたあの日から、私を取り巻く状況は一変してしまった。

それでも。

もしかしたら、彼は——彼だけは変わらずに、私の話を聞いてくれるんじゃないか。

行き場のない気持ちを受け止めてくれるんじゃないか。

気づいた時には、スマホ画面には彼の名前と、「発信中」の文字が並んで表示されていた。

三階を抜け、四階へ。

引きこもるようになってから、心もすっかり外界から閉ざし、あらゆる連絡をシャットアウトしていた。それなのにまさか、自分から彼を求めることになろうとは……。

迷いに迷って、私はメッセージを飛ばすのではなく、電話をかけることを選んだ。短文とスタンプを高速で打ち合うやりとりが私はどうも苦手だったし、直接話す方が迂遠にならず、変な誤解もないと思ったからだった。

はたして、通話はつながった。

彼と何を話したのか、正直に言うと、あまりはっきりと覚えていない。

最初、やはり彼はひどく驚いた様子だったように思う。それから近況を聞かれ、私を心配するような言葉も二、三かけてくれたような気がする。

けれど、告白の話になると、途端に歯切れが悪くなった。

彼は確か、こう言った。

あんなの本気にしないでくれよ、と薄く笑いながら、続けて、

——全部、言われた通りにやっただけなんだから。

ああ——。

その一言で全てを悟った。

「嘘告白」という度の過ぎた悪ふざけがある。

要は、それに引っかかったようなものだ。

裏切られた、という悲しみや怒りを感じたのは一瞬だけ。その後には妙な納得というか、強烈な諦念が取って代わり、じきに何もかもを考えるのが面倒になった。

今思えば。

告白の直後に乱入してくる恋敵なんてタイミングがよすぎる。おそらくリーダーの女子もぐるだ。きっとお仲間は何人もいて……結託して、自分をはめていたのだ。困惑し、参っていく私を、

面白がって笑っていたのだ。

電源が落ちたように感情が消え失せ、元々人間もどきだった私はいよいよ抜け殻になった。

四階を抜け、屋上へ。

外に出ると、妙に生ぬるい風が顔に吹きつけた。

抜けてきたドアから一直線に歩いていくと、ほどなく屋上を取り囲むフェンスに行き当たる。

高さはせいぜい私の胸の辺り。乗り越えるのは容易だった。

縁になった場所に立ち、私はゆっくりと目を閉じる。

あとはもう一歩、前に踏み出すだけ。

それで全てが終わる。

終わらせよう。終わりにしよう。

ほら、足のかかとを浮かせて——。

「……っ」

怖い。

はるか先にある地上を見た時、否応なしに足がすくんだ。

覚悟はとうに決まっている、そう思っていたのに。

ここまで私は弱いのか。

すがるように私が手を伸ばしたのは、胸ポケットに入れたスマホだった。

ほとんど無意識にスリープを解除する。

次の瞬間、画面を埋め尽くす文字列。

〈死んじゃえ〉〈死んじゃえ〉〈死んじゃえ〉〈死んじゃえ〉
〈死んじゃえ〉〈死んじゃえ〉〈死んじゃえ〉〈死んじゃえ〉
〈死んじゃえ〉〈死んじゃえ〉〈死んじゃえ〉〈死んじゃえ〉
〈死んじゃえ〉〈死んじゃえ〉〈死んじゃえ〉〈死んじゃえ〉
〈死んじゃえ〉〈死んじゃえ〉〈死んじゃえ〉〈死んじゃえ〉

——ああ、飛べる。
私は両手を広げ、コンクリートの足場を蹴った。

第五章

1

愉快でない話し合いは何度目になるだろう。

午後の日差しが差し込むリビングダイニング。気温は上昇しているはずなのに、室内の空気はどこか寒々しくすらあった。生存者は今や、六人がけのテーブルにぴったり収まる人数になってしまった。

僕らは一度浜に下り、木野さんの首を全員で確認してから、再びここに集っていた。

「犯人がわかったというのは、本当ですか」

おずおずと口火を切ったのは渚子さんだった。

期待なのか、不安なのか、落ち着きなく揺れる瞳を僕は受け止める。

「ああ」

灰村さんが間髪を容れず、

「花火殺しの密室の謎も解けたということか」

「あ、それはわかりません」

「…………」

「不甲斐ない探偵で申し訳ないです。密室についてはずっと考えていたんですが……僕が現状持ち合わせているのは、『おそらくこうだったんじゃないか』という消極的な解釈だけです。しかも僕自身、本当にこんなことが成立するのか、未だにちょっと納得がいってない。なので、ここは一旦ペンディングで。そもそも密室の謎を経由しなくても、誰が犯人かを絞り込むことに問題はないので」

「本当かよ」と我妻君。「じゃあ栞は何を手がかりに犯人を突き止めたんだ？」

「ずばり木野さん殺しだ。この首切り事件にちりばめられた証拠を丹念につないでいった先に、ある一人の名前が浮かび上がった。もちろんその一人とは、今ここにいる六人の中の一人だ」

　誰かが息をのむ音。

　僕は続ける。

「前置きをもう一つだけ。今から僕が指摘する犯人は、漆島殺人事件の唯一犯ではないかもしれない。今回起きた三つの事件が、必ずしも同一犯の手によるものとは厳密には言い切れないからだ。……それでも。花火さん殺しの犯人が島の電力を奪い、通信機器と定点カメラを用済みにしたのは示唆的な行動だ。現にその翌日に木野さんは殺された。桂君殺しにも計画性がうかがえる。ここに一本線が通ることを信じて、今はとにかく進もうと思う。異論がなければ始めるけど、どうかな」

　顔を見合わせた各人は、それから示し合わせたようなタイミングで一斉にうなずいた。

「それでは」僕は咳払いを一つ。「僕の推理を一気に駆動させたのは他でもない、木野さんの首の発見だった。犯人が隠滅を放棄してくれて助かったよ。どうせあの首からじゃ足がつかない

――変な日本語だけど、犯人はそう判断したのかな。あるいは労を割いて隠すよりも、むしろ無造作に転がしておいた方が注目されにくいと思ったのかもしれない。結果的には悪手だったね。僕はここから非常に重要なインスピレーションを得た。さっきみんなにも浜で確認してもらった通りだ。首だけになった木野さん――その口の中には、決して少なくない量の砂が入り込んでいたんだ」

　僕は最後の一文を決めぜりふよろしく強調したけれど、聴衆の反応はひどく薄かった。

　うるるさんが困惑げに、

「それ、多分もう誰かが指摘したかもしれないけど……木野さんが背中から斧の一撃を受けて倒れた時、顔を砂浜に押しつける形になって入り込んだってだけじゃないの？　あるいは胴体から切り離された首が転がって、その時に半開きの口が砂をすくったかもしれない。いずれにせよ、何も不自然なことじゃないでしょ」

「いや、不自然極まりないんだよ」と僕。「だって、砂は喉の奥、食道の方まで入り込んでいたんだから」

「それも今私が言った流れで説明できるでしょうが」うるるさんはいらいらとテーブルを指でたたく。「何かの弾みで木野さんの口内に砂が入った。そうして首だけになった後、転がったり角度がついたりすれば、砂は喉の方にも流れ込むじゃない」

「そうかもね。だけどその場合さ、気管にも砂が入り込んでいないとおかしくない？　食道と気管の直径はどちらも約二センチと同じくらい。そもそも平常時、喉は呼吸のために気管への交通を優先しているんだ。けれど、木野さんの首を観察したところ、食道には口から途切れることなく砂が流れ込んでいるのに、気管には一切入り込んでいなかった。どうしたらこんなことが起きるか。結論は一つだ。気管への道がふさがれていたんだよ。喉頭蓋《こうとうがい》という組織が気管をふさぎ、舌骨《ぜっこつ》・喉頭が動いて食道を広げ、食物を送り込む――いわゆる嚥下《えんげ》運動だ。つまり木野さんは死の間際、自分の意思で砂を飲み込んだんだ」

　説明を吟味するような間があって。

「確かに一つ一つ考えてくとそういうことになるみたい……でもさ」サリーが実際に砂を口に含んだような渋い顔で言った。「謎が解けるどころか増えてるじゃん、先生。死ぬ寸前になんで砂なんか飲み込む必要があるの？」

「うん、このままじゃただの意味不明な行動だ。でも、別の手がかりと組み合わせることで見えてくるものがある。木野さんの遺体にはもう一つ、気になる特徴があったよね？　……そう、右手の人さし指と中指、それぞれの第一関節のしわをぴったりとなぞるようについた傷だ」

　僕は自身の右手を広げ、該当する箇所を示しながら続けた。

「人さし指と中指の第一関節のしわは普通、一直線上には並ばない。だから鋭い何かが一閃しただけじゃこの傷はつかない――そう思われていたよね。そもそも第一関節のしわをぴったりとなぞって傷がつく状況自体、なかなか思い浮かばない。それが一本のみならず、二本の指に立て続けに起きた。どういうことだろう、って。でも、違うんだ。僕らは石川啄木《いしかわたくぼく》先生よろしく、じっと手を見ていたから、ある発想が出てこなかっただけなんだ。人さし指と中指の第一関節は本来、こうするだけで一直線上に並ぶんだよ」

　そう言って僕は――、

　猫の手を作るように指を折り曲げた。

「あ」と渚子さんが声を上げる。

早速自分の手で確かめている人もいた。実際やってみるのが一番わかりやすい。中指の方を先に深く折り曲げていくと、曲げきる前の段階でも人さし指の第一関節と位置がそろうのが手のひら側からのぞいて見える。同時に曲げていっても、指先が手のひらにくっつくまで曲げきれば、親指を除く四本の指の第一関節はほぼ横並びになるのだ。

「木野さんの指の傷はこの状態でついたんだ」

　僕がだめ押しすると、「なるほどなあ」と感心した様子でうなずいていた我妻君が出し抜けに首をかしげた。

「あれ、でもこれじゃ、指の内側はある意味守られた状態になるよな」

「本当ね」とうるるさんも。「凶器の斧で傷がつけられた可能性は低いと思っていたけど、この状態じゃなおさらあり得ない。砂浜に転がる漂着物や貝殻でも無理よね。折り曲げた指の隙間に入り込んで傷をつけるもの……紙？　違うわね。細くて丈夫な糸とか、ひもとかかしら。でも肉に食い込んで切り傷をつけるためには、それらはぴんと張りつめていなければならないし……」

　うるるさんが無意識に右手で口元を覆った時、

「ああ！」

　灰村さんが突如叫んで、勢いよく彼女を指さした。

「……何？」いぶかしげにうるるさん。

「それだ！」

「いや、だからそれって——」

　そこでうるるさんも気づいた。灰村さんの指が自分の右手に向けられていることに。

　右手の手首にはまっているもの——。

「ミサンガ」

「そうだ」と僕は自分のミサンガを揺らしながら、「僕もまさにそこに行き着いた。というか、これ以外に説明がつかないと思ってる。木野さんの指の傷は、犯人が身に着けていたミサンガに指を引っかけてできた傷だったんだ」

　決定的な事実を一つ明らかにしたことで、卓上の緊張感が一気に高まった気がした。

　僕は一歩一歩着実に、頭の中で組み上げた論理の道筋をたどる。

「さあ、手がかりの下ごしらえは済んだ。いよいよこれらを組み合わせて、殺人現場で何が起こったのかを明らかにしていこう。犯人は昨夜、なんらかの方法で木野さんを砂浜に誘い出し、やって来た彼に背後から斧で一撃を食らわせた。木野さんは砂浜にうつ伏せに倒れ込む。背中の傷は深く、この時点で彼はほとんど虫の息だった。ここまでは所見からも明らかとされていた前提だね。問題はここからだ。僕が推測するに、犯人は首尾よくいったことに安心したのか、あるいはもう仕留めきったと思ったのか、この時一瞬彼から目を離したんだと思う。要は隙を作ってしまったんだ。木野さんはそれを見て、最後の力を振り絞って行動に出た。犯人に追いすがるために手を伸ばし、犯人の体をつかみかけた結果として、右手の人さし指と中指をかろうじてミサンガに引っかけたんだ。犯人は驚いただろう。もちろんすぐに振りほどこうとしただろうね。しかし木野さんもしぶとかった。ミサンガが指の第一関節に食い込み、皮膚を裂くのもものともせず――結果として、犯人からミサンガを奪い取ることに成功した、と僕は推測する」

「え、そこまでわかるの？」とサリー。

「わかる。というか、そう考えないと話がつながらないんだ。時にサリー、もし君が木野さんだったとして、死の間際につかんだ決定的な証拠をどうする？」

「あんまり気持ちのいい想像じゃないな……」急に振られた彼女はそれでも冷静な調子で、「そのままでいたら取り返されちゃうんだから、どうにかしようと思うよね。自分が死んでも、犯人の証拠をつかんでれば一矢報いることができるし。……あ、これって、桂君の遺体がたばこの空き箱を握りしめてたのと似てるかも。うーん、でも犯人が目の前にいるとなると、隠そうにも隠しようがないし……」

「じゃあここで木野さんの首の状態を思い出してみよう。彼が何をしようとしたかがわかるはず」

「首？　首……あ！　砂！　そういうことか！」

「そう、首は砂を飲み込んでいた。さっきサリーは『死ぬ寸前になんで砂なんか飲み込む必要があるの』と僕に聞いたけど、そもそも木野さんが飲み込もうとしたのは砂じゃない。ミサンガだったんだ。倒れた木野さんがもがきながらミサンガを口に押し込む時に、砂は一緒に入り込んでしまっただけ。彼の目的は犯人の証拠を自分の胃の中に収めることだった。

　さて、話はまだ終わらない。今度は犯人の視点になって考えてみる必要がある。この時、犯人の側はどのように思考し、行動しただろうか。自分のミサンガが木野さんに奪われてしまった。呆気に取られているうちに、木野さんはミサンガを握りしめた手を口元に運ぶ。今にも飲み込もうとしている。自分の手には斧がある。ミサンガが、今まさに木野さんの喉元を通過しようとしている――」

「ああ――そうか」と灰村さん。「だから首を切ったんだ。それが、理由」

「そうです。木野さんの動きを止めることだけでいえば、体のどこでもいいからもう一撃食らわせるという選択肢もあったかもしれない。ただ、犯人はすでに喉元まで至っているミサンガを、木野さんを殺した後に体内から取り除く必要があった。その意味でもやはり、首を輪切りにしなければ、と犯人はとっさに思ったはずだ。

そもそも犯人が凶器として斧を選んだのは、密室を破った時の印象が強く残っていたからか、不意打ちを狙うに当たり最も殺傷能力が高そうだと判断したのか……それはわからないけど、最初から首を切ることを想定して大ぶりの刃物を選んだわけではなかったんだね。それは慮外の行動だった。むしろ犯人の手にたまたま斧があったこと、それ自体が首切りを可能にせしめた。そうしてこんな奇妙な状況が生まれることになったんだ。

以上、木野さん殺しの不合理、その全てに説明がつき、僕らが見た現場の状況に帰結した。異論はありますか」

2

一分待ち、二分待った。

誰も、何も言わなかった。

僕は腹に力を込め直す。

「それじゃ先に進むね。今の話に納得してもらえたのなら、犯人を絞り込む上で明確な条件が一つできたことになる。犯人は犯行の途中で木野さんにミサンガを奪われ、それをなんとかして回収しようとした。改めて言うほどのことじゃないかもしれないけど、一応手順として宣言しておこう。

犯人は、この中でミサンガを巻いている人物――つまり『出演者』の誰かに限られる」

さすがにここへ来てびっくり仰天している人はいなかった。

今、ダイニングテーブルには六人が着き、図らずも全員の腕が天板の上に置かれていた。

そのうち、手首にミサンガを確認できるのは四人。

オレンジのミサンガを巻く我妻君。

青のミサンガを巻くサリー。

紫のミサンガを巻くうるるさん。

そして、黄色のミサンガを巻く、僕。

手首の刺繍糸が、まるで何キロもあるおもりになったみたいに、それぞれの表情が硬く引きつる。

一方で、

「なかなかもったいをつけてくれるな」

「推理作家の本領でしょう。ここからいよいよ、エラリー・クイーンばりの消去法推理が炸裂するはずです」

灰村さんと渚子さん——手首に何もつけていない二人は、少し余裕を取り戻したように見えた。

「確かにミステリの探偵なら、このまま複数の限定条件を挙げ、犯人の枠を徐々に狭めて最後は一人をあぶり出すかもしれない。渚子さん言うところの消去法だ。けれど……現実はそんなうまくいかない。ここで僕の推理はある矛盾と向き合うことになる」

渚子さんがきょとんとした表情になる。

僕は説明を重ねた。

「過ぎた地点に、もう一度立ち返ることを許してほしい。砂浜で起きた一連のどたばた劇——その中で木野さんが犯人からミサンガを奪ったというくだりだ。これ、僕は先ほどさらりと説明したけど、はたして本当に可能だったんだろうか。みんなも想像しながら考えてほしい。僕も含めて今、出演者各位のミサンガは手首に巻かれている。犯人の手首に巻かれたミサンガに、地面に倒れた木野さんの手は届いたんだろうか」

「確かに……言われてみればおかしいわよ」うるるさんが率先して意見した。「木野さんが背中に受けた一撃は強烈だった。木野さんはうつ伏せに倒された後、おそらく立ち上がることができなかったはずよ。実際、砂浜にもはったようにもがいた形跡しか残っていなかった。それに私の記憶が確かなら……背中の傷から流れ出た血は、広背筋のなだらかな傾斜に沿って体の側面を濡らしていた。もし彼が傷を負った後に立ち上がっていれば、重力に従ってお尻や太ももの方にも血は流れたはず。でも下半身にそこまで派手な血汚れはなかった」

「さすがうるるさん。僕が思った通りの指摘をしてくれた。そうなんだよ。改めて考えてみると、文字通りほうほうの体の木野さんに、手首のミサンガは絶対に奪えなかったんだ。犯人が木野さんの手の届く範囲に自ら手を差し出したり、その場で屈んだりしたんなら別だけど、さすがにそんな隙の多い行動を取る前にはとどめを刺したはずだ。

　これはどういうことだろう。前段の推理が間違っていたんだろうか。いや、しかし生首の喉元まで入り込んだ砂、指の傷――あれ以上に筋の通った解釈はないように思える。そこで僕はある仮説を思いついたんだけど……たとえば、ミサンガが犯人の足首に巻かれていたとしたら、どうだろう。生前の花火さんがそうしていたように。これなら地べたに伏せたままの木野さんでも指を引っかけ、引きちぎることができたんじゃないかな。犯人が防ぎきれなかったのも納得できる」

「でもさ、栞。現に今、俺たちはみんな手首にミサンガをしてるわけで……」

　我妻君からもっともな指摘がなされた。

「そうなんだよね。木野さんを殺害に行く時だけ足首に巻き直すなんて、自分で言っておいて意味がわからない。そもそも今、観察していてわかったんだけど、我妻君、サリー、うるるさん、そして僕——この四人のミサンガ、どれも切れた形跡がまったくない。さらにだめ押しすると、みんなきっちり生前の花火さんの手による『花火結び』で結ばれている。後者はこっそり会得していたって可能性もぬぐいきれないけど、一度力ずくで引きちぎられたミサンガを、その形跡をさっぱりなくして結び直すことは物理法則上不可能だ。まさか都合よく予備があったなんてこともないだろうしね」

「おいおい、どういうことだ」煮え切らない僕の言説に、灰村さんが割り込んだ。「八方ふさがりじゃねえか」

「そうなんです。このままだと四人に絞り込んだ容疑者が、ここで全員消去されて終わってしまうんです。しかし先ほども言ったように、僕は殺人現場で起きた犯人と木野さんの攻防については真実を穿っている自信がある。そこで——僕はアプローチをがらりと変えてみようと思った。容疑者がいなくなったのは、容疑者の枠の設定が誤っていたのではないか、と。容疑者候補を広げられないものか、今一度考えてみることにしたんだ」

「容疑者の枠って……」サリーはすっかり困惑しながら、「今生き残ってる出演者はどう数えたって四人だけじゃん。それ以上も以下も——」

「シークレット枠」と僕。「って考えられないかな」

「はあ⁉」即座にうるるさんが頭のてっぺんから抜けるような声を出す。「今さら何言ってんの？　あんただけ『クローズド・カップル』の推理劇に取り残されてるのかしら。確かに私もあの時は状況を引っかき回すために、そんなめちゃくちゃな推理を口にした気もするわ……だけど！　木野さんがはっきりと言い切った。漆島に上陸したのは九人だって。それに今しがた、あんたたちは島内探索をしてきて、その認識が覆らないことを受け入れたんでしょ？　容疑者の枠は増やしようがないわ。……待って。もしかしてこんなことを考えてる？　実は被害者の中に、死んだと見せかけてこっそり生き残ってる人がいるんじゃないかとか――」

「違う違う。そうじゃない。そうじゃないんだよ」僕は慌てて否定した。「島に渡った人数も、生存者の人数も、今から検討し直す必要はない。僕が問題にしてるのはあくまで出演者の人数だ。これは所与の条件をいじらなくてもとらえ直すことができるんじゃないかって、そういう提言だよ」

「ちょっと」と我妻君。「言ってる意味が……」

「我妻君！」僕はもどかしくなって呼びかける。

「な、なんだよ」

「君はロックバンド『セカンド・アルバム』のフロントマンだ」

「ああ、そうだけど」

「そうした肩書きを持って、恋愛リアリティーショー『クローズド・カップル』に参加した出演者だ」

「……ああ」

「サリーもそう、職業モデルの出演者。うるるさんも職業グラビアアイドルの出演者。僭越《せんえつ》ながら、僕も小説家としてこの番組の出演者に抜擢《ばってき》された。ならば――その中に、職業テレビスタッフの出演者がいてもおかしくはないはずだ」

「それって、まさか……」

サリーが目を見開く。

一人、二人と、僕の示唆に気づき、ある人物に視線が集まる。

僕はついに結論を述べた。

「今回の『クローズド・カップル』の出演者選定において、木野さんはハイティーンから二十代前半までと年齢の幅だけ先に設定したと言っていた。あとはあらゆるジャンルからザッピングして決めた、と。『スタッフ兼出演者』というシークレット枠——もしそれが本当にあったなら、年齢制限からその要件を満たすのはこの場に一人しかいないことになる。

聞かせてくれ——手鏡渚子さん。君は、本当は七人目の出演者だったんじゃないか」

彼女は、答えなかった。

いつからだろう。その顔からはすっかり感情が抜け落ちていた。何を考えているのか、どんな心持ちでいるのか、悟られるのを拒むように。

ただ卓上に目を伏せ、一点を見つめていた。

仕方ない。僕は質問の対象者を変える。

「灰村さん、このことについて何か事前に知っていたことはありますか?」

彼はぽっかりと口を開けていた。見るからに理解が追いついていない。不動の平たい地面に立っていると信じて疑わない人間を宇宙に連れていき、自公転する丸い惑星を見せたらこんな表情になるかもしれないと思った。

「いいや……知らない。本当に、俺は、今まで何も……」灰村さんは片言じみた調子で訥々と。

「おい手鏡、なんとか言ってくれ。一体どういうことなんだ？　お前が出演者だって？」

　渚子さんは答えない。

　僕は続けて灰村さんに聞く。

「灰村さん。渚子さんは『クローズド・カップル』の撮影中、スタッフにもかかわらず頻繁にカメラに映り込み、音声もがんがん乗っかっていました。あれについて、何も知らない灰村さんはどう思っていたんですか？」

「あ、それは……奴――木野から、『彼女は新米だからそういうこともあるかもしれない』と言われてたんだ。『まあ、編集でなんとでもなるし、経験を積ませたいから大目に見てくれ』と説明され、納得していた」

「なるほど。渚子さんがスタッフ兼出演者であることは、木野さんと、本当に限られた一部のスタッフにしか共有されてなかったようですね。出演者と視聴者を欺くにはまず味方《スタッフ》から、というわけだ。それでいて、木野さんは意外とフェアに伏線も張っていた。新米スタッフはしょっちゅう画面に映り込み、番組にうっかり『出演』するのが当たり前になっていた。これは後に彼女が出演者の一人だと明かす時に備えた前振りだ。そのほかにも、セブン・シーズ・ハウスや漆島といったネーミング、ミサンガの色が虹の七色から来ていることなどなど……うるるさんが推理劇中に指摘していたけど、これらも七人目の出演者の存在をほのめかすメタ的な伏線だったんじゃない？　どうかな？　渚子さん。

　……まだだんまりを続ける気なんだね。そうしたら、僕が渚子さんを出演者だとにらんだ、一番の証拠を出そう。それは、未解決だった『クローズド・カップル』の推理劇――その犯人が渚子さんでしかあり得ない、ということだ」

「え、何？　ここで今度は推理劇の謎解きが始まるの？」うるるさんがこめかみを押さえながらうめく。「頭痛い」

「ごめん。話があちこち飛んで、飲み込みづらいかもしれない。でも一つ一つ退路を断っていくことしか、確実な方法がないんだ。だから今はなんとかついてきてほしい。

　さて、推理劇の事件だ。花火さん殺し——といってもこれはフィクションだったわけだけど、結局いろんな推理が出つつも犯人を指摘しそこねていた。この事件も一応、密室殺人の体をなしていたね。誰が殺したか、と、どうやって殺したか、を両方当てろという出題形式だった。そのせいだと思うんだけど、僕らは謎解きに当たってどうにも密室の作成方法に引っ張られたきらいがある。でも改めてこの事件を俯瞰してみると、大事なのはメタ構造に目を向けることだったんじゃないかと思った。現実と虚構の揺らぎ——そこを突くのは、木野さんの伏線の好みとも合致する。

　覚えているかな。斧を振るって花火さんの部屋に飛び込んだ、あの一番最初の場面。花火さんはその時すでに血糊をかぶり、ナイフの柄を背中に張りつけ、『死んでいる』とされていた。でも、リアルな緊迫感はそこにはなかった。倒れた花火さんは度々木野さんの投げかけに応じたり、自ら動いて手から鍵を落としたり、あくまでフィクションということを印象づけるかのように振る舞っていた。この光景は今思い返すと……女優・松浦花火の死体役として、あまりにおそまつだと言えないかな？　いや、もちろんそうした演出だったんだと思うよ。ただ違和感を覚えるのは、その演技スタイルが一貫してなかったことだ。その後、木野さんが僕らに推理劇のルールを言い渡し、部屋の捜索が始まる頃かな。僕の記憶が確かなら、花火さんはこの時、先ほどのなんちゃって死体役から一転、まるで本物の死体のように一切の身動きをやめた。それまでのノリだったら、検分中に目を合わせて笑いかけてくれそうな雰囲気すらあったのに」

「た、確かに」と我妻君。

「僕はこの豹変を、推理劇という構造を利用したメタ的な伏線ではないかと怪しんだ。花火さんは発見時にはまだ生きていて、実はその後のいずれかのタイミングで『殺された』のではないか、と。そういうことなら、現場の密室は謎でもなんでもなくなるしね。生きていた彼女が室内から鍵をかけた、というだけの話だから。

　じゃあ、僕らが花火さんの『死体』――フィクションの中でもこの時点では偽死体――を発見してから、実況見分が始まるまでの間に何があったか考えてみる。すると、一つ思い当たることがあった。あの時、木野さんの指示で渚子さんが飲み物を持ってきて、花火さんに飲ませるというくだりがあったんだ」

「……あったな」と灰村さん。「覚えている」

「じゃあ、これは皆さん覚えているでしょうか。あの時渚子さんが持ってきたボトルには、マジックで直接、しかも英語で『TONIC WATER』と書きつけてあった。振り返ってみると、これはいかにもなアイテムだ。当時の僕は、ああ、トニックウォーターなんだな、と何も考えず受け入れてしまったわけだけど……しかし一方で些細な引っかかりを覚えてもいて。ボトルの文字はひどく悪筆だった。そのせいか、『N』の右端の縦棒が『I』と同化していて、ほとんど『TONC WATER』と読めたんだ」

「あ、それ、私も思ったかも」サリーが記憶をたどるように。「あと『N』の左肩の接点も、二本の線が微妙に交差してて変な形だなって……」

「ありがとう。今の証言も僕の仮説を補強しそうだ。つまりあれは、実はこう書かれてたんじゃないかな――『TOXIC WATER』と。TOXIC、言うまでもなく毒だ。発見時にまだ生きていた花火さんは、あれを飲まされた時に初めて『クローズド・カップル』の世界で絶命した。思い返してみれば、木野さんは彼女がストローでボトルの中身を吸い上げるのを見届けてから、確かこう言ったんだ。

――さあ、たった今、悪辣な犯罪を目の当たりにした諸君に改めて問う。解くべき謎は二つだ。松浦花火は、誰に、どうやって殺されたか。

なるほど、大胆な伏線だね。しかし答案は埋まった。松浦花火は、誰に――手鏡渚子に、どうやって――毒水を飲ませられることによって、殺された。これが推理劇の真相だ」

驚愕、感心、納得……めいめいが豊かな表情を浮かべる中で、渚子さんだけが無表情だった。

僕は渚子さんを真っすぐ見据えて話し続けた。

「木野プロデューサーについて、僕は結局、生前の関わりの中でその人となりや人物を深く知ることはできなかった。けれど……こと『クローズド・カップル』の推理劇において、彼がフェアプレーを強く意識していたことは今や疑いなく確信している。信頼していると言ってもいい。

――実行犯は出演者の中にいる。ミサンガを巻いた君たちの中にね。これは確かな事実だ、確言しよう。

そう、木野さんは言った。渚子さんは推理劇の犯人であり、推理劇の犯人は出演者である。よって、渚子さんは出演者である。そろそろ認めてくれてもいいんじゃないかな、渚子さん」

依然、彼女からの反応はなかった。

うつむく角度だけ、少し深くなっただろうか。眼鏡の奥の瞳はレンズの反射でますます見えづらくなったが、どうやら目を閉じているようだ。観念しているのか、それとも不服の意を表しているのか。いずれにせよ、テレパスでない僕には判じようもない。

「……わかった。反論がないと解釈して、これを前提に最後まで話させてもらうよ。今引用した木野さんのせりふからもわかるように、出演者はミサンガを巻いていることが『クローズド・カップル』のルールだ。木野さんは推理劇をフェアに遂行しようとした。ならば、渚子さんにも必ずミサンガを巻かせたはずだ。おそらく虹の七色の残った一色――藍色のミサンガを。しかし、単純に手首に巻いたら他の人からばればれ。七人目の出演者というサプライズが成立しない。じゃあどこに巻くか。選択肢として残されている部位は、足首しかない。

ようやく木野さん殺しの犯人に行き着いた。今や七人となった出演者。その中でミサンガを足首――地をはう木野さんの手の届く範囲――に結んでいたのは花火さんと渚子さんだけ。当然花火さんはすでに亡くなっているから、木野さん殺しの犯人は渚子さん、君一人があぶり出された」

やっと終わった。

僕はそれだけを思った。

探偵役など、二度とごめんだった。

3

長かった。本当に長かった。こんな長広舌《ちょうこうぜつ》はいつぶりだろう。喉がからからだった。

誰もが息をつめて、渚子さんの一挙一動に注目していた。

彼女は静かに、ただ静かに瞑目《めいもく》していた。

そして、ほーっと一つ息を吐くと、ゆっくりと目を開け、久々となる言葉を発した。

「さすがは栞さん、と言うべきでしょうか。こんな空中戦のような論理で、それでも犯人としてからめとられてしまうなんて、思ってもみませんでした」

場にそぐわない、穏やかな語り口だった。

「犯人と、認めるんだね」

「優しいですね、栞さんは。証拠を突きつけてくれたらいいのに。すでに見当がついているんでしょう?」

僕はどう答えたらいいか、少し迷った。「確かめたわけじゃない」

「多分、間違っていません。言ってみてください」

「……足首に、傷が残っているはずだ」僕は短く告げた。「渚子さんはこの滞在中、決まってオーバーオールやワイドパンツ、バギーデニムといったゆったりと裾の長いボトムスをはいていた。これは足首のミサンガを隠す工夫だろう。そこにもう現物は残っていない……その代わり、一筋の傷があるはずだ。木野さんの指はミサンガを力任せに引っ張ったことで切れ、出血までしていた。同じ力がかかった素肌が無事なはずがない」

彼女は席を立ち、全員から見える位置で右足の裾を上げた。

はたして、そこには一筋の傷がついていた。

渚子さんは再び席に戻ると言った。

「栞さんの語ったことは真実です。言い逃れのしようもありません」

もう、ざわめきも起こらなかった。

「……三人とも、やったのか」

しばらくして、灰村さんが問うた。

その指摘に渚子さんは口を開きかけたが、僕の方をちらと見、一度閉じた。どうやら僕がまだ一席ぶつつもりなら、それを拝聴しようというスタンスのようだ。

僕は仕方なく蛇足の役目を担った。

「期待されても、もう弾は残ってないよ。前置きで語った通り、僕には漆島殺人事件の犯人を渚子さん一人に収斂《しゅうれん》させる理屈は思いつかなかった。……ただ、やっぱり状況証拠を素直に見れば、これは単独犯の犯行、犯人がわらわら複数人いたと弁明するのは苦しいと言わざるを得ない。

理由は三つだ。一つ目、第一の殺人と同時になされた発電機の破壊が、やはり単独犯の連続殺人計画の布石としか解釈しようがないこと。二つ目、現にその翌日——可能な限り最短と思えるインターバルで第二の殺人が起きたこと。はたして犯人Bにここまで鮮やかな便乗が可能だろうか。仮にそれを認めたとして、次の獲物を狙っていたはずの犯人Aは何をしていた？　たまたまターゲットが被ったのか？　不可解な点がいろいろ出てくる。木野さんの殺され方は返り討ちに遭ったという感じでもなかった。つまり被害者・加害者の混線もなく、一人の犯人が淡々と犯行をなした可能性が高い。そして三つ目、桂君殺しが毒殺だったこと。事前準備が必要な殺人計画が、たまたま偶然この狭い島の中でバッティングした——君が主張するというなら止めはしないけど、さすがに支持は得られないと思うよ」

「ご心配には及びません」渚子さんは逃げるような態度を一切見せなかった。背筋を伸ばしたまま、「灰村さん、答えは『はい』です」とだけ告げた。

灰村さんがこぶしをぐっと握りしめる。

「なぜ、お前が……花火まで……」

奥歯をかみしめた口の奥から散り散りになった言葉がこぼれた。

「本当に、なぜこんなことを?」サリーが青い瞳に涙をためながら、「あなたはそれを語る責任があると思う」

渚子さんはじっと耐えるような間の後、ついに決意を固めたように切り出した。

「それを語るには……そうですね、クロカプの話から始めなくてはなりませんね」

その瞬間。

誇張でなく、時が止まった気がした。

「……え?」奇妙な響きに顕著に反応したのは我妻君だった。「ごめん、今なんて? クロカプ、って言ったか? それ——クロズカ、じゃなくて?」

僕も一瞬ぽかんとしてしまった。渚子さんの言い間違いだろうか。

『クローズド・カップル』——略してクロズカ。我妻君の言う通り、僕らの耳になじんでいるのはこちらだ。

感想投稿用の略称は、確か花火さんの鶴の一声で決まった。公式のハッシュタグも用意された。僕らはしばらくエゴサとは隔絶された状況にあったわけだけど、それくらいで番組の略称をど忘れするはずがない。やっぱりとちっただけか。

しかし、渚子さんは決然と首を横に振り、かんで含めるように言い直す。

「いいえ、クロカプです。『三年×《クロス》組~カップル始めました~』——略してクロカプ。そういう名前の恋愛リアリティーショー番組が、今からちょうど四年前に放送されていたんです」

「過去の、恋愛リアリティーショー番組……?」

思わず僕は聞き返してしまった。

なぜ？　急にそんな話を？

――いや、待てよ。

クロカプ。

あれ、この響き、どこかで……。

「クロカプって、あのクロカプかしら？　昔話題になった……」

うるるさんがぽつりと言う。

やっぱり話題作だったのか。芸能界にうとい僕がなんとなく覚えているくらいだからな。

それにしても、少し違和感があった。四年前……小説家デビュー前夜、高校生の僕。今でこそ、仕事につながるかもと思って多少芸能やエンタメの勉強をしているけれど、当時はテレビもまともに見ていなかったんじゃないか。

そんな僕のアンテナに引っかかっているなんて、何かよっぽど……。

「私はその番組に携わっていました」

渚子さんがまた、唐突に話し始めた。

「……携わってたって、スタッフとして？」僕は反射的に言って、すぐに思い直す。「いや、四年前なら、渚子さんもまだ学生か」

「実は、あの、出演する側だったんです。これでも私、当時読者モデルをやってまして。ちょこちょこ雑誌に載ることがあったので、それで呼ばれて」

「本当に？」

意外な事実だった。つまり彼女は『クローズド・カップル』でスタッフ兼出演者になる以前に、純粋にキャストとして番組に参加した経験があったということだ。

「本名は目立つので、芸名を使ってたんですけど」

「クロカプ……ごめん、思い出せそうで思い出せなくて。ちなみになんて芸名？　聞いたらぴんと来るかも」

僕が促すと、渚子さんは目を伏せ気味にして、小さくうなずく。

心の古傷に触れるように。

乾いた涙をなぞるように。

彼女はそっと、その名を口にした。

「坂東未来です」

4

呼吸も、身じろぎも、はばかられるくらいの静寂。

鼓膜の内側で、今しがた聞いた名前だけが反響していた。

「芸名は、本名をもじってつけました。私の苗字、『手鏡』を英語に直してみてください。手鏡――ハンドミラー――はんどみらー、からの、ばんどうみらい、というわけです。……はい、確かにちょっと強引ですけど。個人的には割と気に入ってたんですよ」

彼女は唇にだけ寂しげな微笑を浮かべ、口調はなおも淡々と続けた。

「……クロカプの話をしましょうか。番組名の『三年×組』が示す通り、クロカプの売りはずばりリアルな学園生活でした。撮影は閉校した学校を舞台に進められ、時間割に沿って本物の講師を招いた授業も行われました。作り物めいた恋愛リアリティーショーが横行する中、まるで一般高校生の日常を切り取ったみたいだ、と当時の中高生を中心に話題を集めたんです。実際、集められたキャストは私も含めてみんな当時現役の高校生でした。メンバーは男子五人、女子五人の計十人。ちなみに私は出席番号七番です。普通のクラスだと『坂東』にしては数字が若すぎますが、十人の中だったらまあこの位置ですよね」

「ああ、やっと思い出した！」そこで我妻君が飛び上がらんばかりになって声を上げた。「クロカプってあれか、確かブレイクする直前の花火が出演してた——」

「あの子だけじゃないわ」うるるさんが素早く訂正する。「圭太郎君もよ。彼も注目株の一人として出演してたはず」

「……あれ？」とサリー。「ちょっと待って、クロカプのプロデューサーって確か——」

「……木野天秤だ」

灰村さんが決定的な人物の名を発した。

なんてことだ。

被害者の共通点。

犯人との接点。

一本の線が、全てをつなげていく。

そして。

各々の証言が呼び水となって、僕の海馬もようやくクロカプの記憶を検索し終えた。

なぜ、この僕が、四年前の恋愛リアリティーショーなんか律儀に覚えていたのか。その理由が今、わかった。

「僕も思い出したよ。クロカプ……確かに当時、大きく取り上げられてた。でも、僕の記憶が確かなら、番組が最も注目されたのは放送中じゃない。クロカプは途中で放送が一時休止になり、その後正式に打ち切りが発表された。世間が騒然となったのは、二つの発表の間に、ある出来事が起きたからだ。それは——出演者の自殺未遂」

当時、ニュース速報を打ったテレビ局があった。現場に駆けつけ、生中継を始めたカメラすらあったと思う。

あらゆるメディアに一斉に躍った「坂東未来」の文字。その残滓《ざんし》が、僕の脳裏にもまだこびりつくように残っていた。

確か、彼女は飛び降り自殺を図ったはずだ。初期の報道では、容態は「意識不明の重体」とされていた。嫌な言い方だが、それが狂乱のピークだった。その後、ステータスが「一命を取り留めた」に変わると、メディアの熱は、世間の関心は目に見えて一段落ち着いた。クロカプの休止が発表される頃には、潮が引くように彼女の話題は減っていった。

「一体……あの番組で、何があったんだ？」

僕は唾を飲み下し、尋ねた。

ダイニングは水を打ったように静まり返っている。

固着しきった空気を、坂東未来、もとい手鏡渚子がゆっくりと震わせた。

「……私には『恋愛』というものがよくわかりませんでした」

声量は決して大きくない。けれど、まるで彼女の心情が直接流れ込むみたいに、その独白めいた告白はやけにはっきりと僕の深いところに届いた。

「みんなが夢中になるそれが、私にはわからなかった。誰もが当たり前のように触れ、楽しみ合うそれが、私にはまったくもって理解できなかったんです。多分……それが根本の原因だったように思います。そんな私がクロカプで浮くのは時間の問題でした。番組内でうまく立ち回れない私の出番はみるみる減っていき、数回の放送を終える頃には、視聴者に『いてもいなくても一緒』と揶揄される始末。出演者やスタッフからもなんとなく煙たがられているのがわかりました。それでも、私は私なりに精いっぱい、周りについていこうとしていたんです。

……そんな私が滑稽に見えたんでしょうか。ぼろきれのように役に立たないキャストがいる。ならばせめて雑巾として利用してやれ――制作側はそう思ったのかもしれません。私はまったく出し抜けに、木野天秤と人気キャストの仕組んだ演出に巻き込まれることになりました。当時、視聴者から最も注目を集めていたのは松浦花火と桂圭太郎のペアでした。今とそう変わりませんね。私は二人の当て馬にされた。桂圭太郎から形だけの告白をされ、三角関係の構成要素に無理やり加えられたのです」

「クロカプが打ち切りになる前の展開……私も覚えてるわ」

うるるさんが低く合いの手を入れた。

渚子さんは顔の半分を覆うアラレちゃん眼鏡を押し上げ、続ける。

「木野のもくろみは、使えないキャストを有効活用して番組の展開に起伏をつける、そんなところだったのでしょう。邪魔者の登場で人気ペアの仲はしばしば険悪になるものの、最後は雨降って地固まる、円満にくっついてハッピーエンドという筋書きです。番組で目立ち、知名度を上げたい松浦、桂にとってもこの提案は渡りに船だった。実際、松浦、桂の両人にはこの流れが事前に共有されていたようです。しかし私には何も知らされていませんでした。だから私はある撮影で桂から突然告白を受け、それを偶然居合わせた体の松浦に目撃された――ほとんどドッキリにはめられたような状況でした。リアリティーショーでの出来事とはいえ、降って湧いた修羅場に私はひどく動揺しました。私は松浦ともみ合う形になり……結果、松浦がその場に倒れるというアクシデントが発生してしまったんです。
……でも、起きたことはそれだけといえばそれだけでした。倒れた松浦にも怪我はなかった。そもそも先につかみかかってきたのは彼女だったんです。けれど、制作側は『筋書き』に沿ってこの出来事を脚色し、編集した。運命の二人を引き裂こうとする邪魔者が、正ヒロインに身勝手な暴力を振るった――そんなストーリーに仕立て上げられ、放映されたんです」

「俺……それ、鵜呑みにしてたかも」

話が途切れたタイミングで、我妻君が悄然と吐露した。

その隣で、

「私も……」とサリーが同調する。「私、その頃まだ中学生で、ほんの軽い気持ちで――」

「みんなそうだったろう。だからこそ、クロカプは炎上した」

サリーがまだ何か言いかけていたけれど、灰村さんが太い声で割って入ったので、渚子さんはそちらに反応した。

「そうです。視聴者の反応は苛烈でした。私は――坂東未来は、徹底的にサンドバッグにされました。ネットには根も葉もない噂があふれ、暴言はさらなる暴言を呼び、誹謗中傷は無限に増殖しました。私は精神を病み、自室から出られなくなってしまった。クロカプの撮影は一時休止となりました。

最悪だったのは、一番参っていた時期に、炎上の種をまき、煽ったのが制作側だと知らされたことです。私を嫌われ役として利用することは最初から既定路線だった。その上で練られた脚本と演出が、私の知らないところで実行されていたのです。一人の人間の存在を、尊厳を、ここまで踏みつけにする行為があるでしょうか。使えないお前をおいしい立場にしてやる――木野とそのお仲間たちからしたら、そのくらいの気持ちだったのでしょう。そんなふざけた名分で、私は一方的に感情をもてあそばれ、ずたずたに傷つけられた。炎上についても、彼らはまともに反省していないわけです。少し勢いがつきすぎたとはいえ、むしろいい宣伝だ、くらいに思っていたんじゃないでしょうか。私の苦しみを、痛みを、想像し、思いやってくれる人は番組の内にも外にもいなかった……私の心は完全に折れてしまいました。疲れ果てた私は、セットとして使われていた学校の屋上から飛び降りることを決めたのです」

淡々と語られた、自殺未遂の真相。

「……でも、君は一命を取り留めたじゃないか」僕はそこで生じた疑問を、というより、ただただ真っすぐな気持ちを彼女にぶつけた。「君はその大切な命を復讐のために燃やしたのか？　そんなことをしても何もならないのに」

彼女は首を横に振り、まるで泣き笑いのような表情でそれに応じる。

「私だって、最初からそんな物騒な想いを抱えていたわけじゃありませんよ。期せずして命をつないだ私は映像系の専門学校に進学し、テレビ業界を目指すことを決めました。確かに木野や、主演として私をもてあそんだ松浦や桂に憎しみがなかったと言えば嘘になる。でも、その道を選んだのは復讐というよりむしろ、この腐ったテレビ業界を内側から変えたいと思ったからなんです。私のように苦しむ人を、自ら死を選ぶような人を、二度と出したくなかった。経歴を隠していくつかのテレビ局の面接を受けました。そのうちネット主体で事業展開する一社から採用の連絡をもらい、晴れて入社が叶った後は黙々と下積みの仕事をこなしていました。

そんな折、転機が訪れます。それは新感覚恋愛リアリティーショー『クローズド・カップル』

の企画案が、木野が代表を務める企画会社からうちの局に回ってきたことでした。大型案件ですから、局長以下、役員はそろって詳細を聞く前からゴーサインの構え。しかし私としてはリアリティーショーなんて到底受け入れられるものではありません。できればストップをかけたい。もし止められないとしても、私の想いをくんで、内容を見直してもらいたいと思った。しかしペーペーの新人の意見など誰も聞き入れるはずがない。直談判しようにも、大物プロデューサーへの謁見など許されません。そこで……私はミーティングが行われる会議室にアポなしで飛び込むことにしたんです」

「……たまげたな」ぼそりと灰村さん。「なんつうか、変なところで振り切れてるんだよ、お前」

「褒め言葉として受け取っておきますね。……まあ、それはともかく、いざ会議室に飛び込むと驚かされたのは私の方でした。会議室の奥には想像通り木野が鎮座していたわけですが……その場にはなんと、『クローズド・カップル』のキャストに内々定した松浦花火と桂圭太郎も呼ばれていたんです。四年ぶりの再会――それがまさか、勢ぞろいの形で実現するとは思ってもみませんでした。事前に用意していた口上もすっかり飛んでしまい、私はただ冷たい視線の前で立ち尽くしていました。

しかし、同時に思ったんです。

――これが神様のいたずらなら、何らかの意図がここには存在しているはずだ、と。

私はこの場が用意されたことを意味づけるための行動を迫られました。考える間はほとんどなかった。だから私はとっさに動きました。まずこの眼鏡――就活時からずっとかけていた、素顔を隠すカモフラージュ用のものですが――を外しました。そうしてこの四年間を一つの質問に凝縮し、木野、松浦、桂に問いかけたんです。この顔に見覚えはありませんか、と」

渚子さんは実際に眼鏡を外し、自分の素顔を見せつけるようにぐるりと一座を見回した。

誰も、何も、応えない。

「結果はどうだったと思います？　今の状況と一緒です。三人の誰一人として、私を覚えていなかったんですよ。キャリアの汚点とばかりに、記憶は丸ごと忘却の彼方《かなた》に追いやられていた。私は彼らに殺されかけたというのに……。あまりの仕打ちに呆然とした後、怒りが込み上げました。しかし悪ふざけのような出来事はこれで終わらなかった。

止まった会議室の時間を動かしたのは、木野の一言でした。『なんだか奇抜な新人がやって来たね。君もミーティングに参加するかい？』。なんと、成り行きと木野の酔狂で私は『クローズド・カップル』制作に関わることがその場で決まってしまったんです。この後、彼から正式にADという役職も拝命しました。実態はただの雑用係でしたけど。……改めて思い返してみても、なんでしょうね、これ。ここまで人を馬鹿にすることができるのかと思いますよ。全員が笑顔で、拍手しながら私を迎え入れたんですから。松浦は『よかったね。これからよろしく』なんて笑いかけてきた。桂は『最高の番組に携われるぞ』と私の肩をたたいた。誰も彼も無自覚なのが心底恐ろしかった。わかってやっていた方がまだましだと思ったくらいです」

「……それで復讐心に火がついた、とそういうわけ？」

ウェットな雰囲気の中、遠慮なく核心を突いたのはうるるさんだった。

「確かに、くすぶっていた火種が焚き起こされる感覚はありました。けれど、私はまだこの時点で本気で彼らを殺そうとは考えていなかった。腐ってもADに抜擢されたわけですから、まずは可能な限り番組をクリーンに成立させるべく力を尽くそう——そう考えたんです。……結論から言えば、本当に意味のない努力でした。木野のスタンスは『三年×組』の頃からみじんも変わっていませんでした。むしろ、ヒットの量産で高めた権力を巧みに用い、周りをイエスマンで固めることで、いよいよ完全なお山の大将と化していましたよ。やらせや煽り上等、数字を作るためなら人の感情をもてあそぶことだって平気でやってのける――その手法も板についたもの。今回の『クローズド・カップル』では、表向きニュートレンドとして持ち上げつつ、きつめにいじって笑いものにする要員として……あの……」

「小説家の僕が用意された――そういうことだね」

　ぴんと来てしまった僕は、先んじて自分から口に出した。なんとなくそんな空気を察してはいたものの、他人に言葉にされるのはやはりつらいものがある。

「……はい」渚子さんは遠慮がちにうなずき、「私は木野が思いつきのように繰り出す倫理にもとるアイデアに対し、何度も修正を促しました。何度も何度も……しかしまったく相手にされなかった。ある日、虫の居所が悪かった木野は『お前に意見は求めてない。手だけ動かせ。邪魔をするな』と私に言った。私は言い返したいのをぐっとこらえました。そんな私に向けて、彼はあろうことか、こう続けたんです。『邪魔と言えば……昔こんなことがあったな。俺の番組を自殺未遂でつぶした女がいたんだよ』と」

「ひどい……ひどすぎる」

　我妻君が悲痛に吐き出した。

「しかもです。彼はたまたま通りかかった松浦と桂をわざわざ呼び寄せて、『覚えてる？　あれは参ったね』なんて言ってひとしきり笑った。挙句、『そうだ、あの時できなかった演出があるんだけど……今度の撮影で試してみようか』などと二人に入れ知恵を始めたんです。二人はどんな風に聞いていたと思います？　熱心にメモを取っていましたよ。当事者である、私の目の前で。

その時、思いました。

ああ、無駄なんだ、と。

私が必死に働きかけたところで、彼らはまた同じことを繰り返す。自分たちが有名になること、番組の視聴数を稼ぐこと、それだけしか見えていないから。そのためなら過激な話題作りも、誰かを食い物にすることもいとわない。絶対にまた、不幸になる人が生まれてしまう。ならば、その連鎖は断ち切らねばならない。明確な殺意が、この時生まれました。これは必要な犠牲だと、そして手を下すのは私でなければいけないと、そう強く思ったんです」

抑えた口調の中に、彼女の激しい感情の片鱗《へんりん》があった。

眼鏡を外し、あらわになった渚子さんの瞳。それがこんなにも深くて、暗いものだったのかと、僕は今頃になって思い知らされていた。

渚子さんは続けた。

「そう決意してみると、この『クローズド・カップル』のコンセプト自体が何かの啓示のように私には思えました。恋愛リアリティーショー×推理劇ｉｎ無人島――最初はいかがなものかと眉をひそめていましたが、まさにおあつらえ向きじゃないですか。ターゲットたちがそろって閉鎖空間に拘束される上、物騒な道具立てが私の腹積もりを隠してくれる。行動を起こすなら今しかないと思いました。スタッフによる殺人事件で番組が打ち切りになれば、過去の自殺未遂以上のインパクトを世間に与えることができる……そういう計算もありました。撮って出しという形式なら、何話か放送がされて、世間の注目を集めてから現地で事件を起こすことができます。それは、リアリティーショーへの復讐、という意味でもうってつけでした」

渚子さんは一度手先でもてあそんでいた眼鏡に視線を落とし、すぐに演説に戻った。

「数カ月にわたる準備期間、私は彼らを殺す光景ばかりを頭に描いてきました。とはいえ、実際の犯行計画をがちがちに固めていたわけではなく……。そもそも推理劇の大まかな流れや、核となるメタトリックは木野自らが用意していましたからね。私はそれ以外の細かいところでちょこちょこと自分が行動しやすいように口を出すくらいしかできなかったんです。その中で何ができるか、シミュレーションや下準備はいろいろとしてましたけどね。定点カメラの死角を計算したりとか、ターゲットの中で一番体が大きく、奇襲をかけても返り討ちに合いそうな桂さんには毒を仕込もうとか、そのくらいのことは」

「……もしかして」サリーが緊張した面持ちで尋ねた。「B班の船を故障させたのも、準備の一つ……？」

「まさか、さすがにそこまでは。あれはむしろ天の思し召しです。島の滞在者が半分以下になるとわかった時、私は快哉《かいさい》を叫びそうになりました。B班の合流時期が読めないのはリスクでしたが、撮影と放送が始まった段階で、私に犯行をとどまる選択肢はなかった。また保険も打った。私は発電機を破壊し、本土との連絡を絶つ直前、木野からの伝言と称して本土のスタッフにこんなメールを飛ばしました。『特に問題なく撮影が進んでいるので、このまま島にいるメンバーだけで可能な限り撮り続ける。B班は無理に渡島せず、連絡があるまで待機』と。木野に代わってスタッフと連絡を取ることは日常茶飯事だったので、この時点では怪しまれなかったはず。通信が途絶えてしまうので、不審がられるのは時間の問題でしたが、一日、二日だけでも漆島を完全に外界から隔絶できるならやる価値はあった。当初は現行犯として捕縛されることや、被害者と相打ちになることも想定していたくらいでしたからね。それに比べたら、私は私なりの大義を至極円滑に遂行することができました。……まあ、結局は全て、名探偵さんに暴かれてしまったわけですが」

　そうして渚子さんは全てを語り終えた。

　少なくとも彼女自身は満足そうだった。

　しかし――まだ腑に落ちないことがある。

　それは、解かれていない謎。

　たった一つ、残された疑問。

　渚子さんが最後、余裕な態度を強調し、その物言いがやけに芝居臭く転調したのは、心の奥にまだ秘めていることがあるからだ。そんな直感があった。

　もう一度、揺さぶりをかけてみる必要がある。

　僕は喉を鳴らし、場の注目を集めた。

「渚子さん。君は恋愛というものがよくわからないと言ったね。でも、君のしたことはまるで身勝手な恋愛そのものだ、と僕は思う」

　顕著な反応があった。

　彼女は細い三日月のような微笑を漂わせていた唇を引き結び、今一度眼鏡をかけ直した。

「……どういう意味ですか」

「自分の気持ちに気づいてもらえないから、思い通りにならないから――我慢できなくなって、相手を無理やり自分の意に沿わせようとした。君のしたことは、言ってしまえばそういう性質のものだ。渚子さんの苦しみは、憎しみは、よくわかる。……けれど。だからって、自分の非道な行為を何か正当で誠実なものだと思うのは、相手のことを考えず、一人よがりに燃え上がって消える恋の幻想のように、滑稽な勘違いだ」

彼女はわざとらしく首をかしげる。

「何か……恋愛に一家言お持ちのようですけど。栞さんってば、意外とそういう経験が豊富だったりするんですか」

僕は説得のペースを崩さない。

「……はぐらかさないでくれ。君は思いとどまることができたはずなんだ。君だけは気づけたはずなんだよ。第一の事件——あの密室で本当は何が起きたのか」

ごくり、と灰村さんが唾を飲み込む音がやけに大きく響いた。

残された、ただ一つの不整合。花火殺しの密室。

僕は今、それに説明をつけようとしていた。

「君に全部を語らせるような酷なことはしない。ただ、僕が解釈した物語を聞いて、誤りがあったらそれをきちんと指摘してほしいんだ。渚子さん、君は——花火さんを絞殺した際、彼女の絶命をきちんと確かめなかったんじゃないかな」

「……ど、どういうことだ？」

我妻君がパニック寸前のように目を回す。

「難しいことじゃないから落ち着いて聞いてほしい。いいかい、つまり渚子さんは初めての殺人で気が急《せ》いたのか、ミスを犯してしまった。一定時間花火さんの首を圧迫し、体の動きも、呼吸も止まった。殺した、殺しきったと自分に言い聞かせ、渚子さんは逃げるように現場を後にした。しかし、花火さんは一時的に仮死状態になっただけで、まだ生きていたんだよ。ほどなくして息を吹き返し、花火さんは部屋の内側から鍵をかけ、自ら首を吊ったんだ。これで現場の状況は再現される。いわゆる『被害者自身が施錠した密室』のパターンだったわけだ。

実は可能性としては前から思い浮かんではいたんだ。けれど、あまりにとんちきな状況だろう？　殺されるすんでのところで辛くも助かった花火さんが、間髪容れずに自殺する——どうしたらそんなことになるんだろうって、考えても考えても解釈が浮かばなかった。けれど、渚子さんの動機を聞いてふと思ったんだ。会議室ではとっさに気づけなかった花火さん……そんな彼女も、今わの際にようやく悟ったんじゃないかな——手鏡渚子イコール坂東未来である、と。花火さんもまた、木野さんの演出に巻き込まれた一人だ。芸能界での成功と引き換えに、他の誰かを蹴落とし、追いつめてきたことを彼女がどう感じていたかは永遠にわからない。それでもきっと、クロカプの件については大きな後悔があったんだ。罪の意識を、それからもずっと抱えていたんだと思うよ。わざわざ現場を密室にして自殺を強調するような形で首を吊ったのは、彼女なりの償いだったんじゃないか」

「償い……」

渚子さんはそれだけ繰り返した。

唇を、血がにじむほどかみしめていた。

彼女を追いつめたいわけじゃなかった。

けれど、僕は最後まで言わなければいけないと思った。

「渚子さん、君は自分が立ち去った時の現場の状況と照らして、この唯一解に誰よりも早く至ったはずなんだ。自分の命と引き換えに許しを求めた彼女を見ても、何も感じなかったのか？　その後も殺人を重ねる必要が本当にあったのか？　木野さんに、桂君に、自分が坂東未来であると打ち明け、もう一度話をしてみる道もあったんじゃないのか？」

渚子さんの目に、不意に涙があふれた。

小さくしゃくり上げる声は、やがて抑えきれない嗚咽に変わっていく。

「……なさい……ごめんなさい……花火ちゃん……」彼女は出し抜けに立ち上がり、すぐにバランスを崩してその場に崩れ落ちた。「わかっていました、全部……花火ちゃんが最後、自らの手で命を絶ったことも」

思わず駆け寄ろうとしたけれど、彼女は首を振って介添えを拒んだ。

肩を震わせながら、水面にかろうじて顔を出すかのように、渚子さんの言葉は途切れ途切れに続いた。

「……犯行のさなかのことでした。首をくくられ、驚きと苦痛に歪む花火ちゃんの顔が一瞬、はっとした表情に変わったんです。彼女は私の顔をまじまじと見て、震える手をこちらの頬に添えました。そうして、言ったんです。くぐもった小さな声で、でもはっきりと――『未来、あなただったのね』って。……栞さんのご指摘の通りです。花火ちゃんは私の正体に思い至った。そして……私は彼女の懺悔の呼びかけをあの場で直接聞いたんです。すまなそうに、切なそうに、花火ちゃんは私の名前を呼んでくれた。ずっと憎んでいたのに、私はそれだけで、もう何もかも報われたような気がしました。想いが通じたんだって、嬉しくて、泣きたくて……。けれど、手の力をゆるめた時にはもう、花火ちゃんは動かなくなっていたんです。

その後、首を吊った状態で花火ちゃんが見つかった時は心底驚きました。でも、同時にもう戻れない、と思った。私が致命的な失敗を犯したにもかかわらず、復讐は遂行されてしまった。三人殺すまで終わらない……終われない。死神に憑《と》りつかれた私はもう、止まることができなかったんです……だから……ごめんなさい……木野さん、桂さん……」

涙はとめどなく流れ続けた。

リビングダイニングには渚子さんの哀哭《あいこく》だけが残った。
数時間後、砂浜の方から間延びした汽笛の音が響いた。
本土からの救助船、その遅すぎる到着だった。

エピローグ

夕暮れ時といっていい時間なのに、夏の天頂はまだ青みを残し、水平線近くの橙の太陽とグラデーションをなしていた。

救助船は続々と三艇が到着した。僕ら出演者はそのうちの一艇に乗せられ、最優先で本土に返されることとなった。

身柄を拘束された渚子さんは別の艇に連れられていった。そしてどうやら灰村さんも自らかけ合い、そちらの艇に乗り込んだようだ。出演者が島を発つ直前、彼はやって来て、僕の肩に手を置き、「よくやったよ」と声をかけてくれた。無骨な手のひらの感触が今も残っている。

船は少し揺れたが、一切を置き去りにするようなスピードで猛然と波の上を滑った。

漆島はとうに見えない。

それでも出演者たちは、何かにすがるように甲板に集まっていた。

「終わったのね」

うるるさんが唐突に言った。抑揚もなければ、なんの感慨もうかがえない、無機質な声だった。

「ひどい結末だ。あまりにも」

我妻君の返しも投げやりだった。

それからまたしばらく無言が続いた。

顔の周りを過ぎていく、びゅうびゅうという風の音だけがうるさかった。

その間を縫って、

「……ねえ」

可聴域ぎりぎりの呼びかけがあった。

誰が発したのかと思わず首を回していると、

「……ねえ」と再び聞こえる。

うるるさん、我妻君もきょろきょろと辺りを見回していたので、視線はやがてある一人に収束した。

暮れなずむ光を跳ね返し、翻るブロンド。

「私、ずっと考えてたことがあって……」

声の主はサリーだった。何度も言いよどむせいで、その度にせりふが風にかき消されそうになる。しかしやがて、彼女は深く息を吸い込み、一気《いっき》呵成《かせい》に言い切った。

「この事件の犯人って、本当に渚子さんだったのかな？」

……なんだって？

「おいサリー、今さら何言って——」

「私！」我妻君の言を遮るサリーはほとんど叫ぶような格好で、衝撃の事実を吐き出した。「犯人は私かもしれない！」

「……は？」

その一言で、脳裏によみがえってくる記憶があった。

あれは確か、『クローズド・カップル』の推理劇の最中、サリーが……。

――犯人は私だから。

「……デジャブ？」と思わず僕。

「いや、あの、確かに私、推理劇でそんなこと言ったけど、そうじゃなくて……」

サリーはそこでショートパンツのポケットから画面の消えたスマホを取り出すと、改めて話しだした。

「聞いてほしいのは、クロカプ――『三年×組』の放送当時の話。私、その頃まだ中学生で……今よりずっと考えなしだった。学校でむしゃくしゃすることがあって、その時、ＳＮＳの急上昇トピックで坂東未来の炎上記事を見つけたの。ほんの軽い気持ちだった。……ううん、もしかしたら、そこには『軽い気持ち』程度の感情すらなかったかも。――私は坂東未来に対するひどい悪口を投稿した」

はっと息をのむ音がした。自分か、それとも他の誰かのものか、判別はつかなかった。

「一回じゃないの。それからまた何度も、何度も同じことをしてしまった。……渚子さんは言ってた。誹謗中傷のせいで精神を病んで、自室から出られなくなったって。その後、彼女は番組の悪質な『やらせ』を知って、復讐の矛先をプロデューサーと出演者に向けた。……でも、私は思ったの。元をたどれば、ネットに投下された心ないコメントの一つ一つが、彼女を追いつめた一番の原因だったんじゃないかって。それは今回の事件にも通ずる原点で、だから――もしあの時、私がひどい投稿をしなければ、巡り巡って今回のことも起きなかったんじゃないかって……」

「違う！」

今度は我妻君が叫ぶ番だった。と同時に、彼はサリーを正面から抱きすくめる。

一瞬体を固くしたサリーは、それでも少しずつ緊張を解き、彼の胸に顔をうずめた。

「それは違うだろ、サリー。いくらなんでも思いつめすぎだ。自分をそんなに責めることないじゃないか」

我妻君は優しく語りかける。

サリーはしばらくそのままの姿勢でいたけれど、やがて顔を上げると、

「ありがとう、陽。……でも、違わない。私の行為は許されることじゃない」

くぐもる声で、しかし決然と言うのだった。

我妻君も、それ以上何も言わなかった。何も言えないのだろうと思った。

二人は心を異にしたまま、それでもただ静かに抱き合っていた。

「……なんて顔してるの」

立ち尽くしていると、うるるさんに話しかけられた。

僕は短く答える。

「四年前を思い返してた」

「そう。私もよ」うるるさんはつと海の方を見、それから何か鋭い痛みに耐えるように目を閉じた。「正直に言うわ……私も他人事みたいに眺めて、笑ってた。また炎上か、みたいな。私たちはああなりたくないね、うまく立ち回ろうねって、事務所の子たちとネタにしたりして。そうしていつの間にか、人一人が死にかけたことだってほとんど忘れてた」

「……そっか」

そうだろう。

――きっと、誰もが、そうだ。

パソコンやスマホの画面一つを隔てただけで、人はよく勘違いを起こす。

自分は不可侵の領域にいると、人より優位な立場にいると、そんな錯覚に陥る。

傍若無人に振る舞ったり、ひどく偏った意見を述べたり、時には他人を攻撃することさえも正当化しがちだ。

そこは決して虚構の世界なんかではないのに。

自分と同じ――誰かの現実がそこにあるのに。

日々の何気ない書き込みで、嘲笑で、あるいは無関心で、僕らは見ず知らずの他人を追いつめているのかもしれない。

責め立て、傷つけ、笑いものにして――あまつさえ殺しているのかもしれない。

そんな風に指摘されて、心の底から潔白だと言い切れる人が、一体どれだけいるだろうか。

僕は打ちひしがれそうになりながら、それでも声を絞り出した。

「自分が誰かを傷つけているのかもしれないと、もっと早く気づけたらよかった。遅すぎるのかもしれないけど……今回僕は『クローズド・カップル』に出て、当事者として実感できたこともある。これから何度も自分に問い続けるよ。僕も、うるるさんも、みんな――そうやって変わっていくしかないんだって思う」

「……変われるかしら。……でも、そうね。問い続けるんだわ、私も」

うるるさんは慎重に言葉を選んだ。その誠実さは美徳だと思った。

彼女はそれから進行方向とは逆に体を向ける。はためく髪を押さえながら、再び話しだした。

「……私ね、圭太郎君の良くない部分を知ってなお、彼が殺されるべきだったとは絶対に思えないの。やっぱり好きだったのよ、彼のこと。松浦花火や木野天秤については……正直言うと、まだよくわからない。そもそも大して話もしていないし、彼女や彼の人となり自体がわからずじまいだった。……でもね。今も生きてさえいれば、お互いのことを知るチャンスが、この先きっとあったはずよね。偏見とか、風説とか、そんな曖昧なものを鵜呑みにせずに、それぞれが自分と相手の気持ちを尊重して、向き合うことができていたなら……って、それはとても難しいことだけど。でも、生きていれば、一歩を踏み出すことができるから」

　僕は小さくうなずき、言った。

「僕らはきっと逃れられない。匿名で、覆面で、いくらでもぶつかり合い、傷つけ合えてしまう。その狂乱の中では、誰もが『犯人』になり得る資格を持っている。けれど、だからこそ、自戒を込めて思うよ。誰かの痛みを想像して、わかり合うための努力ができたなら――」

　その時、舳《へ》先《さき》の手すりから一羽の小鳥が空へ翔び立った。

いつからそんなところで羽を休めていたのか。よく見ると、その鳥は世にも珍しいブルーの毛に包まれていた。

　ゆっくりと腕を持ち上げる。

　それから僕は、悠然と風を切るその軌道に従い、くるりと振り返ると、虚空を真っすぐ指さした。

本書は書き下ろしです。

本書はフィクションであり、実在の人物、団体などには一切関係ありません。

中村あき●なかむら　あき

1990年生まれ。2013年『ロジック・ロック・フェスティバル～Logic Lock Festival～探偵殺しのパラドックス』で第8回星海社FICTIONS新人賞を受賞し、デビュー。『チェス喫茶フィアンケットの迷局集』で第3回双葉文庫ルーキー大賞を受賞。

好《す》きです、死《し》んでください

2023年9月24日　第1刷発行
2024年6月14日　第5刷発行

著　者——中村あき

発行者——箕浦克史

発行所——株式会社双葉社

東京都新宿区東五軒町3-28　郵便番号162-8540
電話03(5261)4818〔営業部〕
03(5261)4831〔編集部〕
http://www.futabasha.co.jp/
（双葉社の書籍・コミック・ムックが買えます）

DTP製版—株式会社ビーワークス

印刷所——大日本印刷株式会社

製本所——株式会社若林製本工場

カバー印刷——株式会社大熊整美堂

ISBN978-4-575-24672-8 C0093